W0224592

Rue Pouchkine

Arlette Gordon

Rue Pouchkine

ROMAN

Albin Michel

© Éditions Albin Michel S.A., 1995
22, rue Huyghens, 75014 Paris
ISBN 2-226-07841-X

à Rachel, Sarah-Lea
David, Léon,
mes grands-parents

« Ce sera un bouleversement comme le monde n'en a pas encore connu [...]
La Russie se couvrira de ténèbres, la terre pleurera ses anciens dieux [...]
Alors nous lâcherons toutes les brides... »

Les Démons,
Fiodor DOSTOÏEVSKI

1.

Rachel

Rachel se mit à marcher vite, tête baissée, essayant de repousser la panique qui commençait à la submerger. Tout devenait angoisse, la rumeur de l'embouteillage qui bloquait la place du Trocadéro, les odeurs âcres qui suintaient des pots d'échappement, la bruine qui collait au visage. Les carrosseries des voitures presque encastrées les unes dans les autres l'enfermaient dans un labyrinthe d'acier, de ferraille. En face d'elle, dressée dans la lumière laiteuse du crépuscule d'avril, la tour Eiffel lui apparaissait comme un totem de métal prêt à la détruire. En prenant l'escalier mécanique pour sortir du métro, Rachel s'était sentie frôlée. Une odeur fétide, relent d'alcool, d'oignons mal digérés, l'avait saisie. Une voix chuchota à son oreille des mots inintelligibles. La silhouette trapue l'avait bousculée, dépassée puis s'était évanouie dans le couloir désert qu'il fallait emprunter pour accéder à l'air sur la place. Elle avait couru comme une folle, le claquement de ses talons sur le sol, amplifié par le carrelage des murs du souterrain sans affiche. De l'homme qui l'avait bousculée, elle ne se souvenait que d'une nuque rase sur un cou épais, de cheveux d'un blond presque blanc, d'un blouson de sport bleu marine avachi.

Depuis plusieurs semaines, Rachel éprouvait l'inquiétante sensation d'être épiée, suivie. Ce n'était qu'une impression. Certains jours, elle pensait que son immeuble était surveillé, que l'on guettait son retour.

Ce soir-là, elle eut un pressentiment qu'elle tenta de rejeter. Elle s'en voulait de cette peur qui la saisissait.

Elle avançait, indifférente à la pluie qui commençait à tomber plus fort. Une mèche de cheveux roux trempée balayait son visage. Avec la longue jupe de jersey noir qui moulait ses hanches, s'enroulait jusqu'aux chevilles laissant dépasser des bottines lacées à hauts talons, Rachel paraissait plus grande qu'elle n'était. Des pommettes hautes, un nez un peu long légèrement dévié prolongeant un front bombé, des yeux bleus fendus si clairs qu'ils en semblaient délavés, comme on en voit aux marins, illuminaient un visage qui s'éclairait soudain, devenait séduisant quand elle souriait. Pour l'instant, sa bouche était maussade. Les épais cheveux roux frisés qu'elle ne se résolvait pas à couper s'échappaient du peigne en écaille, trempaient le col relevé de son blouson de cuir brun. Elle s'arrêta un instant sous un porche pour s'abriter, alluma une cigarette, tira une bouffée, une deuxième. Elle n'arrivait pas à avaler la fumée, écouta décroître les battements de son cœur, se remit à marcher. La nuit était tombée. Il ne lui restait qu'une place à traverser avant d'atteindre son immeuble. A l'angle de la rue, à moins de deux mètres, derrière la vitre du café, elle crut reconnaître l'homme au blouson bleu marine. Une fraction de seconde plus tard, il la vit à son tour. Il ne l'aurait peut-être pas reconnue si elle n'avait eu un léger mouvement de recul en l'apercevant.

Elle continua de marcher, accéléra le pas. L'homme se leva d'un bond, zigzagua entre les tables, sortit du café. Quand elle se retourna, elle ne distingua pas son visage mais il était derrière elle. Elle ne savait pas à quelle vitesse il allait. Se contentait-il de marcher rapidement d'un air dégagé ? Ou bien était-il obligé de courir ? Dans la rue déserte, les bruits de la circulation au loin lui parvenaient amortis. Elle tourna à droite, puis à gauche, revint vers la place de la Muette plus animée à cette heure, traversa la rue en direction du tabac. Il n'oserait pas l'attaquer en pleine rue au milieu de la foule. Elle continua, pressant encore le pas. Elle voulut entrer dans la pharmacie. Les boutiques abaissaient leurs rideaux de fer. Sans se retourner, elle jeta un coup d'œil par-dessus son épaule. Il était sur l'autre trottoir. Ses cheveux clairs coupés ras. Était-il à sa poursuite ? Il n'avait pas l'air de la surveiller. Il se dirigeait vers le marchand de journaux. Elle avait peut-être tout imaginé.

Un groupe de jeunes gens sortaient du métro. Des armoires à glace arborant les couleurs bleu et rouge du Paris-Saint-Germain. Le coup d'envoi d'un match de football devait être donné au parc des Princes, et les supporters répandus en force dans les rues commençaient à faire la fête avant le match. En quelques foulées, Rachel fit semblant de se mêler à leur groupe. Ils l'entourèrent, tentèrent de l'entraîner avec eux.

Elle faillit raconter son histoire. Se retint. Et si elle leur demandait de la raccompagner chez elle ? Ils penseraient à une invitation. Ça serait pire ! Elle n'allait pas rester avec des footballeurs pressés de partir au Parc pour le début du match. Elle regarda le trottoir d'en face puis derrière elle. L'homme avait disparu. Elle les quitta, revint sans se presser vers sa maison. Au moment où elle composait le code de la porte d'entrée, une ombre glissa à côté d'elle, l'agrippa à la gorge et la tira en arrière. Elle aurait voulu hurler, appeler au secours, mais elle se sentait paralysée.

Retrouvant des forces, elle réussit à s'arracher à la pression de son agresseur. Elle eut juste le temps de s'engouffrer dans l'immeuble et de claquer la porte.

Son appartement au premier donnait sur la rue. Rachel hésita à allumer la lumière, craignant d'indiquer l'étage où elle habitait. Elle était persuadée de pouvoir s'orienter dans le noir. Sa belle assurance s'était envolée. Elle chercha à tâtons une boîte d'allumettes. Sur la pointe des pieds elle avança dans le séjour, heurta l'angle d'une table basse, lâcha ses allumettes. Le magnétoscope resté allumé émettait une lueur rouge dans la pénombre.

Les deux pièces aux murs recouverts de papier japonais ocre, séparées par un store blanc à lamelles, étaient envahies de plantes vertes aux formes singulières. Il y en avait de toutes tailles, retombant sur le sol. Dans un angle, un bar en rotin avec ses hauts tabourets en fer forgé noir des années cinquante, au-dessus duquel se déployait un bananier, ajoutait à l'impression de maison coloniale. Une troisième pièce munie de volets de bois à l'ancienne ouvrait sur un jardin privé. Sur un panneau jusqu'au plafond, des livres s'alignaient.

Rachel verrouilla sa porte d'entrée, laissant la clef dans la serrure pour plus de sécurité, puis, dans le noir, alla fermer ses volets. Elle jeta un coup d'œil dans la rue. Elle paraissait déserte. Le chat, pétrifié par sa peur à elle, miaulait d'une façon lugubre, les poils hérissés. Elle n'allait pas passer le reste de la soirée prostrée sur un fauteuil dans l'obscurité. Elle se releva, alluma. Tout cela était ridicule : elle avait besoin de se reposer, de prendre des vacances. Il s'agissait probablement d'un rôdeur qui cherchait à entrer dans l'immeuble.

Elle essaya de téléphoner à son ami David afin de lui demander de venir chez elle, de la rassurer. En vain. Il avait branché son répondeur, sans doute se trouvait-il en reportage à l'autre bout du monde ou au lit avec une « fiancée », ne tenant pas à être dérangé. Elle écoutait ce message agaçant : « *Bonjour. Nous ne sommes pas là ou peut-être cachés derrière le répondeur. Laissez votre nom et votre numéro. On vous rappellera.* » Alain, un copain, plus laconique sur une musique de reggae, disait : « *Allô. Pas là. Au revoir.* » Elle n'osa pas appeler Hélène qui vivait seule aussi, pour ne pas l'inquiéter.

Après s'être coulée dans un bain bouillant aux senteurs de vanille, Rachel, sans dîner, prit un somnifère et chercha en vain le sommeil. Elle se réveilla plusieurs fois pendant la nuit, oppressée, avec la sensation que quelqu'un tentait de l'étouffer avec un oreiller. Elle crut entendre crisser les cailloux dans le jardin, sous sa fenêtre.

Sa chambre était dépouillée, sans rideaux, les murs nus, juste un grand lit au milieu de la pièce. Elle se releva, vérifia que ses volets étaient bien fermés, se rendormit.

Le lendemain, elle voulut porter plainte mais elle refusait de se laisser emporter par la panique. Porter plainte contre qui, contre quoi ? Il n'y avait pas eu de véritable attaque. Une femme seule la nuit, ça devait arriver. Il lui faudrait peut-être reprendre le karaté qu'elle avait pratiqué quand elle était étudiante au lieu de ses cours de danse, ce qui l'aiderait en cas d'agression.

Au studio, Hélène l'avait observée :

– Qu'est-ce qui s'est passé hier soir ? Tu es bizarre. Tu n'as pas dû dormir beaucoup.

Les images défilaient sur le petit écran. Derrière la place Clichy, dans une impasse, un pavillon entre deux immeubles, épargné par les démolisseurs, avait été aménagé en studio de montage. Dans chacune des pièces exiguës, une énorme visionneuse occupait l'espace. Un escalier de bois en colimaçon reliait les salles. Des distributeurs de café et de Coca-Cola représentaient les seules notes modernes de l'endroit vieillot.

Hélène avait le teint pâle, un peu gris des gens qui voient peu la lumière du jour. Elle n'était pas coquette, vêtue de jeans et de pulls beigeasses taille 46, qui déformaient sa silhouette menue. Elle avait un beau visage classique, un sourire ravageur.

Même à Hélène, Rachel ne souhaitait pas raconter ce qui lui était arrivé. Elle ne voulait en parler à personne, comme si elle cherchait à effacer un mauvais rêve.

– C'était quoi ce message ? Tu avais l'air paniqué au téléphone. Je viens juste de rentrer de reportage.

David l'appelait dans la salle de montage.

– Rien, un peu de fatigue. Un coup de cafard, l'envie de ne pas être seule.

– Je reste à Paris pour l'instant. On dîne quand tu veux. Rappelle-moi.

Rachel, qui avait raccroché sans rien ajouter, avait repris son travail en silence. Assistante à la mise en scène, elle venait de réaliser en Australie un court métrage mi-documentaire mi-fiction sur les aborigènes d'Ayers Rock dont elle terminait le montage avec Hélène. Dans la salle noire, sur l'écran de la visionneuse, l'énorme rocher sacré du site aborigène, au cœur du désert rouge, apparaissait comme un avertissement, un signe prémonitoire, mais de quoi ? *Uluru* en dialecte abo, la cathédrale du totémisme, ce roc vieux de cinq cents millions d'années, semblable à un éléphant qui déchaîne les orages, inspirait un sentiment écrasant à la limite de l'angoisse. Rachel ne se lassait pas de le regarder défiler sur la table de montage.

A la cantine du studio, quelques tables recouvertes de toile cirée, accollées les unes aux autres, le hachis Parmentier lui rappela ses années de pension. Elle ne put rien avaler. Elle se sentait écœurée. Autour d'elle, les conversations s'échangeaient d'une table à l'autre. Les techniciens se connaissaient tous à force de se croiser sur les mêmes tournages. A la table voisine, un assistant revenu d'Australie, où il avait préparé des décors avec Régis, racontait les anecdotes habituelles, leurs démêlés avec les équipes locales. Elle n'avait plus envie d'entendre parler de Régis depuis leur rupture. Elle but son café, revint dans la salle de montage.

« Je devrais peut-être voir un médecin ! » se dit-elle.

Quelques jours plus tard en rentrant du studio, Rachel tomba sur les locataires de l'immeuble rassemblés dans le hall. La porte d'entrée en verre dépoli des années trente avait explosé. Des carrés de couleur jonchaient le sol. Des traînées de peinture rouge maculaient les boîtes aux lettres. On attendait son retour avant d'avertir la police.

Dans son appartement dont la porte avait été forcée, Rachel découvrit ses vêtements arrachés des placards, les tiroirs renversés, ses papiers fouillés, ses livres répandus sur le sol. Apparemment rien n'avait été volé.

Elle ressentit devant ce désordre une impression de viol. De voir là, déballés, ses culottes en dentelle, ses bas, ses collants, un porte-jarretelles jonchant le sol lui paraissait impudique. Ce fut la première chose qu'elle alla ramasser, honteuse comme si on avait dévoilé les accessoires de sa vie intime. Qu'allaient-ils penser de ce déballage ?

Elle en oublia de vérifier le contenu de son coffre à bijoux. Le pendentif en brillant, cadeau de sa mère, n'avait pas bougé.

Une demi-heure plus tard, deux policiers vinrent du commissariat voisin. L'un d'eux, un jeune Martiniquais si noir de peau qu'on ne voyait que ses yeux briller dans son visage rond, tortillait sa casquette entre ses mains. Il demanda à utiliser le téléphone. L'autre, blond, fluet, retournait ses chandails, ses chemises, prenait des notes. Les voisins sur leurs talons en profitaient pour essayer de passer la tête, découvrir l'univers de Rachel. C'était cela une cinéaste ! Il n'y avait que des livres, des papiers, des plantes vertes. Qu'espéraient-ils trouver ? Le chat, effrayé par l'agitation, s'était réfugié dans la cuisine derrière la machine à laver. Il miaulait à petits cris craintifs.

Pour les autres locataires cette jeune femme

qui vivait seule, travaillait dans le cinéma et voyageait souvent était devenue une ennemie qui risquait de les mettre en danger.

Elle devrait sans faute se rendre au commissariat, le lendemain matin, pour confirmer sa déposition et répondre à quelques questions du commissaire. Ce soir, il était trop tard. Eux n'étaient que de simples flics, venus pour le constat.

Une voisine, professeur de piano à la retraite, lui proposa de dormir chez elle afin de ne pas rester seule. Elle refusa. Elle allait devoir répondre à sa curiosité, raconter sa vie. Elle préférait garder ses distances. Personne ne reviendrait cette nuit après la visite des flics. Elle referma sa porte. Le chat sortit de sa cachette, bondit sur son épaule où il s'agrippa.

Le lendemain, elle raconta au commissaire l'agression dont elle avait été victime quelques jours plus tôt et cette sensation d'avoir été traquée pendant des semaines. Dans la petite pièce grillagée, assis derrière un bureau de bois blanc semblable à celui d'un écolier, le commissaire avait à peine levé la tête à son arrivée. Il la regardait d'un œil soupçonneux. De deux doigts malhabiles, il tapait sa déclaration sur une vieille Remington. Il lui posa des questions indiscrètes comme si c'était elle l'accusée :

– Avez-vous un amant jaloux ? Une famille

riche susceptible de racket ? Des problèmes d'argent ?

Rachel sourit en pensant à Paul qui ne lui demandait même pas avec qui elle dînait quand elle restait des semaines sur un tournage. Quant à ses parents qui, avec leur modeste retraite, la couvraient de cadeaux, on ne pouvait imaginer qui aurait voulu les rançonner. Des problèmes d'argent ? Oui, elle en avait comme tout le monde.

– Est-ce que vous vous droguez ?

– Non.

La réponse était ferme. Pouvait-on appeler « se droguer » les joints qu'elle fumait quelquefois ?

– Avez-vous été mêlée à des mouvements politiques ?

Rachel fixait à son tour le commissaire. Ses yeux pâles n'étaient plus que fentes brillantes comme celles d'un chat. Déjà elle se levait.

Allait-elle devoir répondre longtemps à ses questions ? Ce n'était pas elle l'accusée. Si elle était ici, c'était pour porter plainte contre une agression dont elle avait été victime.

– Il faut tenir compte de tout, disait le commissaire en essayant d'être conciliant, si l'on veut arrêter les coupables.

Rachel avait quitté le commissariat sans déposer de plainte, avec une drôle d'impression.

Au montage, elle avait retrouvé les images de ses réserves aborigènes. A une trentaine de kilomètres à l'ouest d'Ayers Rock elle revoyait les monts Olga-Katapula (têtes multiples), une trentaine de coupoles arrondies qui se chevauchent, se bousculent, se creusent de cavernes. Découpées sur un ciel indigo, les Olgas, rouges à midi, couleur d'améthyste le soir, révélaient la secrète harmonie du décor désertique de la vallée des Vents.

Rachel était fascinée par ces plongées dans d'autres cultures. Elle aurait rêvé de devenir ethnologue si elle avait été plus courageuse pour poursuivre ses études. A défaut d'ethnologie, elle profitait de ses tournages qui l'entraînaient à l'autre bout du monde pour approcher d'autres civilisations. Elle était hantée par un passé familial : l'histoire de ses grands-parents juifs venus d'Europe de l'Est.

Pendant ces années de perestroïka, Rachel avait tenté de développer des contacts avec ses collègues russes. On les croisait dans des festivals de cinéma. On tentait d'échanger des idées. Invitée pour de brefs séjours à Moscou et Leningrad avec des délégations de cinéastes français, encadrée par les officiels, elle n'avait pu voir grand-chose. Elle voulait revenir, partir à la recherche de ses racines, réaliser un jour peut-être son propre film. Elle prenait des cours de russe entre deux tournages. Elle l'avait autrefois étudié aux Langues orientales.

Et puis, il y eut ces sept jours de la nouvelle révolution russe qui ébranlèrent la planète, ce putsch d'août 1991 qui allait accélérer la révolution démocratique en Union soviétique. Soixante-dix ans après la naissance du communisme, la grande utopie du XXe siècle avait été balayée. Le monde entier avait suivi minute par minute le putsch le plus médiatisé et échevelé de l'histoire, grâce aux correspondants accourus de partout.

Derrière eux s'étaient engouffrés des affairistes avides d'échanger, de vendre, de dépouiller ce nouveau Far West. Les sociétés de production de films, à l'affût elles aussi, voulaient profiter du potentiel de ce marché libéré en quelques jours. Les coproductions avec les Russes étaient à la mode. Les Italiens étaient arrivés les premiers pour occuper les immenses studios abandonnés, louer pour rien des décors hollywoodiens, et utiliser la figuration la plus disciplinée et la moins chère du monde.

Rachel parlait l'italien. Elle en avait profité pour se faire engager sur une coproduction de la R.A.I. qui préparait une comédie musicale avec les Russes et les Français. Dans l'atmosphère baroque de Leningrad, redevenue Saint-Pétersbourg, cette ville à la recherche d'une nouvelle identité, elle avait vécu deux mois intenses, follement amoureuse d'un photographe russe. Rentrée à Paris, sans travail pendant des semaines, elle avait finalement trouvé un film français, du côté de Limoges. Il n'avait cessé de pleuvoir. L'atmosphère était sinistre sur le tournage. Elle n'avait aucun contact avec l'équipe, retranchée dans ses rêves. Puis elle avait repris à Paris sa vie de célibataire, ne cessant de rêver au bel Anatoly, son amant russe. En attendant de nouveaux contrats, elle avait repris le montage de son court métrage.

La sonnerie du téléphone résonnait dans sa tête. Qui pouvait l'appeler si tôt ? Elle avait horreur de répondre au téléphone le matin. La sonnerie continuait, insistante.

Alors que l'affaire semblait classée, le commissaire croyait avoir retrouvé son agresseur. On lui demandait de venir l'identifier, de confirmer sa plainte. Comment le pourrait-elle ? Elle l'avait entrevu dans l'ombre lorsqu'il l'avait attaquée devant la porte de l'immeuble. Porter plainte, pourquoi, puisqu'on ne lui avait rien volé ? Rachel ne voulait plus entendre parler de cette histoire qui l'avait assez perturbée.

Elle refusa de venir au commissariat. Le commissaire insistait, il s'énervait. Il voulait en finir avec cette affaire. Les gens de l'immeuble le harcelaient. D'autres agressions s'étaient produites dans le quartier.

– Avec ces nouveaux émigrés venus de l'Est ! ajouta-t-il. Si c'est ça l'Europe !

On allait encore parler du problème des émigrés. C'était toujours de leur faute. Rachel, couchée tard, était mal réveillée, de mauvaise humeur. La voix nasillarde du commissaire continuait :

– On ne va pas le garder toute la journée s'il n'y a pas de preuves contre lui.

L'agresseur présumé de Rachel n'avait ni papiers en règle ni permis de travail.

– On devrait les renvoyer dans leur pays, en Russie.

La Russie ! En un instant, un passé enfoui surgit. Maintenant elle était réveillée. La poursuivait-on à cause d'Anatoly ? Les méthodes de l'ancien K.G.B., sous une autre forme, pouvaient-elles se manifester à Paris ?

Ces menaces voilées, cette traque, cette agression, cette fouille de l'appartement, se pourrait-il que ce fût à cause d'Anatoly ? Depuis plus d'un an, elle n'avait reçu aucune nouvelle de lui. Devait-elle parler au commissaire de son séjour à Saint-Pétersbourg, de sa relation amoureuse avec le photographe ? Elle n'allait pas raconter sa vie privée. Il avait raccroché : il l'attendait dans la matinée sans faute.

Etait-ce à elle qu'on en voulait ou, à travers elle, cherchait-on à savoir quelque chose concernant Anatoly ? Il avait disparu de sa vie d'une façon étrange. Un homme amoureux pouvait-il se volatiliser ainsi sans explication, sans un mot ?

Dès son retour à Paris, elle avait reçu des lettres, des messages de lui par des amis de passage. Il l'appelait au téléphone chaque fois qu'il le pouvait. Il viendrait dès qu'il aurait terminé ce qu'il avait à faire. De quoi s'agissait-il ? Il avait toujours été mystérieux sur ses activités. Soudain, il avait cessé de lui téléphoner, de lui écrire, alors que tout était prêt pour sa venue et qu'il devait venir s'installer chez elle. Elle s'était remise à ses cours de russe. Rachel avait trouvé une galerie rue des Beaux-Arts qui se chargeait de l'invitation officielle et lui exposerait ses photos. La directrice de la galerie avançait les frais du voyage d'Anatoly, persuadée qu'avec l'engouement pour tout ce qui touchait à la Russie, elle allait faire des affaires et lancer de nouveaux photographes sur le marché. Anatoly avait insisté pour que Rachel rapportât elle-même de Saint-Pétersbourg le carton de photos dans sa valise et trois rouleaux de pellicule pas développés.

Et si c'étaient des documents compromettants ? S'il y avait un message contenu dans ces photos ? Rachel se leva brusquement. Pourquoi n'y avait-elle pas pensé plus tôt ? Les photos étaient là, rangées à plat sous sa pile de pull-overs. Elle les avait souvent regardées. Mais les trois pellicules, où les avait-elle rangées ? Anatoly souhaitait les développer lui-même à Paris. Elle aurait dû les porter à un labo, depuis le temps. Elle les chercha en vain dans tout l'appartement. Les rouleaux n'étaient nulle part. Et si c'était cela qu'on avait voulu récupérer ?

Elle ne voulait pas en parler à la police. Elle allait demander conseil à Denis, un ami journaliste politique qui se trouvait à l'époque en reportage en Russie. Les souvenirs tournaient dans la tête de Rachel. Sa rencontre avec Anatoly, dans l'appartement communautaire de l'avenue Ligovski, d'Alexandre leur interprète, après qu'elle eut décidé de ne pas rentrer à Paris son travail achevé. L'odeur de tabac de la fabrique Ouritski qui arrivait par vagues, où on produisait les cigarettes « Belamor » à moitié vides, quand il l'avait amenée chez lui la première fois dans l'île Vassilievski. Leurs promenades au bord de la Neva, le long des palais baroques. Le squat de la rue Pouchkinskaïa. Anatoly était-il en danger, emprisonné au secret, mort ? Elle avait essayé en vain, à l'époque, de le retrouver. Les communications restaient difficiles avec la Russie, les circuits téléphoniques saturés.

Personne là-bas ne savait, ou ne voulait lui dire

ce qu'il était devenu. Ni ses amis photographes, ni son ex-femme, ni sa grand-mère dont il s'occupait à l'hôpital. On avait perdu sa trace. Certains prétendaient qu'il avait été arrêté à Vilnius alors qu'il cherchait à prendre des photos d'anciens nazis qu'on réhabilitait en Lituanie. D'autres, qu'il avait émigré aux Etats-Unis après avoir travaillé pour le K.G.B. Comment avait-elle pu rayer Anatoly de sa vie ? Elle n'avait jamais cessé de l'aimer, lui, même si elle avait cru à nouveau être amoureuse. Elle devait repartir là-bas. Chercher elle-même. Essayer de savoir sur place ce qu'il s'était passé.

Rachel avait fini par raconter l'histoire à Hélène. Celle-ci s'était rendu compte que Rachel n'était plus concentrée sur son montage et qu'elle avait un air hagard.

Accrochés les uns à côté des autres par des clous sur une planche en bois, les morceaux de pellicule se déroulaient comme des serpentins au-dessus d'un chutier en plastique. Ses aborigènes étaient là, rangés en lignes brillantes. Comment pouvait-on travailler d'une manière si archaïque dans le monde de l'image par satellite ? « Rêves pluies », « Rêves colère », « Rêves kangourous », « Rêves perruches vertes », « Rêves arbres à noix », « Rêves arc-en-ciel », réduits à du celluloïd se balançaient sous les yeux de Rachel, au-dessus du bac, l'emportaient avec eux dans le temps du rêve. Les aborigènes, héros nomades venus de la mer, du ciel, ou des entrailles de la terre, sillonnaient le continent et le balisaient d'empreintes de leurs corps. Ces totems, gardiens des points d'eau, des rochers, des collines, lisaient la terre comme un livre, interprétant les traits du paysage telles les traces vivantes d'êtres fantastiques. L'espace dans lequel ils vivaient était le « temps de rêve » où leur naissance, leur mort et chacun de leurs actes s'inscrivaient. Ces *dreamings* poursuivaient leurs aventures, de tribu en tribu, à travers l'espace et le temps, dans un feuilleton où ils entraînaient Rachel.

— Tu crois que tu pourrais terminer seule ? Il faut juste porter la copie au labo pour le montage négatif. On doit présenter le film à la commission des festivals à la fin du mois. Maintenant je voudrais partir à Saint-Pétersbourg.

— Tu veux retourner là-bas ? Tu n'as jamais oublié ton photographe. Et Paul, qu'est-ce qu'il dit de ça ?

Rachel préféra ne pas répondre.

— Tu pourras garder mon chat ?

— Je vais finir par l'adopter.

Paul, en tournage en Guyane, ne l'avait appelée que deux fois depuis son départ il y a un mois.

Au montage, Rachel avait passé le reste de la

journée à téléphoner à sa banque où l'état de son compte n'était pas brillant, et surtout à Denis, au journal.

– Je peux passer ? Je ne veux pas parler de ça au téléphone.

Même en plein bouclage, Denis restait disponible pour ses amis. Au quatrième étage d'un immeuble en verre de la rue de Rennes, dans son bureau envahi de dossiers, de maquettes, de photos, il restait à peine de la place pour s'asseoir. Le téléphone n'arrêtait pas de sonner.

– Tu crois que c'est un espion ?

– Tu me l'as demandé à peu près cent fois. On a tout essayé, on a fait des recherches auprès de nos correspondants en Russie, auprès de l'ambassade. On n'a rien trouvé sur lui, on a même tenté auprès du nouveau gouvernement de Lituanie.

Denis la regardait, l'air soucieux. Ses yeux gris brillaient d'intelligence derrière ses lunettes cerclées de métal. Les cheveux courts rejetés en arrière commençaient à grisonner sur les tempes.

Il se souvenait de son séjour à Saint-Pétersbourg.

– Tu veux partir maintenant ? Fais attention à toi. Dans quoi vas-tu encore te fourrer ! Prends les coordonnées de Sacha. Il s'occupera de toi là-bas. Je vais le prévenir. En cas de problème il y a un type très bien au consulat de France. Il pourra t'aider.

Denis appela sa secrétaire. Il avait une voix très douce. Même en conférence de rédaction, il n'élevait jamais la voix, les autres devaient se taire pour l'entendre.

– On va établir une accréditation du journal, ça te sera plus facile pour le visa.

Il la regarda en souriant.

– Tu connais si bien l'underground de là-bas, tu pourrais nous rapporter un papier sur les nouveaux courants artistiques de Saint-Pétersbourg ?

Denis se levait. Il dépliait sa longue silhouette de marathonien. Pour se garder en forme, il courait, il venait juste de rentrer du marathon de New York.

– Je retourne à la maquette, ils m'attendent. Tu sais qu'on est en plein bouclage.

Il s'arrêta devant elle.

– Ton photographe est sûrement un espion. Du Mossad peut-être ?

– Oh, arrête ! Ne plaisante pas, je ne suis pas rassurée de partir.

Denis la serra dans ses bras.

– Mais si, tu adores l'aventure ! Ne t'inquiète pas, on ne te laissera pas disparaître.

En retournant vers Montparnasse, Rachel se demanda pourquoi elle n'avait pas parlé à Denis des rouleaux de pellicule. Elle n'avait peut-être pas bien cherché ? Et le coup de téléphone récent de Lausanne, un certain Micha ? Que lui voulait-il ? Elle s'arrêta, hésita un instant. Un grand garçon aux yeux bleus, les bras chargés de livres, la bouscula. Il lui jeta un coup d'œil de haut en bas, lui sourit. Dans les vitrines de la Fnac, Rachel surprit sa silhouette trop moulée dans sa robe de coton stretch noir. Elle tourna le dos au garçon, reprit sa marche. Elle n'allait pas encore déranger Denis...

Pourquoi avait-elle abandonné son projet de scénario ébauché en Lituanie ? Etait-ce à cause d'Anatoly ? Chaque fois, depuis son retour, qu'elle avait essayé d'y travailler, elle avait buté sur quelque chose d'indéfinissable. Elle n'arrivait plus à retrouver l'émotion qui s'était emparée d'elle là-bas, sur une place de Vilnius. Ce refus de se plonger au cœur de ses racines juives, était-ce par pudeur ? Elle ne se sentait pas prête pour les aborder. Elle devait encore étudier, réfléchir. Elle avait l'impression qu'il lui faudrait des années pour en parler. Malgré sa conscience vive de ses origines, elle refoulait ses émotions, n'arrivait pas à écrire sur la Russie.

Qu'étaient devenues Elena et Rachel, fantômes abandonnés au début du siècle dans un monde en suspens, dans cette Europe centrale où surgissaient ces flambées de haine contre les minorités ? L'une de ces adolescentes était juive et l'autre non. A quoi servait ce métier de cinéaste, sinon à témoigner ? Ce signe du destin où tout la ramenait à la Russie ne signifiait-il pas qu'elle devait reprendre l'histoire d'Elena et Rachel ?

2.

Alexandre

L'avion décollait à huit heures. Rachel avait à peine eu le temps de prendre un café à Roissy. Le vol Air France était presque complet. Les passagers étaient des hommes d'affaires strictement vêtus, certains accompagnés de femmes portant chignon et lunettes d'écaille. Il y avait maintenant un vol quotidien pour Saint-Pétersbourg.

On courait à Saint-Pétersbourg. La ville était devenue à la mode, capitale de tous les fantasmes. Pour lancer un nouveau champagne, un chargé de relations publiques y emmenait un groupe de journalistes et d'industriels à qui on avait promis un concert privé et un souper dans un palais sur la Moïka, avec caviar (probablement importé). Dans une atmosphère de fête, on oublierait qu'au-delà des façades de ces palais de rêve, il n'y avait que des ruines et que les rues qui y menaient, qu'ils ne verraient pas à travers les vitres fumées de leurs limousines, étaient des fondrières bourbeuses. Universitaires qui se rendaient à un colloque à l'université de Saint-Pétersbourg, chargés de mission, hommes d'affaires attirés par les nouveaux marchés.

Rachel les écoutait discuter. Dans l'avion, le champagne avait commencé à couler. Assis à côté d'elle, un homme d'une quarantaine d'années, chauve, un comte d'origine russe, l'enveloppait d'une voix chaude qu'il voulait séduisante. Son odeur de vétiver se mêlait aux effluves de champagne. Il expliqua qu'il voulait organiser le sauvetage de la Venise du Nord et qu'il récoltait dans ce but des capitaux européens. Il était accompagné d'une actrice drapée de cachemire beige que Rachel avait cru reconnaître. Ses cheveux blonds coupés court soulignaient ses pommettes slaves, ses yeux verts pétillants. Ayant retrouvé ses origines russes, elle venait déclamer des poèmes, invitée par le dynamique maire de la ville, Anatoly Sobtchack, dans un palais qui avait autrefois appartenu à sa famille et qu'on allait restaurer.

Rachel n'avait prévenu personne de sa venue. Aucun de ses anciens amis. Officiellement, elle venait en reportage. Comme à son habitude, elle n'avait pas enregistré son sac de voyage. Elle fut l'une des premières à débarquer. Sous les poutrelles d'un gris métallique, l'atmosphère était glaciale malgré des rampes de chauffage disposées autour de la salle éclairée au néon. Les voyageurs avançaient dans la file qui progressait lentement en attendant de franchir le bureau du contrôle des passeports.

Devant elle, Rachel remarqua un homme au crâne large, arrondi, qui montrait des signes de calvitie précoce. Il traînait une valise rigide à roulettes et consultait l'heure à son poignet. Deux autres, probablement père et fils, le plus âgé avec un visage de rapace ridé et étroit, le plus jeune portant une barbe poivre et sel, sous un feutre cabossé, étaient vêtus du même vêtement sombre, démodé, marron à rayures comme on devait en porter dans les années cinquante.

Le plus vieux ne cessait de soupirer en regardant avec des yeux inquiets ces gens qui avançaient autour de lui en traînant les pieds. Malgré le froid qui pénétrait sous le long manteau de drap noir de Rachel, la seule échoppe ouverte vendait des glaces. Une lourde babouchka au visage couperosé, les cheveux enveloppés dans un foulard à ramages, faisait jaillir en spirales crémeuses, d'un robinet de métal, des glaces au chocolat et à la vanille.

Dès la sortie de l'aéroport de Poulkovo, Rachel fut stupéfaite. Des Rolls, des Mercedes attendaient les voyageurs encombrés de leurs bagages. Rachel prit un taxi, une vieille Jigouli. Elle se fit conduire au Grand Hôtel Europe où le journal de Denis lui avait réservé une chambre.

Elle avait le plus de chance d'y trouver des téléphones qui fonctionneraient, grâce aux services dont disposaient les hôtels internationaux.

Deux ans s'étaient écoulés depuis son dernier séjour. Elle avait l'impression de débarquer dans une autre ville. Devant les magasins d'Etat, il n'y avait plus de queues démentielles. Des Volvo aux vitres fumées circulaient sur la perspective Nevski. Des jeunes gens vêtus de jeans et de blousons de nylon fluo s'y promenaient, des pancartes accrochées sur la poitrine portant des inscriptions en anglais : « J'achète des dollars, des deutschmarks. » Les sorties des stations de métro s'étaient transformées en marchés aux puces. On se serait cru porte de Clignancourt un dimanche de printemps. Dans les échoppes en bois, installées à la sauvette, on vendait des agendas à couverture noire laquée, des préservatifs. Les vidéos Sony voisinaient avec des chaussures fourrées. Des soutiens-gorge en satin saumon se baladaient en plein vent. Les « larkis » avaient poussé comme en Afrique, boutiques improvisées où l'on pouvait acheter n'importe quoi selon les arrivages.

A chaque coin de rue, on proposait des gerbes de roses, d'œillets, de fausses icônes. Des vieux, la veste couverte de médailles, s'accompagnant à l'accordéon, chantaient des chants patriotes russes, airs nostalgiques où circulait le vent de la steppe. Des jeunes, guitares en bandoulière, reprenaient des airs des Beatles, leurs cheveux sur les épaules rappelaient les musiciens rock des années soixante-dix.

Sous la lumière nordique du coucher de soleil qui s'apprêtait à plonger dans la mer, Rachel retrouvait, fascinée, la beauté de cette ville qui s'enfonçait lentement dans les eaux pourrissantes de ses marécages sur lesquels elle a été construite. Le long des quais de granit brun de la Neva, les façades écaillées des palais baroques jaillissaient. L'éblouissement de cette cité somptueuse, irréelle lui fut soudain restitué, avec ses coupoles d'or, ses palais de marbre, vert chartreux, ocre clair, myosotis, réfléchis sur les eaux de la Neva.

Au centre de la perspective Nevski, le Grand Hôtel Europe venait d'être rénové.

Sous la monumentale verrière dans le hall aux laques miroitantes, de faux hommes d'affaires, des vrais gangsters, des créatures longilignes à deux cents dollars la nuit, jouaient des coudes sous les regards de représentants des multinationales. On négociait, on discutait, on brassait des roubles, des dollars par millions. Tout se terminait dans les suites, à coups de vodka. L'ex-Union soviétique semblait devenue le rendez-vous des affairistes du monde entier. Industriels allemands, canadiens, américains, syriens.

Rachel avait croisé, attaché-case sous le bras, l'homme à la valise à roulettes de l'aéroport. Il l'avait regardée d'un air soupçonneux. Pensait-il qu'elle le poursuivait ? Elle monta seule son sac dans l'ascenseur.

A peine installée dans sa luxueuse chambre climatisée tendue de soie beige, aux meubles massifs en acajou (le sol de la salle de bains recouvert de marbre blanc était chauffé, les robinets de la baignoire plaqués or), Rachel essaya de téléphoner à Alexandre. Il l'avait hébergée chez lui, avenue Ligovski, après le départ de l'équipe, les repérages terminés, et lui avait servi de guide et d'interprète deux ans plus tôt.

Une voix d'homme inconnue, en un français approximatif, lui apprit qu'il avait quitté depuis longtemps l'appartement communautaire. On ne savait ce qu'il était devenu. Aucun de ses anciens amis n'habitait là.

Le squat de la rue Pouchkinskaïa où demeurait à l'époque Natacha, l'ex-femme d'Anatoly, avait changé de téléphone. Rachel essayerait de s'y rendre le lendemain matin. Xenia avait probablement quitté Saint-Pétersbourg en profitant de l'ouverture des frontières. Sacha, dont Denis lui avait indiqué le numéro de téléphone, ne répondait pas davantage.

Tout débutait mal. Le poids de la solitude l'oppressa soudain. Qu'était-elle venue chercher ici ?

A quel appel avait-elle obéi ? Pourquoi avait-elle quitté Paris sur un coup de tête pour aboutir dans cette chambre trop somptueuse où tout la ramenait à une histoire d'amour perdue, dans cette ville où personne ne l'attendait ? Elle avait considéré le prix de la chambre avec effroi. A ce rythme-là, il lui faudrait rentrer à Paris avant de commencer ses recherches. Elle avait oublié à quel point les hôtels coûtaient cher. En dehors des repérages, elle avait vécu chez des amis. Elle devait chercher une chambre chez l'habitant, où on parlerait français.

Elle se revit quittant Saint-Pétersbourg, son sac sur l'épaule. Elle attendait dans ce même aéroport l'annonce de son vol pour Paris.

– Ce n'était qu'une question de semaines, juste le temps de s'organiser ! disait Anatoly dans l'atelier avant son départ.

Il la serrait contre lui, ses épaisses boucles brillantes lui frôlaient le visage.

Elle pouvait retrouver l'odeur lourde d'ambre gris qu'il dégageait. Une bouffée de chaleur lui monta à la tête. Seule dans cette chambre, elle avait envie de se jeter sur le lit et de pleurer. Où était-il ? Pourquoi ne répondait-il plus à ses appels ? Par où allait-elle orienter sa recherche dans ce labyrinthe ? Plus elle croyait se rapprocher d'Anatoly, plus elle avait l'inquiétante sensation qu'il lui échappait.

Il était presque sept heures du soir. Rachel n'avait pas envie de descendre dîner seule dans cet hôtel trop luxueux. Elle n'avait apporté aucune des tenues dont les femmes se pareraient.

De sa fenêtre, elle regarda le crépuscule devenir lentement obscurité. De pâles lumières s'allumaient à contrecœur sur la perspective Nevski.

« Nul journal, nul bureau de renseignements ne vous fourniront des informations aussi complètes que celles que vous recueillez sur la perspective Nevski », disait déjà Gogol.

Rachel tira les rideaux, revint dans la chambre. Elle se fit du thé dans sa bouilloire de voyage qui ne la quittait jamais. Du fond de son sac, elle sortit des barres de fruits secs qu'elle y enfouissait (habitude conservée de la danse). En les mâchant lentement, elle pensait avec nostalgie à ces dîners vibrant de mouvements, de sensations qu'ils partageaient avec l'équipe lorsqu'ils débarquaient pour un tournage.

Elle passa en revue le contenu de son sac. Papiers, carnet d'adresses qu'elle disposa sur la tablette du secrétaire en faux Louis XV qui décorait la chambre. Des brochures ramassées dans l'avion. Une lettre passionnée qu'un ancien fiancé lui avait envoyée auparavant et qu'elle relisait les soirs de cafard. Sa carte de membre d'un vidéo-club, une carte de Sécurité sociale périmée, un bristol de touristes rencontrés à Singapour, qu'elle ne reverrait jamais. Un billet symbolique d'un rouble qu'elle conservait depuis son dernier voyage. Combien valait-il aujourd'hui ? Il n'y avait aucune lettre, aucune photo d'Anatoly.

Il fallait établir la liste des amis rencontrés à l'époque à Saint-Pétersbourg, essayer de les appeler un à un, retourner dans les cafés, les cantines où ils avaient l'habitude de se rejoindre.

La sonnerie du téléphone la fit sursauter, la tira de ses rêveries. Qui pouvait l'appeler ? Personne en dehors de Denis ne savait où elle se trouvait.

Une voix d'homme rocailleuse lui parla en russe d'une manière saccadée. S'agissait-il d'un dialecte inconnu ? Elle ne comprenait rien. L'homme avait raccroché. Il s'était peut-être trompé de chambre ?

La panique la reprenait. Les deux hommes en marron, le père et le fils, l'avaient regardée avec insistance en descendant de l'avion. Et s'ils étaient chargés de la surveiller ?

Rachel revint s'étendre sur le lit, alluma la télévision pour essayer de se changer les idées. Elle découvrit, sous-titré en russe, un épisode du feuilleton « Santa Barbara » ; sur une table ornée de chandelles, Channing déposait un bijou de prix, créé spécialement pour Sophia qu'il avait invitée à dîner. A côté, en évidence, il plaçait les documents annulant la procédure de divorce qu'il espérait signer au cours de la soirée, mais Sophia se faisait attendre.

Rachel finit par s'endormir devant la télévision allumée. Le lendemain matin, le téléphone se mit à sonner. Son esprit engourdi était encore perdu dans ses rêves, pourtant quelque chose se déclenchait en elle, lui disait que c'était le téléphone. Elle ouvrit les yeux. Le jour était levé. Elle n'avait pas demandé qu'on la réveille. Elle réfléchit, s'assit sur le lit, ne décrocha pas. A part le réceptionniste, personne ne savait qu'elle occupait cette chambre. Le téléphone se tut. Rachel se dirigea vers la salle de bains quand la sonnerie reprit. Cinq, six, dix sonneries. Ce n'était pas un faux numéro. On n'insisterait pas ainsi. A la dixième, elle décrocha.

– Allô ?

Une voix jeune à l'accent russe répondit.

– Vous êtes Rachel G. ?

– Qui êtes-vous ? Comment avez-vous obtenu mon numéro ?

– Ecoutez-moi. Vous étiez une amie d'Anatoly ?

– Qui êtes-vous ? Que voulez-vous dire ?

– Vous devez m'écouter. Il faut me faire confiance. Vous êtes en danger. Ne restez pas ici. Rentrez tout de suite à Paris !

Rachel sentit un nœud à l'estomac. Elle vérifia d'un coup d'œil que la chaîne de sûreté protégeait la porte.

– Je ne peux pas parler au téléphone. Nous devons nous rencontrer en ville.

– Ce téléphone marche. Je vais raccrocher. Le consulat sait que je suis ici. Je travaille pour un journal. Je suis en reportage.

– Non, attendez. Réfléchissez. Je connais le numéro de votre chambre. Je sais où vous êtes et je me contente de vous téléphoner.

Cela paraissait logique. Il continua lentement, détachant chaque mot.

– Je veux vous aider. Une Volvo grise attendra devant l'hôtel tout à l'heure, le chauffeur se présentera à vous. Il vous conduira au rendez-vous.

– Comment va-t-il me reconnaître ?

– Ne vous inquiétez pas, il saura vous trouver. Vous connaissiez un certain Micha ?

Quelques semaines auparavant, un homme à l'accent russe prénommé Micha, se disant un ami d'Anatoly, l'avait appelée de Lausanne. Il l'avait connu, disait-il, à Saint-Pétersbourg. Il voulait lui remettre des documents. Il allait venir à Paris. Elle n'en avait plus entendu parler. Elle ne se souvenait pas de l'avoir rencontré au cours de son précédent séjour. Anatoly avait des fréquentations mystérieuses.

– C'était un ami d'Anatoly.

Il y eut un silence au téléphone. Que voulait-il dire ? Rachel commençait à avoir peur. Devait-elle appeler son ambassade à Moscou ? Ne pas aller au rendez-vous ? De toute façon, ils finiraient par la repérer. Autant savoir ce qu'on avait à lui dire. Elle était venue à Saint-Pétersbourg dans l'espoir de retrouver la trace d'Anatoly. Elle aimait se prendre pour une espionne, comme le lui avait dit Denis.

– Bon, je viendrai !

Elle raccrocha, s'habilla, descendit. Elle prit soin de fermer sa porte à double tour. On n'allait pas fouiller sa chambre. Elle prit ses papiers avec elle, son passeport, son billet d'avion.

Dans le hall de l'hôtel, l'atmosphère bourdonnait des discussions d'universitaires qui posaient des questions, se lamentaient de la mauvaise qualité de la nourriture qu'on leur avait servie à la meilleure table de la ville. Rachel avait reconnu ses compagnons de voyage. Certains traînaient des sacs lestés de livres, de papiers. Ils attendaient un autocar qui allait les conduire à l'université de Saint-Pétersbourg où ils discuteraient de l'influence des poètes romantiques français sur la littérature russe ou du contraire. Rachel n'avait pas saisi le sens de leur colloque.

Ils étaient surexcités à l'idée de retrouver le groupe. Pendant une semaine, ils allaient mener une vie de plaisir libérée de leurs liens, loin de leurs contraintes, l'esprit comblé par les amphithéâtres et le corps par les restaurants et les boîtes de nuit.

Un homme à l'allure distinguée, d'âge moyen, de somptueux cheveux gris ondulés ramenés en vagues à l'arrière, s'était présenté à Rachel. Professeur à la Sorbonne, il était spécialiste de José-Maria de Heredia. Il avait remarqué sa mélancolie dans l'avion.

Il serait heureux de l'inviter à dîner avec eux si elle se sentait seule. Après la dernière conférence ils devaient se rendre dans un restaurant de la Fontanka où les tables dressées derrière des murs tendus de soie bleue drapée comme une bonbonnière donnaient sur l'eau d'un canal dont on ne distinguait rien. On leur avait promis de la cuisine russe, bortsch, champignons, poissons fumés, ajouta-t-il.

Il semblait curieux de savoir pourquoi Rachel se trouvait à Saint-Pétersbourg. Elle l'avait remercié. Pour couper court à ses questions, elle lui avait dit qu'elle était venue rejoindre l'homme qu'elle aimait. Ce qui n'était pas faux.

Un ciel pommelé pesait sur le dôme bleu et argenté de Notre-Dame de Kazan. Des marchands à la sauvette vendant des livres au marché noir encombraient le trottoir. Au loin, à l'angle de la Moïka, on apercevait le bâtiment safran du Literaturnoie Cafe, le Café littéraire.

Et si elle retournait dans l'atelier de l'île Vassilievski où ils avaient vécu, elle découvrirait peut-être un indice ? Elle n'en était qu'à une station de métro. Elle descendrait à la station Vassileostrovskaïa comme elle en avait l'habitude à chaque fois qu'elle revenait du Café littéraire où elle aimait se régaler de zakouski et s'imprégner d'une atmosphère nostalgique. Ce café où Pouchkine était venu une dernière fois rejoindre ses amis, ses témoins avant de partir vers son duel et sa mort. En empruntant l'avenue 7, elle passerait devant les grilles du cinéma Baltika. Il n'avait sans doute pas rouvert ses portes.

Sur le mur, à côté des téléphones publics, il y aurait ces milliers de petits papiers accrochés comme des ex-voto où on pouvait lire toutes les annonces imaginables, depuis la vente de deux bouteilles de bière jusqu'à l'adresse d'une rebouteuse qui proposait ses herbes, de la recherche de clous de girofle, d'une boîte de Tampax, ou d'ampoules électriques usagées qui remplaceraient celles volées au bureau pour s'éclairer chez soi, un fer à repasser à louer ou un cagibi à partager.

Elle retrouverait le marché Saint-André où elle allait avec Anatoly acheter les légumes frais et les œillets pourpres aux babouchkas venues de leur campagne. Une grosse mère lui faisait goûter sa sauce au raifort. Elle pouvait, en fermant les yeux, humer cette odeur aigre qui lui rappelait son enfance. Il suffisait d'avoir de l'argent et ces devises que Rachel possédait au début de son séjour.

Elle traverserait la Grande Avenue Bolchoï. La chaussée défoncée était probablement interdite à la circulation. Elle se souvenait de ce madrier en bois jeté comme un pont en pleine jungle au-dessus du canal fangeux et nauséabond qu'il fallait emprunter pour rejoindre son avenue. Elle jetterait un coup d'œil à la boutique de livres anciens. Un vieux livre français y aurait peut-être encore échoué.

Et la Frégate, qui ne fermait jamais avant onze heures ! Ils y venaient parfois dîner. Le patron cuisinait ses galettes de pommes de terre. Dans un français approximatif, il lui racontait les mésaventures de son arrière-grand-mère qui, à Paris, avait prospecté les grands magasins.

En dépassant la caserne maritime, elle reverrait les jeunes filles russes en jupes de bal marchant dans leurs bottes fourrées.

Il suffirait de tourner à droite, de dépasser la cour.

– Ça ne va pas ?

L'homme à la chevelure argentée, penché sur elle, la soutenait au milieu de la rue.

– Venez, appuyez-vous sur moi. Vous avez eu un malaise. Heureusement notre bus n'était pas encore arrivé. Je vous observais depuis un moment, au milieu du trottoir. Vous êtes sûre que ça va aller ? Ne restons pas dans la rue.

Les autres universitaires les entouraient.

– Allons dans le salon de thé.

Il lui prenait la main, l'entraînait.

– Ce n'est rien, un peu d'hypoglycémie. J'ai l'habitude, j'aurais dû prendre un petit déjeuner ce matin.

– Ça va mieux ? Et ce fiancé, où est-il ? C'est là qu'il aurait dû se trouver. Une si charmante jeune femme !

– Justement j'allais le rejoindre.

Non, il ne fallait pas y retourner, se disait Rachel. Ça ravivait trop de souvenirs et ça ne servirait à rien. Et si quelqu'un l'attendait là-bas ? On pensait peut-être qu'elle allait s'y rendre. Le piège se refermerait sur elle. Elle disparaîtrait elle aussi. Personne ne la retrouverait.

Assis sur un canapé en rotin recouvert de coussins fleuris anglais, sous la verrière du Grand Hôtel Europe, parmi des palmiers, Rachel essayait de se calmer. Un instant, elle crut apercevoir la haute silhouette du père et du fils en costume marron qui l'observaient. Une créature blonde déposa devant elle des toasts au saumon.

Le spécialiste de Heredia attendait à ses côtés. Rachel dut lui promettre que si le fiancé n'était pas au rendez-vous ce soir, elle les accompagnerait à la Fontanka.

Elle ressortit. Devant l'hôtel, une Volvo grise était garée le long du trottoir. Elle ne pouvait pas voir si le chauffeur se tenait à l'intérieur. Elle s'approcha de la voiture. L'explosion la projeta sur le trottoir. Elle se retrouva allongée, la tête contre l'asphalte, étourdie par le choc. Elle perçut la chaleur du brasier et vit une gerbe de débris enflammés retomber sur la chaussée. Projetée en l'air, la Volvo avait fait un tonneau avant de s'écraser sur le toit. Dévorée par les flammes, la voiture n'était qu'une boule de feu. Rachel se releva. Des débris continuaient à grêler autour d'elle. Une seconde explosion retourna la voiture, le souffle balaya Rachel qui alla heurter le pare-chocs d'un véhicule en stationnement. Une fumée noire s'élevait du brasier. Des cris de panique retentirent.

– Attention ! Reculez ! Ça va continuer !

– A qui est cette voiture ? Appelez les pompiers. Est-ce qu'il y a quelqu'un à l'intérieur ?

La foule rassemblée sur le trottoir se pressait, indifférente au danger. Les gens sortaient de l'hôtel. Les voitures stoppaient, créant un embouteillage sur la perspective Nevski.

On la tira en arrière. Quelqu'un lui appliqua un linge mouillé sur le visage. L'agitation vibrait autour d'elle. Elle revint à elle. Que s'était-il passé ? On entendit hurler les sirènes des pompiers. Le bruit devenait assourdissant. On l'aida à s'adosser au mur de l'hôtel. Puis tout le monde recula. Les regards restaient braqués sur elle.

– L'homme a brûlé vif dans la voiture. C'était votre chauffeur ? Il attendait depuis un moment devant l'hôtel. On vous a vue vous diriger vers la Volvo.

Que pouvait-elle répondre ? Elle ne savait rien. S'agissait-il de la Volvo dont on lui avait parlé ? Personne ne lui avait fait signe, n'était venu la chercher. C'est elle qui s'était avancée vers cette voiture.

Deux hommes en uniformes gris-bleu, aux épaules rembourrées, coiffés de casquettes galonnées s'avancèrent vers elle agitant une plaque de la milice.

– *Gaïchnick*. Que s'est-il passé ?

Etourdie, elle ne comprenait plus le russe. Il fallut lui traduire. L'un d'entre eux la saisit aux épaules. « Colonel Dragounsky », entendit-elle.

– Ce n'était pas ma voiture, murmura-t-elle. J'habite cet hôtel. Non, je ne connaissais pas le chauffeur.

Elle traversa la foule, rentra dans l'hôtel escortée par les policiers, dut présenter son passeport, son billet d'avion.

Que pouvait-elle expliquer ? Avait-elle échappé de justesse à un accident mortel ? S'était-elle trouvée là seulement par hasard ? Etait-ce cette Volvo qui devait la conduire à son rendez-vous ? Elle préféra ne pas parler du coup de téléphone. Saurait-elle jamais ?

Il fallait contacter Alexandre. Il n'y avait que lui qui pourrait l'aider.

Rachel remonta dans sa chambre, passa le reste de sa matinée à téléphoner. Après de nombreux coups de fil infructueux, Rachel se résolut à appeler le nouveau conseiller culturel. Ce jeune homme, nommé grâce à ses origines russes et à sa connaissance de la langue, aimait à rendre service. Rachel se souvenait qu'à l'époque des repérages le consulat leur avait recommandé Alexandre comme guide et interprète.

Le conseiller n'avait pas l'adresse d'Alexandre qui ne travaillait plus pour eux depuis longtemps. Si elle avait besoin d'un guide, il en avait d'excellents à lui recommander.

Mais Rachel voulait retrouver Alexandre. Elle insista. C'était pour des raisons personnelles, expliqua-t-elle. Le conseiller lui donna à contrecœur une adresse, ajoutant qu'il vaudrait mieux pour elle qu'elle évitât de le rencontrer. Elle décida de s'y rendre et demanda au concierge de l'hôtel de lui réserver une voiture pour l'y conduire, après avoir relevé le numéro du véhicule.

Protégé par une armée de gros bras vautrés dans le hall d'un immeuble rénové de la perspective Nevski, un homme d'une trentaine d'années, costume clair, cravate club et mocassins italiens, accueillit Rachel derrière un bureau de marbre qui brillait comme un miroir. Devant lui, trois téléviseurs allumés, connectés à des magnétoscopes. Il se leva, vint à sa rencontre. Ses lèvres fines, rouges comme maquillées, dans un visage poupin, corrigeaient l'expression des yeux durs qui la dévisageaient derrière des lunettes à la monture d'écaille.

Où étaient les jeans déchirés, les chaussures de skaï gris du modeste interprète ? se demanda Rachel.

– Je savais que tu finirais par venir ici. Je t'attendais, lui dit Alexandre. Viens, on parlera en route.

Chauffeur au volant, la BMW noire s'apprêtait à les conduire. Au poignet d'Alexandre, Rachel remarqua une Rolex sertie de diamants.

– Mes amis t'ont vue quand tu débarquais de l'avion. Ils étaient sur le même vol que toi. Ils savent même le numéro de ta chambre au Grand Hôtel Europe.

– Comment me connaissent-ils ?

Alexandre ne répondit pas. Devant l'air incertain de Rachel, il ajouta :

– Ne t'inquiète pas, ils ne te suivaient pas. C'est une coïncidence.

La limousine longeait les quais de granit bordant l'immense fleuve. Un remorqueur à la coque noire tachée de minium passait sur la Neva. Sa cheminée laissait échapper des volutes de fumée bleuâtre qui se plaquait sur la lumière du fleuve. Une brume s'appliquait aux façades pastel des palais, ternissant leur éclat.

« Combien de corps, de cadavres gelés, ces canaux avaient-ils charriés jusqu'à la mer ? » se demandait Rachel assise à côté d'Alexandre.

Elle raconta l'explosion de la Volvo, l'inquiétant coup de téléphone.

– Ne cherche pas à retrouver Anatoly. Ne te mêle pas de ça. Fais attention. Cette ville est dangereuse. As-tu appris que sa mère était juive ? On le lui avait caché, sans doute pour le protéger. Sa grand-mère paternelle, une paysanne ukrainienne qui l'a élevé, le lui a révélé avant de mourir, il y a quelques mois à l'hôpital. Moi je pense qu'il l'a toujours su.

Alexandre connaissait la détermination de Rachel. Il savait que si elle était venue jusque-là, ses incitations à la prudence ne l'arrêteraient pas. Il semblait décidé à l'aider. Etait-ce au nom de leur amitié ou bien recherchait-il Anatoly ?

– Ici, il vaut mieux être protégé pour éviter les ennuis. Je vais te faire connaître mes amis.

La limousine noire, après un détour, les avait déposés place Saint-Isaac.

Serrés autour d'une table, ils étaient une dizaine, cheveux gominés, veste cintrée, cravate pourpre. A l'arrivée de Rachel, ils s'étaient levés pour lui faire le baisemain de l'ancienne Russie. Sur la table des bouteilles de Moët-et-Chandon à cent cinquante dollars défilaient.

– Pétersbourg est devenue le Chicago des années trente. Des bandes de voyous armés rançonnent la ville, attaquent au feu rouge comme au Brésil. Pour traverser certains quartiers la nuit, mieux vaut griller les feux et boucler les portières. Il faudrait être fou pour compter sur la police. Les policiers se vendent pour une poignée de dollars. On s'en occupe nous-mêmes. Les hommes d'affaires demandent des protections.

Alexandre avait surpris le regard de Rachel sur les gardes du corps armés, des anciens du K.G.B. qui entouraient leur table. Ses notions de russe lui revenaient par bribes. Plusieurs parlaient un dialecte incompréhensible d'elle... du géorgien ?

Le déjeuner se poursuivit en russe. Rachel restait muette. L'un d'entre eux lui porta un toast. Elle comprenait que sa présence était acceptée. Rachel remarqua un jeune homme à l'élégance britannique, l'allure d'un adolescent aux cheveux en bataille. Il sourit à Rachel.

– C'est Ilya Tcherkov, le plus puissant de tous, souffla Alexandre qui avait remarqué l'échange de regards. Il a fait fortune dans le pétrole.

Le déjeuner terminé, la BMW climatisée les avait ramenés sur le pont de la Neva. La circulation était aussi dense. Le chauffeur fit une embardée pour éviter un nid-de-poule qui défigurait la chaussée. L'histoire de Rachel avait commencé sur ce pont, il y avait bientôt deux ans.

3.

François, Max, Roberto et les autres...

Une odeur d'algues marines montait des canaux, envahissait la vieille Zaporogetz d'Alexandre. Sur le pont, le pare-brise fissuré, les remorques déglinguées des camions qui les dépassaient cliquetaient. Les autobus bondés bringuebalaient leurs grappes humaines. Depuis le matin, une pluie fine ne cessait de tomber sur Saint-Pétersbourg. La Zaporogetz roulait entre les rails des tramways à deux wagons, s'engageait dans la file pour traverser le pont du Palais. Assise à côté d'Alexandre, Rachel pensait à l'avion de Paris qui avait dû quitter Helsinki. L'équipe, les repérages terminés, allait atterrir à Roissy sans elle.

Vêtue d'un caleçon de jersey noir, d'une tunique aux impressions panthère, de ses Reebock de tous les voyages, ses boucles rousses cachées sous un béret de feutre noir, Rachel revoyait les images de la semaine.

Une eau boueuse jaillissait sous les roues de la voiture, retombait sur les trottoirs, inondant les ordures accumulées au hasard : boîtes de conserve cabossées, épluchures de légumes, déchets de viande avariée se déversant des poubelles renversées par le vent. Cette eau qui semblait imprégner jusqu'à la pierre des maisons aux façades pastel usé enveloppait des bras tentaculaires du fleuve les îles de la ville.

Il y a dix jours à peine, Rachel avait débarqué avec son équipe pour préparer le tournage d'une comédie musicale dont les perspectives des avenues de Saint-Pétersbourg serviraient de décors aux ballets.

Au cours des années soixante-dix, les Soviétiques voulaient amener de grands cinéastes étrangers à tourner des films de prestige. Le Japonais Kurosawa avait réalisé ainsi *Derzou Ouzala*, Cukor *L'Oiseau bleu* coproduit par les studios de Len-Films et la Twentieth Century Fox. Les Russes cherchaient à monter une coproduction dont le clou spectaculaire serait un grand ballet dansé dans les rues de Leningrad, et pour lequel la troupe du Bolchoï avait été réservée. Si on désirait cinq cents danseurs, ils les donnaient. Mos-Films avait contacté Jacques Demy, espérant ainsi que la « Venise balte » rejoindrait le club des villes chantées par Demy, celles où tout est possible parce qu'elles sont des ports : Nantes, Rochefort, Cherbourg... Michel Legrand avait composé la musique des chansons et des ballets.

Demy adorait l'ancienne capitale russe. Il blaguait son décorateur à propos des maisons peintes. « J'ai choisi Leningrad, disait-il, pour t'épargner du travail. » Le décorateur nantais Bernard Evein n'avait pas hésité à repeindre quarante mille mètres carrés de façades pour *Les Demoiselles de Rochefort*, mais le coproducteur français avait fait défaut. Brutalement, la préparation d'*Anouchka* s'était arrêtée. Le script racontait l'aventure du tournage en Russie d'une version musicale d'*Anna Karenine* sur les bords de la Neva, dont l'interprète principale était une comédienne française. Il avait été question d'Anouk Aimée. On mêlait les scènes du tournage à celles de l'existence des techniciens et des comédiens sur le film. La fin était tragique : au lieu de se faire écraser par un train, l'héroïne était broyée par la chute d'un projecteur.

Demy était mort, mais les Russes qui voulaient reprendre le sujet étaient revenus à la charge auprès des Italiens. Les coproducteurs de la R.A.I. avaient fait appel à des techniciens français pour les repérages. Ils étaient susceptibles d'interpréter et d'utiliser les dizaines de dessins, de décors, de costumes réalisés à l'époque par l'ancienne équipe.

Rachel était chargée de renouer les contacts avec les techniciens russes qui avaient commencé à travailler sur le projet et d'établir le lien entre les équipes française et italienne. Il restait encore quelques maquettes qu'elle avait apportées de Paris avec elle : le jardin, la salle de bal, une gare, un métro, la chambre d'Anna. On disait que des costumes se trouvaient quelque part dans les studios de Len-Films. Il fallait revoir les lieux de tournage prévus en extérieur.

Par la fenêtre de sa chambre au dixième étage de l'hôtel Pribaltiskaïa, Rachel regardait la Baltique blanche, presque grise ; sur le littoral sablonneux, le vent ridait la lagune. Des souches sombres de buissons s'étiraient dans le brouillard. Au loin, le golfe de Finlande semblait pris sous les glaces. François, le chef décorateur, continuait à pérorer.

– On t'attend en bas pour dîner. On a trouvé un interprète formidable : Alexandre. Il parle français. Il a travaillé avec une équipe de Sergio Leone pour le repérage de leur film sur le siège de Leningrad pendant la guerre. Il a l'habitude des emmerdeurs du cinéma !

Il furetait dans la chambre. Même en repérage, il ne quittait pas ses vestes de cachemire, ses pantalons à pinces.

– Tiens ! T'as un double lit, tu vas pouvoir te ramener un fiancé. Remarque, avec ces bonnes femmes qui surveillent les couloirs, ça doit pas être facile.

Il se rapprochait d'elle, regardait par la fenêtre.

– C'est sinistre cette plage, on dirait Ostende.

Sans attendre la réponse de Rachel qui ne s'était pas retournée, il continuait :

– Bon, tu descends bouffer avec nous ? Ça va encore être des trucs dégueulasses ! Heureusement qu'on ne reste pas longtemps.

Il alla vers la porte, revint sur ses pas :

– Dis donc, t'as vu la petite au standard ? Je me la ferais bien !

Rachel, indifférente au monologue de François, quitta sa fenêtre, revint dans la salle de bains, acheva de ranger ses flacons, ses pots de crème, pour le corps, ses masques hydratants. Sa trousse de toilette et sa bouilloire de voyage étaient son seul luxe, les bagages qu'elle emportait avec elle sur les tournages, dans les coins les plus reculés.

– Oui, je finis et je descends.

La porte claqua. Elle était enfin seule. Rencontré sur un précédent tournage à Hambourg, là où le destin de la famille de Rachel avait basculé, François était devenu son amant quelques semaines. Le film terminé, restés amis, ils se racontaient leurs aventures.

Pendant des mois, elle avait cherché à se faire engager sur un film qui se tournerait en Russie et lui permettrait d'entreprendre des recherches sur ses racines, sa famille qui avait quitté la Russie au début du siècle. Restait-il trace de cette grand-mère dont elle portait le prénom et à qui elle ressemblait ? Cette Rachel qui avait quitté Vilna, adolescente, pour aller à la rencontre de son futur mari à Saratov, sur la Volga. Chassés par les pogroms, ils avaient fui avec leurs cinq enfants, n'emportant qu'un samovar et un édredon de satin rouge, espérant gagner les Etats-Unis. Sur le port de Hambourg, le sort en avait décidé autrement. A cause de la conjonctivite de l'un des enfants, l'embarquement leur avait été refusé. Plus tard, ils s'étaient retrouvés à Paris. Rachel était née à la fin des années cinquante, dans le troisième arrondissement.

Elle éprouvait le besoin de se rendre à Vilnius pour vérifier ce qu'était devenue la ville de sa grand-mère. Elle savait si peu de choses de sa famille ! Il lui semblait curieux d'être la proie de cette soif. Elle, une jeune femme moderne, divorcée, qui avait la chance d'exercer un métier fabuleux, pourquoi se détournait-elle de son chemin pour tenter de replonger vers ses racines ? Pouvait-on continuer à vivre au milieu des paillettes, parmi les faux-semblants, sans éprouver un jour le besoin de savoir d'où on venait ? Ne pas se poser de questions sur son passé, sur celui de sa famille, profiter des privilèges exceptionnels que lui apportait le fait de vivre dans le milieu du cinéma, sans s'arrêter, réfléchir ? Impossible. Pouvait-on se laisser transporter d'un pays à l'autre, entouré de copains, dans les meilleurs hôtels, partager des liaisons légères avec des hommes séduisants, exercer un métier qui amenait à rencontrer des créateurs, des artistes, des gens amusants ? Qu'avait-elle connu de San Francisco, du Zimbabwe, de Melbourne ou de Singapour, sinon les mêmes officiels qui vous accueillaient, vous prenaient en charge, pour vous faciliter la vie ? Savait-elle ce que c'était que de se retrouver seule, épuisée par des heures de voyages en charter, au milieu d'un aéroport étranger, sans contact ni carte de crédit, comme lorsqu'elle était étudiante ? Elle aurait bientôt quarante ans. Le temps passait si vite.

Dans la salle de bains, Rachel se regarda, hésita à se remaquiller. A quoi bon ! Elle dessina un trait gris le long de ses paupières, posa un peu de brillant sur ses lèvres, renonça à attacher les épais cheveux roux qui tombaient en désordre sur les épaules. Il faudrait peut-être les couper en rentrant, se disait-elle à chaque tournage.

Les autres l'attendaient. Elle n'avait plus le temps de se changer. Il fallait descendre préparer les repérages du lendemain. On était là pour huit jours. On allait recommencer à rester à la surface des choses, passer à côté de la vie, à côté de l'essentiel. On croyait rencontrer une culture, visiter un pays, mais on sillonnerait la ville en quelques heures, ne cherchant que ce qui pouvait servir le film en trafiquant la réalité. Après une réception à l'ambassade, François, Max, Roberto et Jean-Pierre feraient semblant de faire la fête dans un bar pourri.

A chaque tournage, c'était la même histoire. On se battait pour avoir la plus belle chambre, pour découvrir les meilleurs restaurants. A peine les décors repérés, les hommes se cherchaient des « petites », comme disait l'équipe, et traînaient jusqu'à l'aube pour tenter de conclure des amours sans lendemain. Rachel était choquée à chaque film par leur manque de curiosité, agressée par leur comportement grossier, voire méprisant à l'égard de ceux qui les recevaient. Elle se souvenait du dernier tournage à Jérusalem, insupportable. Dans cette ville chargée d'une telle spiritualité, alors qu'elle avait envie, le travail terminé, d'aller se recueillir dans un lieu saint, ils réclamaient une salle de musculation et se plaignaient du manque de pain dans les hôtels. On était à la période des pâques juives.

– On n'a pas idée de servir ces galettes pourries !

Ils parlaient du pain azyme.

Ils occupaient leur temps, à peine le tournage terminé, à chercher des bars à putes et des restaurants typiques sans oser descendre de leurs taxis de peur d'un attentat. On parlait des juifs soviétiques qui affluaient là par centaines, quand ils arrivaient à obtenir leur visa après avoir subi toutes les humiliations. Au cours de ce voyage, elle avait décidé de se rendre en Russie.

Aujourd'hui, elle n'acceptait plus ce comportement de l'équipe. Il s'agissait de son histoire à elle. Les gens qu'ils rencontraient portaient peut-être, enfouies au fond d'eux, des traces de sa propre mémoire. Ils n'allaient pas aussi piétiner son passé.

Les repérages avançaient. Habitué au cinéma, Alexandre, d'une grande efficacité, allait au-devant de leurs demandes. Il avait réponse à tout. Rachel prenait des notes sur son grand cahier rouge d'écolier. Elle en possédait de toutes les tailles, de toutes les formes. Elle savait repérer le grain d'un papier, apprécier sa texture. Sa passion avait toujours été les papeteries. Elle pouvait y flâner des heures, fascinée par les piles alignées sur les étagères, les couleurs, les blocs multicolores, les crayons, les étiquettes, les encres. Elle se souvint d'un week-end en Ecosse avec Lee, son fiancé de l'époque, antiquaire, alors qu'il insistait pour l'emmener visiter les douves d'un château médiéval, avant de reprendre l'avion. Le temps pressait. Elle ne pouvait se résoudre à quitter la vieille papeterie d'Edimbourg, absorbée par les gommes et les taille-crayons aux formes insolites. A cause d'une papeterie, ils avaient failli se séparer.

– Il faudrait revoir le Kirov, faire répéter la chorégraphie aux danseurs, trouver les voitures d'époque, les ponts où danser, disaient-ils.

Le groupe défilait, jetant à peine un coup d'œil aux façades blessées des palais, n'imaginant pas qu'au-delà des murs aux pastels fanés se dissimulait la décrépitude d'une ville.

Alexandre avait essayé à table, en vain, de leur raconter que cette ville imaginée et commanditée par Pierre le Grand, destinée à être une fenêtre ouverte sur l'Europe, avait été bâtie au delta de la Neva au bord de la Baltique, sur des marais arrachés aux Danois. A la fin du XVIIIe siècle, les meilleurs architectes, sculpteurs et décorateurs français et italiens avaient été choisis pour édifier des paysages architecturaux baroques et classiques, submergeant les rues, les canaux, les quais, de forêts de colonnes qui jaillissaient sur les façades. Mais les sorciers et les diseurs de bonne aventure prédisaient la perte de la cité, en répétant que ses pierres étaient maudites.

– Leningrad (il n'arrivait pas encore à dire

Saint-Pétersbourg), c'est le vent, les mouettes, les grilles de fonte, les larges perspectives, la pierre, les flèches des monuments, disait Alexandre.

L'équipe n'avait pas le temps de s'occuper des vieilles pierres. On avait du travail.

— Il ne va pas recommencer, j'en peux plus de ces histoires, disait en baissant la voix le petit régisseur roux.

Vêtu de blousons aux inscriptions fluo, Jean-Pierre recouvrait sa calvitie naissante de son éternelle casquette de faux étudiant américain. Il était fier de ses casquettes qu'il rapportait de ses tournages comme autant de trophées de guerre, Jean-Pierre, dont la culture se limitait à Charlie Parker, collectionnait ses disques.

— Ça c'était de la musique ! répétait-il en sautillant.

Au dernier moment, l'ingénieur du son s'était joint à eux pour emmagasiner des ambiances sonores. C'était le seul qui ne se plaignait jamais. Avec des micros sophistiqués, il recueillait en entomologiste le bruit d'un caillou qui tombe dans un canal, la trace de la rame le long du fleuve, le cri des mouettes. Elles émettent un cri différent dans chaque port, disait-il. Au lieu de traîner dans les bars la nuit, il partait seul traquer ses précieux échos en parcourant la ville : le pas d'un homme faisant résonner ses talons sur les pavés disjoints d'un pont, dans le silence de la nuit, le chuintement d'une porte cochère qui se referme, le crissement du tramway glissant sur des rails mouillés. Avec l'immense sonothèque qu'il s'était constituée, il pouvait sortir à la demande le froissement du crocodile dans les herbes du Zambèze ou les claquettes d'une danseuse de flamenco sur une place de Barcelone.

– Ça ressemble à Amsterdam !

Dans son viseur, Roberto, l'opérateur, regardait virer la couleur du ciel.

– Ce matin il était d'un vert maladif, maintenant il tourne au gris perle. En extérieur, il va falloir changer souvent de diaf avec ces nuages.

– Leurs grandes perspectives ne ressemblent pas à Amsterdam, contredisait le directeur de production qui se fichait des problèmes de lumière.

Jamais rassasié par les repas de production, le gros Max grignotait toute la journée d'écœurants biscuits au miel dont les miettes maculaient le col de ses vestes de tweed avachies.

– Ça ne serait pas moins cher de tourner en Hollande ? demanda François.

– Mais non, avec la production, les Russes prennent en charge les frais sur place, et pour la figuration ça ne coûte rien. Au lieu de les envoyer à l'usine pour le même prix, ils les expédient sur le tournage. C'est mieux d'être en Russie, le film se passe à Saint-Pétersbourg.

– Tu crois qu'à l'époque d'Hollywood, ils

venaient jusqu'ici chercher des rues ou des ponts pour tourner *Ninotchka* ? reprenait François qui rêvait de fabriquer des décors grandioses en studio.

– Oui, mais aujourd'hui ça coûte plus cher de construire des décors ! tranchait Max.

– On pourrait repeindre quelques ponts en rose et en bleu pour donner un style, insistait François.

Savait-il qu'au XVIIIe siècle les ponts étaient peints de couleurs différentes ? Il suffirait de reprendre leurs noms pour trouver les couleurs : le « pont bleu » place Saint-Isaac, le « pont rouge » rue Dzerjinski, le « pont jaune » près de la place du Palais.

Devant le silence du directeur de production, il ajouta :

– Si on se trouvait en studio à Boulogne, on ne serait pas obligés de travailler avec des techniciens russes. Ils ne doivent pas être terribles, depuis le temps qu'ils sont fonctionnaires.

Roberto regardait le long de la Neva le soleil couchant teinter les hautes fenêtres vénitiennes d'or liquide. Au centre de la ville, aucun immeuble, aucune tour en béton ne venait défigurer les avenues. Sur les canaux, les ponts se succédaient, identiques aux gravures des musées.

– On se croirait plutôt à Venise, répétait François.

Rachel aurait aimé qu'Alexandre lui parlât de cette ville à deux visages qui contemplait son image inversée sur l'eau de ses canaux.

– On reviendra ! disait l'équipe.

Mais Rachel savait qu'on ne revenait jamais. Pris par une autre histoire, par la vie qui continue, on oublierait peu à peu le choc, l'émotion ressentis.

A son silence, à de brefs échanges de regards gênés, Alexandre avait senti que Rachel était différente, que quelque chose l'obsédait. Il écoutait les techniciens discutant entre eux, oubliant qu'il parlait français, dénigrant le pays, le régime, se plaignant de la nourriture comme de la saleté de la ville.

A plusieurs reprises, Rachel avait tenté d'évoquer sa grand-mère, ses origines russes. Qui sait si, partie de Vilna (c'est ainsi que se nommait la ville à l'époque), une lointaine cousine ne s'était pas installée à Saint-Pétersbourg ? Elle avait peut-être de la famille ici ? Elle pourrait les retrouver ? Devant leur manque d'intérêt pour ses histoires, Rachel avait abdiqué.

A un moment où elle se tenait seule dans la voiture avec Alexandre, celui-ci lui avait confié qu'avant de devenir guide il était pédiatre. Découragé par la pratique de la médecine soviétique, devant la souffrance des enfants qu'il ne pouvait soulager, il avait préféré changer de métier.

Avant de quitter la voiture, il avait hésité :

– Si vous pouviez nous laisser vos médicaments, ça nous rendrait service. Il n'y a rien à acheter ici, dans les pharmacies.

Il avait ajouté :

– J'ai cru comprendre que tu étais d'origine russe, que tu voudrais rechercher des traces de ta famille. Quand tu reviendras, je t'aiderai. Tu pourrais même aller en Lituanie. D'ici c'est facile, il y a un train de nuit pour Vilnius.

Une complicité tacite s'était ainsi installée entre eux.

Le moment du départ arriva.

Les journées avaient été nourries des prises de vues, des décors répertoriés, des avenues, des perspectives. On avait réalisé des Polaroïd de chaque pont. Ils avaient fait défiler des dizaines de danseurs du Kirov, recueillant leurs photos annotées : taille, âge, style. Rachel avait joint les décorateurs russes qui avaient travaillé sur l'ancien projet d'*Anouchka*. Ils avaient comparé les maquettes, échangé des croquis, étudié de nouvelles possibilités de construire des décors. Elle avait rencontré des comédiens russes. Le film allait-il se réaliser ? Il y avait des problèmes. Le metteur en scène pressenti, resté à Rome, écrivait une nouvelle version du scénario que réclamait le producteur. Rien n'était réglé avec la coproduction russe. Rachel avait terminé son travail. La seule chose qu'elle n'avait pas réussi à repérer était la trace des costumes abandonnés dans les studios de Len-Films. Ses adresses, ses listes, ses contacts, ses commentaires étaient consignés dans le cahier rouge.

Depuis plusieurs jours, Rachel n'attendait qu'un signe pour rester à Saint-Pétersbourg. Après avoir bouclé son sac, elle avait rejoint l'équipe dans le hall du Pribaltiskaïa. Avait-elle la moindre chance de revenir ?

Sur l'esplanade de ciment qui entourait l'hôtel, des coffres de voiture s'entrouvraient. On proposait du caviar, de la vodka aux étrangers, au tiers du prix de l'hôtel. Probablement des marchandises volées.

A l'aéroport de Poulkovo, au milieu des cris et de la pagaille qui régnait, on se serait cru au départ d'un vol d'une capitale africaine. Encombrés de paquets, Max et François la poussaient vers l'un des comptoirs d'enregistrement, joyeux à l'idée de rentrer enfin. L'avion décollait à seize heures trente. On serait à Paris pour dîner.

Etait-ce cette vieille babouchka surgie de nulle part ? Figée dans un coin de l'aéroport, engoncée dans sa jupe de laine brune, un châle noué autour de la tête, la babouchka serrait contre elle son sac de plastique, le regard lointain, délavé, ailleurs.

Une envie de pleurer s'empara de Rachel au moment d'enregistrer son sac. C'est ce regard de ceux qui n'attendent rien de la vie, qui ont tout perdu, tant souffert, qu'aurait eu sa grand-mère si elle n'avait quitté la Russie fuyant les pogroms avec sa famille.

Devant les passagers, Rachel en larmes avait repris son sac de voyage qui glissait déjà sur le tapis roulant.

– Je reste ici ! avait-elle crié.

Elle avait tendu à François le cahier rouge.

– Tout est là !

– Tu es folle ! et ton visa ! et la suite du film ?

L'équipe était repartie sans elle, après avoir tenté de lui faire la morale et de l'entraîner.

Le brusque coup de volant d'Alexandre la ramena à la réalité. La voiture stoppa net devant la porte d'un immeuble faisant gicler des traînées brunâtres sur des murs que personne ne lavait.

– Attends-moi dans la voiture, j'en ai pour quelques minutes.

Au milieu de la chaussée défoncée de la Grande Avenue Bolchoï fermée à la circulation, un madrier jeté comme un pont d'un trottoir à l'autre évitait aux passants de tomber dans une crevasse qui déformait la rue.

Charriant un énorme quartier de viande sur les épaules, Alexandre revenait déjà vers la voiture. Des taches de sang maculaient la manche de sa veste en jean déchiré. Des gouttes avaient coulé sur ses chaussures en skaï.

– Tu peux m'aider à la mettre dans le coffre ? Il faut se dépêcher avant qu'elle ne décongèle. On est allé la chercher ce matin à la gare de la Baltique.

Dans la rue, personne ne semblait s'étonner de ce chargement.

– Tu es aussi boucher ! s'exclama Rachel écœurée par l'odeur boucanée qui envahissait la Zaporogetz.

– Il faut bien manger. Il y a eu un arrivage ce matin. Ici on achète la viande par quartiers entiers. On la découpe et on la revend aux amis. Ça fait partie des combines. Tu verras.

La voiture roulait vers la banlieue. La pluie s'était arrêtée. Un soleil blafard éclairait les esplanades cimentées des faubourgs de Saint-Pétersbourg. Alentour, les immeubles de brique délabrés, aux fenêtres desquelles séchait, comme à Naples, du linge, se dressaient sous le ciel blanc. En quittant le cœur de la ville, Rachel découvrait ces constructions en béton, en brique, des années cinquante, blocs de la banlieue industrielle qui s'alignaient, sinistres.

Depuis leur départ de l'aéroport, Rachel assise à son côté, Alexandre n'avait cessé de parcourir la ville à la recherche de bons d'essence, de nourriture, des tuyaux pour survivre qu'on leur avait cachés. C'en était fini des limousines, des privilèges partagés avec l'équipe du film, des *berioskas* pour touristes, où l'on pouvait acheter avec des devises du caviar, du poisson fumé, des conserves, des hôtels de luxe où coulait l'eau chaude, des restaurants où on ne faisait pas la queue.

– Il faut que je trouve des ampoules électriques. Il n'y en a plus nulle part. Tout le monde les pique, même celles des bureaux. Après on les remplace par des vieilles qu'on achète dans la rue pour que ça se remarque moins. Tu dois commencer à être fatiguée. On va te préparer un bon thé à la maison, je ne te promets pas un bain comme au Pribaltiskaïa. On a rarement de l'eau chaude, chez nous.

En quittant Poulkovo, sans poser de questions, Alexandre lui avait pris son sac des mains, tendu un mouchoir crasseux.

– Ce soir, tu pourras t'installer chez nous.

4.

Xenia

Les ampoules blanches des réverbères diffusaient une lumière crue qui n'éclairait que les poteaux. La nuit était tombée. La Zaporogetz verte franchissait lentement les ornières, revenait vers les immeubles délabrés du centre-ville, dans cette cité des tsars où les colonnes d'architecture classique s'opposaient aux coupoles dorées et au foisonnement baroque des palais, où la symétrie se parait d'ornements somptueux. Ville parfaite rêvée par un conquérant. N'avait-elle pas été construite dans le ciel, avant d'être posée d'une pièce dans le paysage désolé des marécages de la Neva ? Débaptisée plusieurs fois, privée de son statut de capitale, traitée en cité provinciale, devenue le simple conservatoire de sa splendeur passée, ville-musée, isolée du reste du pays, Saint-Pétersbourg avait préservé l'essentiel. Au-delà des façades restaurées, l'abandon régnait mais le délabrement auréolait du charme de la nostalgie une ville dégradée mais jamais défigurée.

Derrière la perspective Nevski, Alexandre et Rachel pénétrèrent sous un porche sombre de l'avenue Ligovski. Les fenêtres des étages inférieurs se fondaient dans l'asphalte de la cour. Rachel découvrait ces enfilades de passages où se réfugiait la vie : cours secrètes qui traversaient la ville de part en part.

Dans la troisième cour, les maisons étaient si étroitement serrées sur une dizaine d'étages qu'on ne distinguait pas le ciel. Au ras du sol, l'air stagnait, tels des égouts humides. En haut une seule fenêtre restait éclairée. Sous la voûte, une énorme vieille, la tête serrée dans un foulard gris délavé, les dévisagea avec curiosité. Elle avait les bras chargés de bouteilles. En les croisant, elle laissa échapper son chargement qui se fracassa sur la pierre, répandant une odeur de vinaigre éventé. Elle se mit à les insulter, tentant d'agresser Rachel qu'Alexandre entraîna vers une cage d'escalier.

Rachel trébucha sur deux marches ébréchées qui menaient à une cave. Alexandre dut la retenir. Dans les cages d'escalier, les odeurs successives de crasse, de poussière s'accumulaient. La puanteur prit Rachel à la gorge, elle eut du mal à atteindre le quatrième.

Après avoir sonné à la porte de l'appartement

selon un signal convenu, une blonde décolorée leur ouvrit la porte. Petite, potelée, elle portait un pull-over noir moulant à bouclettes pelucheuses. Le décolleté laissait entrevoir une peau laiteuse. De larges boucles d'oreilles dorées, clinquantes, tintinnabulaient, déclenchant à chaque geste une petite musique de clochettes tibétaines. Un fard bleu vif soulignait ses paupières fendues.

– C'est mon amie Xenia. Elle parle un peu français et anglais. Elle est hôtesse sur les bateaux qui font les croisières sur la Baltique.

Alexandre avait raconté à Xenia l'histoire de Rachel. Celle-ci eut la curieuse impression de l'avoir déjà rencontrée. Comment était-ce possible ? Elle ne connaissait personne à Saint-Pétersbourg. Xenia l'accueillait avec un sourire.

Elle savait où elle avait croisé la Française. Dans le hall du Pribaltiskaïa, quelques jours plus tôt, au bras de ses clients finlandais. Xenia songeuse avait regardé l'équipe de cinéastes. Allait-elle quitter ses industriels pour les Français ? Elle s'était renseignée auprès du portier. Il ne s'agissait que de cinéastes. Ils n'avaient probablement pas autant de devises que ses hommes d'affaires à elle.

– Ne reste pas plantée comme ça, dit-elle avec un fort accent. Entre. Enlève ton blouson. Fais comme chez toi. Ici, c'est à personne, ou à tout le monde, si tu préfères. C'est un squat, un appartement rayé des listes. Enlève tes chaussures, elles sont boueuses. T'as vu l'état des rues ?

Rachel avait remarqué que, dans l'étroite entrée, des paires de chaussures de toutes tailles s'alignaient comme dans un chalet de montagne. D'énormes cartons pleins de bouteilles vides attendaient d'être descendus. Ils franchirent le long couloir, passèrent devant une porte fermée. Des éclats de voix traversaient les murs.

– Ceux-là, ils s'engueulent tout le temps. On n'y fait plus attention.

Un miroir ébréché décorait un mur du couloir peint en vert moisissure.

– C'est la couleur des appartements du quartier. Ils n'ont fabriqué que cette peinture-là, continuait Xenia en se dirigeant vers la cuisine.

Ses longues mèches presque blanches lui balayaient le visage, auquel un nez retroussé ajoutait un air d'insolence. Une épaisse fumée stagnait au-dessus de la table de la cuisine. Une toile cirée à fleurs rouges recouvrait une table envahie de tasses et d'assiettes sales. Au milieu trônait un plat rempli de petits pâtés au chou. Des tomates, un bocal de gros cornichons au sel, des bouteilles de vodka finlandaise, du champagne sans doute importé. Un jet de vapeur s'échappait d'une bouilloire cabossée posée sur une vieille gazinière.

Ils avaient le regard fixé sur la Slavoutich exposée sur le buffet comme une icône. C'était l'heure du fameux programme à scandales de Nevzorov dont se délectaient les habitants de Saint-Pétersbourg : « Six cents secondes ». Sur l'écran de la télévision, vêtu de son blouson de cuir, Nevzorov regardait le spectateur droit dans les yeux, sans consulter ses notes comme cela se faisait encore à la télévision russe. Le compte à rebours démarrait. 600... 500... 400... 300... Les secondes défilaient inscrites en gros chiffres dans un coin de l'écran.

Un criminel racontait comment il venait d'égorger une femme après l'avoir violée. On lui demandait de montrer la manière dont il s'y était pris. En gros plan, on voyait sur l'écran la bouche tordue, le regard tremblotant du type.

Fasciné par l'écran, personne ne bougeait. Vingt secondes... Demain, le temps sera brumeux sur Saint-Pétersbourg. Au revoir ! disait Nevzorov.

– Quel sale type, ce fasciste de Nevzorov ! Pourquoi vous l'écoutez comme ça ? Il paraît que c'est lui qui a fait poignarder son ancien associé, s'exclama Alexandre.

Il ajouta :

– Voilà Rachel, la cinéaste dont je vous ai

parlé. Elle reste à Pétersbourg. Elle va s'installer ici.

Il y avait là un musicien vêtu d'un jean délavé, son immense front dégarni surmontait des yeux bleus globuleux. Sa bouche en bec-de-lièvre qui souriait fendait tout le visage, découvrant ses dents ébréchées.

– Attention à lui, c'est un séducteur. Avec son violon, il attrape les filles et il a un appartement pour lui tout seul !

On lui présenta un ancien champion de karaté, responsable de l'entraînement des militaires. Il avait obtenu depuis peu de temps le droit d'enseigner le karaté aux enfants dans certaines écoles et sous surveillance de la police.

– C'est un champion. Il est couvert de médailles. Tu verrais sa chambre ! Avant, il n'y avait que les hommes du K.G.B. qui avaient le droit de pratiquer les arts martiaux. Ils devaient s'engager à ne jamais les utiliser dans leur vie personnelle.

Une boulotte d'à peine vingt ans, aux volumineux cheveux bruns frisés en casque, descendait des verres de vin blanc dans son coin.

– Tatiana réalise des documentaires pour enfants à la télévision de Moscou. Elle vient faire la fête avec nous avant de prendre le train de nuit. Elle cuvera son vin au retour.

On se levait, on repoussait les chaises. On

l'embrassa, on lui porta des toasts. Ils parlaient tous à la fois. Rachel ne comprenait pas grand-chose. Ses notions scolaires de russe allaient être insuffisantes. A plusieurs reprises, elle dut vider son verre de vodka, elle qui ne buvait pas d'alcool. On l'accueillait avec chaleur et curiosité.

On ne cessait d'entrer dans cette cuisine enfumée. On s'entassait autour de la table. Rachel découvrait que cette pièce était le centre de la vie. Catégories sociales confondues, le pays passait son temps à se saouler. On buvait partout. Dans les bureaux, les ateliers, sur les paliers, dans la rue, dans les voitures, à n'importe quelle heure du jour et de la nuit. Avant, pendant et après le travail. Même les dirigeants du régime étaient pleins d'indulgence pour les ivrognes, car la plupart d'entre eux buvaient aussi. Chacun se réfugiait dans le même désir de se divertir, d'oublier. On disait que Boris Eltsine avait son sauna personnel pour éliminer quotidiennement la boisson dont il était imbibé.

Une jeune femme venait d'entrer dans la cuisine. On la présenta à Rachel. Elle parlait un peu français. Les cheveux noirs coupés très courts, en boucles autour de ses yeux clairs étirés jusqu'aux tempes dans un visage triangulaire, Olga était venue de l'Oural pour entrer à l'Institut du cinéma. Mais, enceinte de huit mois, le seul poste qu'on lui avait proposé se trouvait à l'autre bout de la Russie. Elle avait refusé de quitter son mari, Sacha, qui étudiait à l'Institut des sciences. Pour vivre, elle cousait des robes aux voisines, avec des bouts de tissu des marchés aux puces. Vêtue d'un long pull noir égayé d'un col de dentelle acheté à des vieilles devant Notre-Dame de Kazan, elle parlait de sa voix douce :

– Tous les fruits ont disparu, même les pommes. Le savon est rare. Le prix du pain ne cesse d'augmenter, par contre, le dentifrice a réapparu ! J'en ai vingt tubes. C'est la seule façon d'acheter ici. Tous les jours, je me lève à sept heures, je prends le métro et je file vers les magasins à la recherche d'une occasion. On fait la queue des heures, la plupart du temps pour rien. J'ai dans l'appartement six barils de lessive mise en vente quand les Français ont dû vouloir écouler leurs invendus aux Russes. Et nous n'avons que du chou et pas d'allumettes pour la cuisine.

Tout le monde voulait parler à Rachel, lui poser des questions, lui expliquer ce qu'ils vivaient.

– Le communisme est tombé. Et alors, qu'est-ce que ça a changé pour nous ici ? Vous adoriez Gorbatchev, ce *moudak*, vous à l'étranger. Gorby ! hein ? lui lança Youri le violoniste. La perestroïka existait depuis plus de six ans et rien n'a progressé ! Elle n'a amené que la baisse des salaires, la désorganisation du travail. C'est vrai, on peut discuter dans la rue, prendre part à des meetings, assister en direct aux débats du Congrès retransmis par la télévision. On publie les œuvres de Soljenitsyne mais de la boue s'accumule devant nos portes cochères. A l'époque stalinienne, les *dvorniki* prenaient soin des rues. Sous Brejnev, on utilisait des machines achetées à l'étranger. Maintenant, on ne nettoie plus rien. Il est impossible d'obtenir un taxi et quand on en trouve un, il exige d'être payé en dollars. Rien ne marche. Ni le téléphone ; il faut commander pour le lendemain une communication avec l'étranger. Ni la poste, le courrier se perd. Les trains de marchandises sont bloqués et pillés avant d'être déchargés. Les magasins sont vides ou réservés aux riches.

Il s'arrêta, but d'un trait un autre verre de vodka. Ses yeux bleus étaient injectés de sang.

– C'est vrai, la commission des Droits de l'homme organise des conférences en plein centre de Moscou. Ils y viennent pour qu'on leur rende justice. Pas seulement des intellectuels, des anciens dissidents, mais d'humbles travailleurs venus de régions éloignées, des ouvriers, de petits employés. L'intelligentsia devrait être satisfaite, mais maintenant elle sait que rien n'a changé, qu'il n'y aura plus de lendemains qui chantent, qu'on manque de tout et surtout d'allumettes.

Varavine, le champion de karaté, apostropha Youri.

– Tais-toi, le youpin ! Vous pleurnichez toujours. T'as qu'à aller chez toi en Israël, si ça te plaît pas ici.

Rachel se rendit compte que le ton avait monté. Alexandre s'interposa.

– Ça suffit vous deux, vous n'allez pas recommencer à vous disputer !

Il ajouta à l'attention de Youri :

– Tu as peut-être raison, mais c'est bon de voir s'effondrer le système. Laissez Rachel tranquille, elle n'est pas responsable de nos problèmes.

Rachel recevait ces informations à travers une sorte de brouillard. Mélange d'alcool et de fatigue accumulée. Alexandre se tourna vers elle.

– Tu sais à quoi on reconnaît un intellectuel en Russie ?

Elle demeura silencieuse.

– A ses sourcils brûlés ! Les intellectuels passent des nuits dans les cuisines comme nous, à parler et à refaire le monde, et comme on ne trouve pas d'allumettes, ils allument leurs cigarettes en se penchant sur la plaque du gaz, qui fonctionne en permanence pour faire du thé. Regarde-nous ! On a les sourcils blancs.

Un joint circulait comme au bon vieux temps des babas parisiens.

– C'est de l'anacha des hauts plateaux d'Afghanistan. Tu en trouves au bazar : quinze roubles le sachet.

Le bocal de cornichons était vide, les tomates, les petits pâtés avaient disparu. Soudain elle le vit, assis de l'autre côté de la table, en face d'elle. Elle ne l'avait pas vu entrer. Il ne s'était pas présenté. Il ne faisait pas attention à elle. Il s'adressait en russe à la petite boulotte qui avait cessé de boire. Sa voix était rauque, basse. Rachel ne comprenait pas ce qu'il disait mais elle avait envie d'écouter le son de cette voix timbrée qui détachait les syllabes d'une façon mélodieuse. Ses épaisses boucles de cheveux châtains aux reflets cuivrés étaient retenues par une lanière de cuir. Une barbe naissante ombrait son visage tatar aux pommettes hautes. Des yeux tourmaline mélange d'or, de jaune et de brun comme ceux des chats, brillants, comme soulignés au khôl, fixaient Tatiana. De profil, ses cils dessinaient une ombre sur sa joue.

Brusquement, il s'était tourné vers Rachel comme s'il avait senti son regard sur lui. Elle n'écoutait plus que cette voix. Sa bouche un peu trop grande, sensuelle, souriait d'une manière dure. Il s'exprimait en un français parfait à peine souligné d'une pointe d'accent.

– Ça t'amuserait d'aller traîner avec moi ? Je peux te montrer des endroits intéressants à Leningrad !

Lui non plus ne disait pas Saint-Pétersbourg.

Rachel n'eut pas le temps de lui répondre, Anatoly s'était déjà levé. Sa haute silhouette enveloppée d'une capote militaire noire qu'il n'avait pas ôtée quittait la cuisine. De sa main levée, il lui fit un signe, mi-ironique, mi-complice.

– A demain peut-être !

Il avait disparu. Elle n'allait pas courir après lui dans le couloir sombre. Certains commençaient à partir. D'autres s'installaient pour la nuit. On allait lever les ponts sur la Neva. Ils ne pourraient plus traverser le fleuve. Chaque nuit à deux heures, les ponts articulés se relevaient sur la Neva pour permettre le trafic du fleuve. Ils laissaient les navires de haute mer traverser la ville et ne s'abaissaient pas avant quatre heures du matin.

Dans un coin de l'appartement, on lui avait déplié un lit de camp. Avant de se coucher, Rachel avait tenté de prendre une douche. Du pommeau rouillé, l'eau avait coulé d'abord bouillante en geyser, puis glacée. Au-dessus du lavabo, le miroir était écaillé, le tain, effacé à moitié. Rachel avait dénoué ses cheveux. Le roux était devenu terne, éteint. Elle regardait les cernes envahir son visage, ses rides au coin des yeux, sa peau desséchée, un peu grise. Elle n'était pas très séduisante. Etait-ce l'effet de la mauvaise lumière ? Une ampoule pendait d'un fil au centre du plafond.

Il n'y avait plus de porte à la salle de bains, mais un rideau de velours grenat défraîchi la séparait du couloir. Appuyée à l'ancien chambranle de la porte, Xenia l'observait. Rachel n'avait pas osé lui demander de quitter la pièce. Elle s'était enroulée dans une serviette humide douteuse.

– Pourquoi tu te caches ? Tu es belle. Il va sûrement prendre des photos de toi. On a toutes été amoureuses de lui. Il te plaît, Anatoly, non ? avait-elle ajouté.

Xenia s'avançait. Elle s'était approchée du miroir. Ses longs cheveux mal décolorés dégageaient ses racines sombres au bord du front.

– A quoi tu rêves, toi ? Moi je voudrais partir sur la Baltique, épouser un Suédois et ne plus jamais revenir ici.

Son rouge à lèvres écarlate avait bavé, s'insinuant dans les ridules au-dessus des lèvres. Deux plis se creusaient autour de sa bouche. De près, Xenia n'avait plus l'air si jeune. Elle paraissait beaucoup plus de trente ans.

Rachel remarqua son collant déchiré.

– Tu sais, disait-elle de sa voix rocailleuse, je

t'avais remarquée au Pribaltiskaïa. En une nuit, dans cet hôtel d'hommes d'affaires, je ramasse plus de devises que mon père en un mois avec son salaire de fonctionnaire. Pour un dignitaire de la nomenklatura, avoir une fille call-girl, ça doit être dur ! Toutes les filles ici rêvent de se prostituer. C'est leur seule façon de s'en sortir.

Xenia titubait légèrement. Elle avait ingurgité une bonne quantité d'alcool mais elle avait envie de parler. Rachel l'intriguait. Avec ses pommettes saillantes, ses yeux bleus fendus en amande, Rachel aurait pu être russe. Son élocution devenait difficile :

– J'ai repéré ton équipe. Tes copains n'ont l'air ni drôle ni généreux. Je préfère mes Finlandais.

Elle se rapprocha de Rachel.

– Alexandre m'a beaucoup parlé de toi, je suis contente que tu sois là.

Elle lui caressa les cheveux. Rachel se laissa aller. Il y avait longtemps qu'elle ne s'était confiée. Elle était touchée par cette poupée cassée. Dans cette salle de bains sordide où, au sol, des carreaux disjoints laissaient apparaître le ciment et dont le lavabo ébréché portait des traînées jaunâtres, Rachel n'avait plus envie de se protéger.

– Parle-moi d'Anatoly, s'il te plaît.

Xenia redevint sérieuse.

— Anatoly est ethnologue. Il travaille à l'Institut ethnologique des peuples du monde entier. Grâce à ses missions scientifiques, il peut se livrer à sa passion de la photographie. Il rêve d'exposer ses photos à l'étranger et surtout à Paris. Tu l'intéresses.

Elle s'appuya au mur crasseux. Ses jambes fléchissaient.

— Il est plus de quatre heures, on va se coucher.

Xenia disparut vers la chambre d'Alexandre.

Allongée sur son lit de camp, Rachel n'arrivait pas à dormir. Elle ferma les yeux. On entendait respirer dans la pièce à côté. Elle sentait confusément que sa vie allait être bouleversée.

Comme l'équipe de repérage était loin ! En quelques heures, elle avait accompli un voyage dans l'espace, dans le temps, en choisissant de rester dans cette ville. Qu'allait-il lui arriver ? Elle crut entendre sonner les cloches d'une église, retentir le galop d'un cavalier sur les pavés. Dans un brouillard jaune où se désagrégeaient des façades, elle eut une vision de nez circulant tout seuls, aquilins, camus, en trompette, à la recherche de leurs propriétaires, à travers une ville labyrinthique construite en trompe-l'œil.

5.

Anatoly

Rachel se réveilla lourdement le lendemain. Dans le couloir sombre qui menait à la cuisine, elle remarqua de larges cafards bruns, transparents, presque dorés qui se traînaient le long du mur. C'était comme si, au-delà des mers, ils la poursuivaient encore. Eux étaient indestructibles. Elle se souvenait de leurs frères dans l'appartement de New York où elle avait passé l'été dernier avec Régis, qui défilaient le matin en colonne autour de l'évier. Régis, qu'était-il devenu ? Ayant fait connaissance sur le tournage d'un feuilleton en Australie, alors qu'il n'était qu'assistant, ils s'étaient plu tout de suite. Elle avait aimé son côté réservé, le regard calme et ironique de ses yeux gris-vert, la douceur avec laquelle il s'exprimait au milieu de l'agitation du reste de l'équipe. Malgré la promiscuité éprouvante qui régnait sur les tournages, ils étaient parvenus à préserver un peu d'intimité. L'équipe, levée à six heures avec le soleil, se retrouvait chaque matin devant un buffet campagnard. Après plus de douze heures de travail partagé, ils éprouvaient le soir le besoin de se réunir pour dîner dans le même bistrot. Cet instinct grégaire épuisait Rachel. Régis et elle s'échappaient pour entendre de nouveaux groupes de rock dans les clubs de Melbourne dont on commençait alors à parler. Le film terminé, ils s'étaient arrêtés à New York. C'était cela sa vie jusqu'à présent, des rencontres de tournages, une intimité absolue le temps d'un film et la vie qui reprend son cours le film terminé. L'histoire d'amour qui se détériore.

Elle se dirigea vers la cuisine. La vaisselle de la veille s'empilait dans l'évier ébréché, des soucoupes débordaient de mégots dont la cendre s'était répandue sur la toile cirée trouée par endroits, écaillée à d'autres. Pas un bruit. L'appartement semblait désert. Sa montre s'était arrêtée. Quelle heure pouvait-il être ?

Rachel avait faim, elle avait envie d'un petit déjeuner, mais elle n'était plus à l'hôtel où il lui suffisait de commander pour obtenir ce qu'elle désirait. Elle commença à fouiller les placards mais la seule nourriture qu'elle parvint à découvrir fut des piles de paquets de sucre en morceaux entassés. Il n'y avait pas de frigidaire dans cette cuisine.

Où étaient-ils ? Où étaient Alexandre et

Xenia ? Et le bel Anatoly ? Avait-il vraiment dit qu'il viendrait la chercher, mais quand ? Elle n'allait pas les attendre toute la journée. A quoi bon avoir quitté l'équipe pour soi-disant entreprendre des recherches sur sa famille et demeurer enfermée dans cet appartement sordide ?

Elle ne pensait plus qu'à Anatoly. Et si elle se lavait les cheveux ? Ses boucles rousses emmêlées n'avaient plus de couleur. Elle se dirigea vers la salle de bains, retrouva les murs crasseux, le lavabo jauni de tartre. Elle avait oublié qu'il n'y avait pas d'eau chaude. Elle dut y renoncer.

Elle chercha le téléphone qu'elle découvrit accroché au mur du couloir. Autour du combiné, des couches successives de papier peint avaient été arrachées par bandes, creusant un cratère autour du téléphone. Elle voulut appeler l'hôtel Pribaltiskaïa pour savoir s'il y avait des messages à son nom. Qui serait susceptible de l'appeler puisque l'équipe était partie ? Elle ne pouvait se détacher de cette habitude maladive du téléphone dont les gens de cinéma étaient intoxiqués. Lorsqu'ils se trouvaient sur un lieu de tournage, dans le bush australien ou la savane africaine, ces faux nomades se sentaient perdus, privés de leurs repères, loin de leurs cantines et de leurs salles de projection. Ils éprouvaient le besoin de se rassurer en appelant Paris, pour avoir des nouvelles du box-office, le redoutable

« Ciné-chiffres » qui communiquait chaque jour les entrées de tous les films à l'affiche et faisait battre le cœur des producteurs et des réalisateurs.

Pas de tonalité. Elle n'était même pas capable de se servir de ce téléphone.

Elle fut tentée d'ouvrir les autres portes. On lui avait expliqué qu'il s'agissait d'un appartement communautaire. Qu'est-ce que cela voulait dire ? Elle renonça à son exploration. Comment violer l'intimité de ces Russes ? Les lits étaient défaits. Du linge sale traînait sur un fauteuil de cuir avachi. Une combinaison en acétate rose crasseuse avait glissé par terre. Rachel était trop respectueuse de la personne humaine pour fouiller dans les affaires d'inconnus. Elle revint dans le salon. Aux fenêtres, les voilages de nylon avaient jauni sous la poussière. Ce canapé défraîchi de velours d'un brun indéfinissable avait dû autrefois être rouge flamboyant. Elle commença à sortir ses affaires. Même si elle avait peu de vêtements, où les ranger ?

Assise dans l'unique pièce chauffée, parmi ses blouses, et ses jupes déballées, Rachel n'entendit pas Alexandre.

Un grand sac de papier kraft dans les bras, il se tenait devant elle :

— Ça ne te gêne pas des pirojki au petit déjeuner ? Remarque, l'heure en est passée depuis longtemps. Je n'ai pu dégotter que ça. Viens, je vais te montrer où se trouve le thé.

Il l'entraînait dans sa chambre où Rachel découvrit le frigidaire. Devant son air stupéfait, il expliqua :

– En général, le frigo trône dans la chambre à coucher. Comme ça, tu es sûr qu'un voisin ne va pas dévorer tes provisions pendant que tu dors !

Une partie de la viande de la veille y était entreposée.

– Je dois repartir. Aujourd'hui je travaille pour des ingénieurs. Anatoly viendra te chercher pour dîner. On se retrouvera plus tard.

Rachel n'osa pas demander où était Xenia. Il ne fallait pas être trop curieuse. Elle remit sa montre à l'heure (il était plus de deux heures), avala les pirojki fourrés de chou. Elle pouvait se laisser aller à rêver.

Dans un angle, une lourde psyché en acajou dont la glace principale s'ornait de deux panneaux, miroirs encadrés de bois de Carélie, dans le style des années trente, lui renvoya d'elle une image peu attrayante avec ses yeux cernés, ses joues pâles, ses cheveux crêpés. Si elle voulait séduire Anatoly, il lui faudrait faire un effort de présentation et prendre le temps de s'offrir un vrai maquillage.

Rachel trouvait son nez long, ses joues creuses. Ni ses yeux bleus, étirés vers les tempes, ni sa bouche pulpeuse, ne la rassuraient. Elle se jugeait trop petite. Et ses cheveux roux ? Les relever avec deux peignes ou les lâcher en liberté sur ses épaules ? Elle avait beau les serrer en chignon, avec des barrettes, sous des bérets, ils s'échappaient en boucles insolentes, animés d'une volonté d'indépendance.

Elle soupira, se déshabilla. Dans la pénombre, la glace lui renvoyait l'image de hanches rondes, de sa taille fine, d'épaules à la peau soyeuse, de son dos lisse et ferme.

Rachel hésita, enfila une jupe en patchwork multicolore, ses bottines lacées, une longue tunique de jersey noir dont le col montant en dentelle lui donnait un air vaguement russe et faisait ressortir son visage de chat. Elle tourna en rond dans l'appartement, la tête vide sans pouvoir se concentrer, puis commença à rassembler les notes qu'elle avait prises sur sa famille et le voyage à travers la Russie de ses grands-parents. Elle relut la lettre envoyée par son frère de Washington avant son départ. Il disait y avoir retrouvé de lointains cousins venus de Saratov.

Elle nettoya la table de la cuisine puis s'y assit pour écrire ses premières impressions, les détails de la veille, la conversation de ses nouveaux amis, le dîner.

L'angoisse de se sentir seule en territoire inconnu s'emparait d'elle ; en même temps, elle était heureuse de penser qu'elle s'était évadée de son cadre de vie, qu'elle se trouvait enfin en Russie. Courbée sur la table de bois blanc tachée, entaillée, sur laquelle s'étalaient ses feuillets, copies d'archives familiales, elle commença à écrire. Il lui semblait que sa mémoire avait baissé, que sa suite dans les idées se morcelait. Que connaissait-elle de la saga de ses grands-parents ? Elle ne possédait même pas de photos d'eux. Elle savait que son arrière-grand-père avait été rabbin ; un homme juste et bon, illuminé par sa mission, qui dirigeait d'une poigne solide les âmes d'un petit monde d'artisans, de boutiquiers, de chiffonniers dont il avait la charge. Malgré quelques pogroms sporadiques, il vivait en harmonie avec une population fourmillant d'intellectuels, de poètes, de musiciens, à Vilna, capitale d'une Lituanie pas encore absorbée par l'ogre russe.

Un vol de canards sauvages regagnant leur havre nocturne vers la mer vint s'échouer sur le rebord de la fenêtre. L'un d'eux heurta la vitre. Rachel releva la tête. Il régnait une douce tiédeur dans la pièce. Le soleil de fin d'été qui filtrait à travers les carreaux venait frémir sur le samovar. Elle grignota le dernier pirojki au chou sur le coin de la table.

Régis lui avait dit qu'elle n'était pas un écrivain ni une cinéaste. Elle allait lui écrire, lui faire part de ses émotions. Elle voulait lui déclarer qu'elle devait beaucoup à son influence, faire la paix avec lui.

Elle revint à ses notes.

Son arrière-grand-mère Hannah était morte tôt, laissant la jeune Rachel (sa grand-mère, dont elle portait le prénom) abandonnée à une marâtre. Le rabbin s'était remarié. La tradition voulait alors qu'un rabbin ne restât pas seul. Il lui fallait une épouse pour s'occuper des questions matérielles, de la maison. Voyant sa fille dépérir, cet homme bon avait décidé de soustraire l'adolescente à la tutelle de sa belle-mère et l'avait envoyée à Saratov en Russie, auprès d'une tante qui l'avait élevée comme sa propre fille jusqu'à son mariage avec David... un bottier prévenant et généreux.

Rachel était heureuse à Saratov, sur les bords de la Volga, entre son mari et ses enfants. Sans rancune, elle revenait parfois à Vilna voir son père et sa marâtre. Un climat antisémite commençait à régner sur la petite ville de Saratov. Les pogroms s'intensifiaient. On brûlait des synagogues. L'idée du départ se fit jour. Pourquoi ne pas émigrer en Amérique comme les beaux-frères et trouver de l'autre côté de l'Atlantique des lieux plus cléments ? L'Amérique, terre d'accueil des émigrants du monde entier, où l'on pourrait travailler en paix, sans la crainte d'être poursuivi ou insulté dans la rue. La décision fut prise rapidement, il y avait si peu à emporter.

Après des heures de voyage dans la panique, où les trains se traînaient comme des cloportes, s'arrêtant à toutes les gares pour recueillir les flots d'émigrants dormant à même le sol, entassés les uns sur les autres après avoir attendu dans la nuit glacée, hébétée, assoiffée, affamée, la famille de Rachel était arrivée, après un long voyage au bout de la nuit, en Allemagne.

Les cargos se balançaient dans le port de Hambourg. La riche communauté juive de l'époque prenait en charge les errants, les aidait à s'installer ou à continuer le voyage sur les navires à destination de l'Amérique. Les grands-parents de Rachel respiraient l'air du large, le vent marin qui faisait jaillir des paquets d'écume sur la mer au bout des pontons.

Mais ils avaient été refoulés au contrôle. Toute cette fuite, ce voyage pour rien ! Ces rêves qui s'effondraient, les oncles qui attendaient de l'autre côté de l'Océan ! Le cri des mouettes devenait pour eux des croassements lugubres de corbeaux.

Sur le port, un ami de Saratov était passé comme un ange gardien. Il avait décidé d'aller en France avec sa famille, à quelques heures de train, un simple passeport suffisait. En un instant le destin en décida. La famille de Rachel se retrouva ainsi à Paris gare de l'Est, au début du siècle.

A travers la vitre crasseuse qui filtrait la lumière, on pouvait déjà, au crépuscule, apercevoir les premières lueurs jaunes des réverbères s'allumer. Rachel avait perdu la notion du temps.

Des voix féminines lui parvinrent à travers la porte. Entouré de deux jeunes femmes, Anatoly lui faisait face. Le regard ironique, sûr de lui qu'il posa sur elle, la mit mal à l'aise. Rachel eut du mal à dissimuler sa déception. Elle pensait qu'il viendrait seul. Curieux, il se pencha sur une feuille pour en déchiffrer l'écriture.

– De quoi s'agit-il ?

A sa vue elle tressaillit, se leva et se mit en garde comme pour défendre ses papiers.

L'une des filles, qui paraissait à peine âgée de dix-huit ans, était habillée en punk comme aux Halles vers le début des années quatre-vingt. Une mèche blonde décolorée au milieu de ses cheveux noirs coupés très courts lui dessinait une crête. Son pantalon moulant enfoncé dans des bottes en faux serpent soulignait ses cuisses musclées.

L'autre, sculpturale, les lèvres charnues rouge flamboyant, une masse de cheveux roux vif teints au henné croulant en cascade autour du visage, la taille serrée par une ceinture cloutée, le manteau ouvert sur un chemisier transparent, dévoilait des seins plantureux. Au cœur de son profond décolleté, une croix suspendue à un lacet de cuir se balançait sur sa peau mate. Elle dégageait une puissante odeur, mélange d'ambre et de transpiration. Natacha s'exprimait en anglais d'une voix rauque. La petite ne parlait que le russe.

Anatoly portait sa longue capote militaire. Il ne s'était pas rasé. Une casquette à visière de cuir noir accentuait son air sombre, faisait ressortir ses longs yeux dorés. Tous trois avaient le regard brillant, l'air allumé. Ils avaient déjà bu pas mal d'alcool. Anatoly jeta sa capote sur le sofa défoncé de couleur brunâtre et alla explorer un placard d'où il sortit une bouteille de vodka à demi entamée et quatre verres douteux. Rachel refusa. Pas si tôt ! Il rit.

Les deux filles avaient vidé leur verre. Rachel l'interrogea :

– C'est quoi le plan de la soirée ? Va-t-on rester là à boire de la vodka ? Je n'ai pas bougé de la journée.

Anatoly se rapprocha d'elle, le regard plus tendre, attrapa une boucle de ses cheveux, l'enroula autour de son doigt.

– Ils sont doux, de la même couleur que ceux de ma cousine Irina. On a passé notre enfance ensemble. Elle est partie. On ne s'est plus jamais revus.

L'expression de son visage s'était assombrie. Où était-elle partie ? Rachel n'osa pas lui poser la question.

Il se tourna vers les autres, affalées sur le sofa, les apostropha, les poussant vers la porte, revint vers Rachel. Elle fut surprise par sa dureté soudaine.

– Allez, viens. On t'emmène faire la fête. Tu vas découvrir des décors intéressants, la cinéaste !

Il la prit par la main.

Il s'était donc renseigné sur elle. Ce premier contact la rendait vulnérable. La chaleur de la paume large et ferme d'Anatoly contre la sienne créait une complicité entre eux. Elle attrapa son blouson de cuir brun, lui sourit.

– Attends-moi, j'en ai pour quelques minutes.

Elle revint à la table de la cuisine, rassembla ses papiers et alla les remettre dans son sac de voyage.

Dehors, trouver un taxi fut une galère. Seul un quatrième véhicule accepta de les prendre. Anatoly s'assit à côté du chauffeur, les trois filles derrière. Rachel se demandait quelle était l'utilité de ces deux gardes du corps féminins. Avait-il peur d'elle ? Les uns après les autres, les bars se fermaient devant eux. Ils étaient soi-disant complets. Ils essayèrent une ancienne chapelle désaffectée transformée en restaurant. Une croix en bois doré, incrustée de turquoises, dominait la porte condamnée depuis la veille. On ne pouvait pas entrer. Quelqu'un avait tiré sur le gérant. Il était mort. Racket, règlement de comptes de la mafia ? On ne le saurait jamais.

Rachel se sentait plongée dans l'énigme de la ville. Sur le canal Griboïedov, la Tchaïka regorgeait de Suédois et d'Allemands qui se bâfraient et se saoulaient à la bière. Aucune place disponible sur les hauts tabourets de bois réservés aux hommes munis de devises.

Et le Saïgon, café-repaire des poètes, des dealers ou des comploteurs dont parlaient les amis d'Alexandre, existait-il encore sur la perspective Nevski ? En face du Balkany, une file de vingt personnes attendait son tour devant une porte close, sous la pluie. Personne ne semblait s'en soucier. Dans une atmosphère de couvre-feu, les rideaux étaient tirés sur les restaurants qui donnaient sur la rue, comme pour cacher aux passants leur nourriture.

Natacha se posta devant le battant, insista, mais le portier résistait.

– Mon amie est cinéaste, elle est étrangère.

Le portier s'en foutait. Rachel découvrait qu'ils étaient pires que ceux des boîtes de nuit les plus branchées de New York. Cette scène lui rappela un soir où, sortant d'une projection de film au Festival de New York avec Régis, ils avaient voulu dîner au célèbre club « 54 ». Malgré la foule qui assiégeait le club, ils avaient fini par y accéder après avoir décliné leur identité de cinéastes français. Le cerbère noir avait consenti à soulever la barrière.

Où était Régis, maintenant ? Leur rupture avait été triste. Il lui avait fait découvrir et aimer les aborigènes. Mais à Paris, rien n'allait plus entre eux. Il se levait tard, ne s'intéressait à rien, sauf au cinéma. Il passait ses journées et ses nuits dans les salles obscures ou à tenter d'écrire un scénario. Elle s'exaspérait de partir le matin pour son bureau en le laissant chez elle, pas rasé, nu-pieds, en jogging avachi, fumant cigarette sur cigarette.

A Saint-Pétersbourg, ils se heurtaient à une muraille d'hostilité délibérée. Les gens commençaient à les agresser. Le portier laissa passer une maigrichonne portant une toque de fourrure malgré la chaleur. Anatoly fumait tranquillement une cigarette. Ils cherchèrent à nouveau un taxi. Pressés les uns contre les autres, dans le parfum intense qui se dégageait du corps de Natacha, Rachel fut soudain prise d'une violente envie d'aller aux toilettes. Elle ne savait comment l'exprimer. Elle se pencha vers Natacha, lui chuchota à l'oreille comme une enfant :

– Je voudrais faire pipi.

Natacha parla au chauffeur du taxi. Ils s'arrêtèrent devant un porche.

– Eh bien, vas-y, descends. Tout le monde pisse dans les entrées d'immeuble. On ne va pas en faire toute une histoire ! ajouta-t-elle devant l'air gêné de Rachel, rouge de confusion.

– Je ne peux pas, comme ça, sous un porche, même s'il fait nuit. Excusez-moi.

Elle parlait très bas d'une voix de petite fille.

Ils la regardaient tous les trois. Le chauffeur marmonna un commentaire. Il avait l'air agacé.

– Où veux-tu qu'on te déniche des toilettes ? Il en existe des payantes de l'autre côté de la Nevski, on ne va pas aller jusque là-bas, continuait Natacha.

Rachel était si troublée devant eux qu'elle en tremblait. Et pourtant l'envie la prenait à la gorge.

– Non, je vous en prie, on attendra le prochain restaurant, ce n'est pas grave.

Anatoly intervint :

– Bien sûr que tu ne peux pas, on aurait dû comprendre ça. Nous allons trouver un endroit pour toi. Tu ne peux pas pisser n'importe où.

Elle se tassa dans un coin du taxi comme pour se faire oublier. Le chauffeur démarra en grommelant. A côté de lui, Anatoly fumait avec sérénité. Sous la lumière artificielle des réverbères, ils cherchaient une oasis. Ils assiégèrent un autre bar qui s'entrouvrit.

– Mon père fait partie de la nomenklatura. Je connais des dirigeants politiques, affirma Natacha.

On les laissa entrer. Ils étaient seuls. A l'intérieur, il faisait chaud. La musique des Beatles, *Yellow Submarine*, jouait en sourdine à la radio. De grandes tables rondes recouvertes de toile cirée jaune s'alignaient le long des murs tapissés de tentures rouges.

– Du champagne, vite ! cria Natacha.

Rachel avait appris au cours de leur errance que Natacha était l'ex-femme d'Anatoly. Ancienne élève de l'Académie des beaux-arts, devenue styliste de mode, elle s'était entichée d'une loubarde qu'elle avait décidé de protéger, Tamara, venue de Géorgie pour devenir chanteuse de rock. Natacha et Tamara vivaient en communauté dans un squat de la rue Pouchkinskaïa, où se trouvaient d'ex-grands appartements délabrés. L'eau dégringolait des toits. Ils avaient été transformés en ateliers en raison du manque de chauffage et d'eau chaude. La municipalité les abandonnait aux peintres et aux musiciens près de la perspective Nevski où se réfugiait l'underground de Saint-Pétersbourg.

– Il n'y a pas de champagne. Nous avons du

jus de framboise. L'alcool c'est terminé ! déclara le barman.

Rien n'arrêtait Natacha. Elle passa derrière le bar, parla à l'oreille de l'homme qui disparut dans la cuisine. Le chef de cuisine revint furieux :

– Tenez ! voilà du Coca, et on ferme !

Au bref échange de regards entre Anatoly et Natacha, Rachel sentit leur complicité malgré la rupture de leur couple. Mariés à peine cinq ans, ils n'avaient pas eu d'enfants. Leur divorce n'était pas prononcé. Ça coûtait trop cher. Rachel ne comprenait pas la nature de leurs rapports.

– Non, non, de l'alcool ! réclama Natacha.

Finalement, le barman céda, sortit deux bouteilles de champagne. Rachel en profita pour s'éclipser vers la cuisine. De l'autre côté de la cour, une cabane en bois à claire-voie tenait lieu de toilettes.

– Bon, vous voulez faire la fête. Vous êtes trois femmes pour un homme. Je vais chercher mon copain.

Il sortit un pick-up, mit une musique de rock. L'aide-cuisinier surgit de la cuisine en tenant un plat rempli de boulettes de viande épicée. Il invita Tamara à danser. Natacha agrippa le barman et l'entraîna dans un rock endiablé. Elle brancha la musique plus fort. Le pick-up hurlait.

Anatoly se roulait une cigarette d'herbe dans le fond de la salle. Natacha se déchaînait. Après avoir bu le champagne au goulot, elle commença par casser les verres à la russe en les jetant en arrière. Ça n'avait pas l'air de gêner le barman qu'elle enlaçait maintenant au cours d'un slow.

Anatoly ne prêtait aucune attention à Rachel. Qu'est-ce qu'ils faisaient là ? Ils étaient censés faire la fête. Ça devait être une soirée pour elle et tout le monde l'avait oubliée. Elle n'avait même pas envie d'Anatoly. Elle se sentait humiliée par son manque de désir à lui. Elle avait cru discerner la veille, chez lui, une attente. Ce n'était peut-être que de la curiosité. Elle n'était pas si séduisante qu'elle se l'imaginait. En général, il lui suffisait d'arrêter son regard sur un homme pour que celui-ci en capte le message. Ça avait commencé ainsi avec Régis. En sortant un soir avec l'équipe, après un échange de regards, ils étaient rentrés ensemble à l'hôtel et ne s'étaient plus quittés.

Natacha s'était arrêtée de danser. Elle alla rejoindre Anatoly. Tamara continuait à se déhancher avec le jeune cuisinier. Elle avait l'air de s'amuser. Son corps svelte, souple se mouvait avec grâce. Sa minceur n'était pas due à la volonté, à l'aérobic ou aux régimes stricts allant jusqu'à l'anorexie, se disait Rachel, mais plutôt à la faim de générations successives, aux désastres de la guerre, aux privations imposées par le régime communiste. Dans sa manière de saisir un verre, de croiser les jambes, de poser sa main sur sa hanche, de voir sans regarder, elle semblait signifier au garçon :

– Prends ce que tu veux de moi ce soir. Prolongeons la nuit. Je n'en ai peut-être pas pour longtemps, mais je suis indestructible.

Rachel décida de jouer le jeu, de se divertir elle aussi. Elle se dirigea vers le barman. Elle but le reste de champagne au goulot comme elle l'avait vu faire à Natacha. Prête à tout, elle voulait séduire Anatoly qui lui résistait. Elle commença à jouer les femmes saoules, elle qui buvait si peu. Elle en rajoutait, se collait au barman. Elle jeta un coup d'œil en direction d'Anatoly assis sur une chaise de paille. Effectivement, il la regardait. Le barman éclata de rire, la repoussa.

Rachel revint vers le bar, tournant ostensiblement le dos à Anatoly. Elle rentrait le ventre, faisant ressortir ses seins. Elle essayait de rendre sa chute de reins attirante sous sa jupe de patchwork multicolore qui soulignait sa cambrure de danseuse. Anatoly ne la regardait plus. Ses efforts se révélaient inutiles. Il riait avec Tamara. L'aide-cuisinier ingurgitait un énorme cocktail vert, mélange de champagne, de vodka et de menthe. Rachel monta le niveau de la musique, se mit à se déhancher seule au milieu de la pièce. Les deux autres filles vinrent la rejoindre. Le rythme de la musique s'enflammait. Des rigoles de transpiration ruisselaient le long du dos de Rachel, maculaient sa blouse de dentelle. La sueur collait les boucles de cheveux sur son front. Son fard commençait à baver autour des yeux. Elle s'en fichait, voulait s'étourdir. Elles remirent plusieurs fois le même disque.

Rachel décida de passer à l'attaque directe. Si Anatoly la repoussait, elle pourrait mettre son attitude sur le compte de l'alcool. Elle se dirigea vers lui, un sourire qu'elle crut enjôleur aux lèvres. Ils s'étaient déjà levés.

Natacha lui tendit la cigarette d'herbe :

– Au moins ils n'ont pas essayé de profiter de notre état. Pas d'orgie. Par les temps qui courent, c'est rare.

Anatoly s'était éclipsé vers la cuisine. Tamara se mit à crier :

– Anatoly s'est tiré ! Il faut trouver un moyen de sortir d'ici.

Anatoly revenait, remontant la fermeture de son jean.

– Il est presque deux heures ! s'exclama-t-il.

Le barman et le cuisinier étaient complètement saouls. Mieux valait filer si on voulait éviter des ennuis.

Natacha détourna une bouteille de cognac qu'elle avait dénichée sous le bar. Ils sortirent par la porte de derrière. Les deux hommes n'essayèrent pas de les suivre. Ils étaient trop ivres. Le cuisinier avait roulé par terre.

– Vite ! criait Anatoly. On va rater les ponts.

On les voyait les noctambules, ceux qui habitaient de l'autre côté de la Neva, accourir à pied, en voiture. Combien de fois certains avaient-ils dormi sur des banquettes en attendant le lever du jour ? Même les taxis laissaient parfois leur compteur tourner pendant des heures, restant avec leurs clients et sortant les bouteilles de vodka du coffre de leur voiture. Combien en avaient profité pour finir la nuit ailleurs que chez eux, se servant de l'alibi des ponts pour justifier leur infidélité à leurs compagnes, restées dans l'île Vassilievski coupée du continent ?

Dehors, un taxi jaune surgit de nulle part dans l'avenue déserte. Une légère brume s'était levée sur Saint-Pétersbourg. Tamara monta devant à côté du chauffeur. Ils se serrèrent tous les trois, Anatoly au milieu. Dans la clarté blafarde des réverbères, le taxi longeait des façades délabrées ouvertes sur des échafaudages vides. Endormie dans la brume, la ville semblait abandonnée comme un décor de film, déserte, fantomatique. Pas un café, un restaurant, une enseigne n'éclairait la nuit silencieuse. Comme Paris devait l'avoir été sous l'Occupation, se disait Rachel.

Elle pensa à ses parents alors engagés dans la Résistance.

Rachel se colla contre Anatoly, posa sa tête sur son épaule pour voir s'il n'allait pas en profiter pour essayer de l'embrasser. Il n'en fit rien. « Plus vite ! » criait-il au taxi. Avait-elle changé de rôle ? En général, les hommes dansaient pour elle le ballet de la séduction. Il lui semblait bizarre de ne produire aucun effet sur Anatoly. Si Natacha l'avait quitté, était-ce parce qu'il était indifférent aux femmes ?

Aucune ville ne cachait sa honte derrière tant de séduisantes façades ! Sur le canal Griboïedov, allait-on retrouver la trace de Raskolnikov préparant le meurtre de la vieille usurière ? A travers la vitre du taxi, Rachel scrutait les fenêtres aux carreaux douteux. Sur la rive gauche de la Neva, au-dessus d'un dôme étincelant, la flèche dorée de l'Amirauté, terminée par une caravelle, transperçait la brume de son poignard dressé. Comme un symbole phallique, emblème de la ville à la croisée des artères de Saint-Pétersbourg, la perspective Nevski, l'avenue Maïarov et Dzerjinski.

Ils parvenaient au pont du Palais. Devant eux se présentaient les façades turquoise, azur, vert sombre, entremêlées de lignes blanches, éclatantes du palais d'Hiver, symbole du baroque russe révélé par l'architecte italien Rastrelli. Face à la pointe de l'île Vassilievski, de l'autre côté du fleuve, le palais de l'Ermitage exposait ses piliers, ses frontons, ses colonnes, mais rien ne se reflétait dans l'eau noire, inquiétante, sur laquelle le vent s'était levé.

Rachel ne pouvait s'empêcher de penser que cette place avait été le théâtre d'événements qui avaient bouleversé la Russie ; en 1905, lorsque les troupes tsaristes ouvrirent le feu sur une manifestation pacifique d'ouvriers qui se rendaient au palais d'Hiver pour présenter leurs doléances au tsar, faisant plus de deux mille victimes. A la suite de ce « dimanche rouge », les bolcheviks avaient appelé le peuple à la lutte armée sur les barricades. Puis en octobre 1917, conformément au plan de Lénine, les Gardes rouges, les soldats, les marins avaient pris d'assaut ce palais d'Hiver, citadelle de la contre-révolution où s'était réfugié le gouvernement provisoire.

– Il faut essayer le pont de Kirov, il ferme dans dix minutes, sinon je ne sais où nous irons dormir ! continua Anatoly, en l'arrachant à ses rêveries.

6.

Anatoly et Rachel

La voiture tressautait à chaque nid-de-poule sur la chaussée défoncée. Elle n'avait sûrement plus d'avertisseur. Ils n'eurent que le temps de franchir les cinq cents mètres de pont, la haute barrière métallique se refermait déjà derrière eux. Rachel se demandait où on l'emmenait. Anatoly semblait de bonne humeur. Il s'adressa au chauffeur. La Jigouli stoppa net. Il sortit un paquet de roubles de sa poche, poussa Rachel dehors. Elle se laissa faire. La Jigouli était repartie emportant vers le Pribaltiskaïa les deux filles qui leur adressaient des signes à travers la vitre.

Ce n'était pas le moment de poser des questions. Ils continuèrent à pied. Anatoly avançait vite devant elle le long de la Grande Avenue Bolchoï fermée à la circulation. Au carrefour du marché Saint-André, les odeurs survivaient comme si la cohorte des marchands y grouillait encore. Relents de paniers pleins à craquer, tonneaux emplis de vinaigre, de vin, de pommes de terre, étals de viande, sacs d'épices. Les vapeurs de graisse bouillie, de choux pourris stagnaient au niveau du sol, se mêlaient à une entêtante odeur venue de la mer, mélange d'algues putréfiées, d'éperlans, de sel, de varech.

La lumière blafarde qui baignait les demeures délabrées de ce quartier à la Dickens de l'île Vassilievski marquait le visage défait de Rachel. Elle regardait se balancer devant elle le long manteau militaire d'Anatoly qui rasait ses bottes usées de cuir brun. Soudain, elle coinça le talon de sa bottine dans une crevasse du trottoir, manqua de tomber et se rattrapa à un mur gluant de crasse. Anatoly ne s'était pas retourné.

Rachel s'immobilisa. « Ça suffit l'humiliation, se dit-elle. J'en ai marre. Je voudrais rentrer. Qu'est-ce que je cherche ? » Comme si Anatoly avait lu dans ses pensées, il pivota, fonça sur elle comme sur une proie et la poussa contre le mur sous une porte cochère. Rachel était trop fatiguée pour réagir. De la poubelle béante à côté d'eux s'échappa un gros rat blanc. Anatoly lui donna un coup de pied. Rachel se serra dans son blouson, la tête enfouie dans son col relevé. Les torsades de ses cheveux roux se répandaient en lui cachant le visage.

Anatoly tira violemment sur la jupe multicolore de Rachel et la releva. Un courant d'air glacé lui parcourut le ventre. Cuisses découvertes, elle ne bougeait plus, insecte épinglé sur le mur par le bras d'Anatoly qui la dominait de sa haute taille. Sa barbe avait repoussé sur son visage émacié. Sa casquette arrachée laissait échapper ses boucles fauves. Ses yeux dorés brillaient dans la pénombre de la porte cochère comme ceux d'un chat. Rachel retrouva l'expression farouche qui l'avait séduite la veille dans la cuisine.

Il ne l'embrassa pas. Elle chercha sa bouche. Anatoly déboutonna son jean, lui écarta les cuisses. Il entra en elle brutalement, en poussant une sorte de rugissement. Sa respiration devenait rauque. Malgré l'air humide qui stagnait sous la voûte, des gouttes de sueur au goût aigre roulaient sur son visage. Anatoly l'écrasait de tout son poids contre le mur, s'enfonçait en elle, revenait encore, le visage furieux, tendu. Sa barbe drue griffait la joue de Rachel. Elle chercha sa bouche mais il détourna la tête. Elle fut obligée de s'agripper à ses cheveux pour maintenir sa bouche contre la sienne. Elle mordit sa langue, la dévora comme une pieuvre. Elle ne pouvait plus quitter ses lèvres. Il tenta de se détourner. Rachel s'accrocha à ses épaules, lui enfonça ses ongles dans la chair à travers son tee-shirt, se laissant emporter avec lui.

Elle jouit la première en hurlant, le visage renversé vers le ciel devenu verdâtre. Un éclair lui éclata dans la tête comme si un vaisseau de son cerveau s'était rompu. Anatoly la secoua, lui parla doucement à l'oreille. Elle revint lentement à elle.

– Viens, on rentre.

– Où ? demanda Rachel, retrouvant ses esprits.

Elle revit soudain Régis, le climat raffiné, les lumières tamisées de leur chambre avant de faire l'amour, la délicatesse de leurs rapports.

Anatoly lui souriait. Rachel remarqua qu'il lui manquait une dent sur le côté. Il la saisit par la main. Le contact de cette paume large et ferme la ramena à la réalité. Cette main nue contre la sienne lui donnait une sensation d'abandon total, de soumission.

Ils dépassèrent la voûte. Une aube triste envahissait la première cour obscure qui puait l'urine. La seconde était encore plus sombre. Sur les tas d'ordures qui séparaient les cours, des chats sauvages les fixaient de leurs yeux jaunes perçants. Ils avaient la même couleur que ceux d'Anatoly.

Dans la troisième, Anatoly dut donner un coup de pied pour ouvrir le battant d'une porte couverte de graffitis. Il chercha à tâtons le bouton de la minuterie. Dans la cage d'escalier obscure, ils furent assaillis par l'urine de chat, des relents de friture d'oignons et de choux. En contrebas, invisible, s'écoulait l'eau d'un canal. On pouvait presque entendre le bruit du courant qui glissait dans le silence de l'aube. Anatoly craqua une allumette. La flamme révéla à Rachel une bicyclette au guidon rouillé, dans un coin auprès d'un étroit escalier de bois. Au-dessus, on entendait pleurer un enfant.

Ils durent monter trois étages. Rachel se retenait pour ne pas vomir, agressée par des relents d'alcool, de gens mal lavés, de cuisine à la margarine. Dans les cages d'escalier se mêlaient des odeurs d'hommes, de bêtes, de cendres, de graisse, de bière et de sperme.

L'escalier n'en finissait pas. Rachel n'arrivait plus à grimper. Les odeurs l'agressaient, l'écœuraient, comme un mal de mer. Elle allait vomir là, devant lui. Secouée d'un long spasme, elle se plia vers le sol, l'estomac tordu. Elle tenta d'atteindre le palier. Une bile verte se déversa d'elle avec des hoquets, se répandit dans l'escalier. Elle s'accrocha à la rampe, honteuse. Elle eut un dernier soubresaut. Un jet jaillit sur les marches de bois.

Anatoly lui essuya doucement le visage et la porta presque aux dernières marches. Les craquements de leurs pas réveillèrent deux pigeons qui s'enfuirent par la vitre cassée d'une lucarne.

Il dut la soutenir au long du couloir, sortir sa clef, ouvrir une autre porte. Une bouffée de chaleur monta à la tête de Rachel. Elle aperçut un poêle de fonte encastré dans le mur. Des bûches s'entassaient sur le parquet. Aux murs, des agrandissements de photos noir et blanc entouraient la pièce cachant la peinture ocre, effritée. De la fumée s'échappait du poêle, s'enroulait en volutes autour de la pièce. Les yeux de Rachel la piquaient. Elle pleurait sans s'en apercevoir, de honte, de peur, de saisissement. Elle s'écroula dans un coin du lit recouvert d'un vieil édredon plat, bleu délavé. Tournant la tête vers le mur écaillé, elle se cacha le visage avec le bras et, enfouie dans son blouson, sombra dans le sommeil.

De l'autre côté de la cloison, un réveil sonna, accompagné par les hurlements d'un chien suivis des pleurnicheries d'un bébé réveillé par le chien, puis du vacarme d'une chaîne stéréo japonaise, dont le rock américain acheva de la réveiller. Une odeur de café envahissait la pièce. Anatoly s'était changé. Il portait un tee-shirt avec une inscription « We are the world » sur son jean noir.

– Je n'ai pas osé te retirer tes vêtements, j'aurais eu l'impression de dépouiller une morte. Tu semblais dormir si profondément.

Rachel se souvenait. Anatoly l'avait caressée, effleurant chaque centimètre de sa peau, ses mains remontaient le long de son corps pour en découvrir les contours. Inerte, elle simulait le sommeil. Personne n'avait caressé son corps de cette manière depuis longtemps. Commençant à frissonner, elle s'était pressée contre lui, enroulant ses jambes autour des siennes, agrippée à lui. Elle l'avait retenu, s'était creusée pour absorber son corps en elle. Avait-elle rêvé ?

Rachel se retrouvait en nage, ébouriffée, empêtrée dans sa jupe de patchwork chiffonnée. Elle sentait mauvais. Elle avait besoin d'une douche. Elle n'aimait pas être surprise au réveil sans être passée par la salle de bains. Elle se cacha le visage. Elle devait avoir une gueule épouvantable.

Anatoly s'approcha du lit, lui tendit une tasse ébréchée. Le café brûlant parfumé lui arracha la gorge. Les petits pains frais étaient délicieux. Quand les avait-il rapportés ?

Il s'était rasé. De près, son visage à la peau lisse et satinée paraissait à peine trente ans. Ses cheveux prenaient des reflets cuivrés dans la lumière du matin. Rachel regardait autour d'elle avec curiosité. Au milieu de la pièce, elle remarqua une table recouverte d'un plastique. Dans une corbeille de paille tressée s'accumulaient deux pastèques vert foncé, à rayures brunes, des œufs frais, un quignon de pain noir. Sous la fenêtre, elle fut surprise de découvrir une commode ancienne en bois de merisier, ventrue comme à la campagne. Recouverte d'un napperon de dentelle fanée, des bibelots romantiques, photos jaunies, cadres anciens, boîtes en laque, une carafe en cristal, des coupures de journaux l'encombraient. Un tapis dont les fleurs passées avaient dû être autrefois jaune tournesol recouvrait en partie un parquet dont certaines lames arrachées laissaient apparaître le carrelage grisâtre.

Une seconde porte, condamnée celle-là, qui donnait sur le couloir, n'empêchait pas des échos de conversations de traverser la pièce.

– Quand tu auras fini de déjeuner, je te montrerai la douche. Ce n'est pas très confortable. Fais attention, je partage cet appartement avec d'autres gens. C'est un appartement communautaire.

Devant l'air intrigué de Rachel, il continua :

– Ça n'a rien à voir avec vos communautés soixante-huitardes. Les appartements communautaires ne sont pas constitués de gens qui ont choisi par affinité de vivre ensemble pour partager leur vie quotidienne, mais d'inconnus à qui on a attribué arbitrairement des pièces dans de grands appartements divisés et délabrés comme celui-là. Dans la cuisine, tu trouveras trois ou quatre cuisinières qui correspondent au nombre des locataires. Les frigidaires restent dans les chambres, cadenassés.

Il la regarda plus tendrement.

– Tu dors toujours aussi bien ? Rien ne t'a dérangée. Un copain m'a apporté des photos à développer ; il t'a regardée dormir. Ils sont très curieux ici.

Une phrase de Youri, le violoniste, revint à la mémoire de Rachel :

– Vous, en France, quand vous sortez dîner, c'est pour vous rencontrer entre gens civilisés, échanger des idées, passer le temps et surtout que rien ne change. Nous les Russes, à chaque fois qu'on sort, c'est pour nous mettre en danger, entreprendre un vrai voyage, changer sa vie. N'importe quoi peut survenir : se faire attaquer sous une porte cochère, se saouler toute la nuit, se réveiller avec des inconnus, tomber amoureux !

Elle devait être une vraie Russe. Elle s'était mise en danger et sa vie s'était laissée bousculer sans qu'elle eût l'idée de s'en défendre.

Elle se réfugia dans la salle de bains. Accrochés les uns à côté des autres, quatre couvercles de toilette s'alignaient sur le mur. Un lavabo fendu posé en équilibre instable sur une planche de bois laissait apparaître des traînées de tartre. De la pomme de la douche s'écoulait un filet d'eau glacée. Rachel pensa aux peignoirs éponge moelleux accrochés dans sa salle de bains à Paris, aux sels de romarin et de santal disposés sur le rebord de sa baignoire. Elle renonça à se servir de la douche et tenta vainement de se remaquiller dans le miroir ébréché sans tain. Quelle était son expérience de la pauvreté ? Avait-elle jamais été pauvre ? Vécu dans une chambre minable de huit mètres carrés ? Lavé son linge dans le lavabo, mis à sécher sur le radiateur où il prenait les plis de l'appareil, comme certaines de ses compagnes étudiantes ? Le premier studio que ses parents lui avaient loué, pour qu'elle soit indépendante, dans un ravissant immeuble du 6e arrondissement, bien que minuscule avec ses murs tendus de soie beige, donnait sur la place Saint-Sulpice.

Pour fermer le robinet, Anatoly lui avait expliqué qu'il fallait donner un coup de marteau, posé à côté à cet effet, boucher avec un chiffon humide l'écoulement du lavabo pour limiter les fuites d'eau. La baignoire se trouvait dans l'entrée.

« Comment pouvait-on prendre un bain devant les habitants de l'appartement qui risquaient de passer ? » se dit-elle découragée.

Elle revint dans la chambre. Elle avait réparé les dégâts.

– Qu'est-ce que tu fais ? Tu es cinéaste, il paraît ? demandait Anatoly.

Ils avaient dérivé ensemble durant la nuit à travers Saint-Pétersbourg, fait l'amour à l'aube, mais ils se connaissaient à peine, se disait Rachel, vêtue de ses vêtements fripés de la veille dans une chambre inconnue. Elle avait plutôt envie de savoir qui il était. Mais elle répondit :

– Je suis venue ici en repérage pour une comédie musicale, et je suis restée.

Elle hésita :

– Je voudrais réaliser un film moi-même, ici. J'ai commencé un court métrage sur les aborigènes d'Australie. Je n'ai pas encore trouvé l'argent pour le terminer. Et toi ?

Elle n'avait pas compris ce que lui avait raconté Xenia. Etait-il ethnologue ou photographe ?

Il la regarda un moment sans répondre.

– Je vais te montrer quelque chose.

Au fond de la pièce, un tissu à fleurs défraîchi pendait d'une tringle à rideaux, cachant ce qui devait servir de penderie. Il souleva le rideau, en sortit un carton à dessins vert et noir marbré.

– Au cours d'une mission ethnologique, j'ai rencontré dans un village une vieille femme dont on m'avait laissé entendre qu'elle était une sorcière. J'ai passé un certain temps l'année dernière dans ce village. Je l'ai apprivoisée et j'ai pu réaliser des clichés d'elle. Elle m'a autorisé à assister à des cérémonies magiques et à prendre des photos.

Anatoly ouvrit le carton, étala ses photos devant Rachel. Les clichés représentaient la même femme. Le visage parcheminé, sillonné de rides, la vieille paraissait centenaire. Assise devant sa baraque en rondins, le corps emmitouflé sous des couches de vêtements informes, elle dressait vers l'objectif une main menaçante, serrant entre ses doigts boudinés un couteau de cuisine au manche en bois, à la lame ébréchée. De l'autre main, dont les doigts se déployaient comme une aile d'oiseau de proie, elle semblait se protéger le visage. Ses yeux enfoncés dans leurs orbites à l'expression meurtrière apparaissaient au ras du châle de tricot qui lui enserrait la tête. Sa bouche édentée laissait entrevoir deux ou trois chicots branlants. La vieille aurait pu paraître effrayante. Pourtant, plus Rachel scrutait ce visage, plus l'expression qu'on aurait pu interpréter comme une menace devenait la manifestation d'une épouvante comme celle d'un enfant surpris par un monde effrayant dont il ne sait se protéger. Cette expression, Rachel l'avait observée sur le visage des aborigènes pendant son voyage en Australie lorsqu'ils regardaient avec une terreur mystique Uluru, l'énorme rocher sacré au cœur du désert rouge d'Ayers Rock. Qu'est-ce que la vieille femme avait pu voir ce jour-là ?

– Je ne montre jamais ces photos.

Rachel fut plus touchée par cette marque de confiance qu'elle ne l'avait été de la nuit. Elle se sentit très proche d'Anatoly, comme si un pacte avait été scellé entre eux devant le visage de la chamane.

Sur une autre série de photos, la vieille procédait à la fête de la naissance. Devant la datcha, on avait planté un tilleul pour commémorer la naissance de l'enfant. On lui avait coupé les cheveux. La vieille jetait la moitié de la chevelure dans un brasier, enterrait l'autre à côté de l'arbre. Sur un autre cliché, on surprenait l'enfant allongé sur une table, enroulé dans une ceinture tressée dont l'un des pans traînait jusqu'à terre. Sur la même table, à côté de lui, était disposé un bol de lait. Sur la troisième photo on distinguait une couleuvre en train de grimper sur la table, le long de la ceinture, pour venir boire le lait. C'est de cette façon que le nouveau-né allait s'unir avec les âmes de ses ancêtres, comme avec celles des hommes qui naîtraient après lui.

– C'est une ancienne coutume qui vient de Lituanie, précisa Anatoly. La couleuvre apprivoisée représente un porte-bonheur pour la maison.

Anatoly continuait de parler avec passion alors qu'il ne lui avait pratiquement pas adressé la parole de la nuit.

– En rentrant, je les ai développées et j'ai voulu les exposer, mais dès qu'on a entendu parler de mes photos, le laboratoire des sciences m'a interdit de les publier. Il m'a demandé de lui transmettre les négatifs. On m'a dit que la sorcellerie ne pouvait pas exister dans un pays marxiste-léniniste, même au temps de la perestroïka, et qu'il s'agissait d'une dangereuse déviation. Je n'ai pas voulu rendre ces négatifs. Le K.G.B. a perquisitionné chez moi, heureusement que je les avais cachés ailleurs. On m'a menacé de me renvoyer du laboratoire des sciences et depuis, plus rien. Je n'ai montré ces images à personne.

Rachel découvrait un univers dont elle ne soupçonnait pas l'existence. Anatoly marchait de long en large dans la pièce éclairée par un lustre de cristal dont la plupart des pendeloques étaient cassées. Ses longues jambes moulées dans le jean noir paraissaient athlétiques. Ses avant-bras couleur caramel, à la musculature apparente que livraient les manches roulées de son tee-shirt, la fascinaient.

C'était lui, son nouvel amant. Rachel qui pensa à la scène de la veille sous la voûte de la porte cochère eut envie de lui. Elle jeta un bref regard vers le lit défait, aux draps douteux. Il ne dormait pas à côté d'elle quand elle s'était réveillée. Pour l'instant, il semblait fasciné par sa folie de la photo qu'il tentait de lui communiquer.

– C'est très difficile ici, tu sais. J'ai été obligé d'abandonner. On manque de tout, de pellicules, de papiers.

Il revint vers le rideau, lui dévoila des piles de boîtes de pellicules entassées.

– On n'a pas de révélateur pour les développer. La recherche de papier devient une obsession pour les photographes. On récupère tout ce qu'on peut. Quelques feuilles de chez Ilford, du papier Kodak déjà utilisé par Novosti-Press, des papiers tchèques, hongrois. On mélange le tout.

Rachel pensa aux tonnes de pellicule que son équipe avait gâchées pendant les repérages. Elle avait abandonné deux rouleaux inutilisés dans sa chambre d'hôtel au Pribaltiskaïa.

– Je t'ennuie avec ça ?

– Au contraire.

Elle sentait qu'il éprouvait le besoin de se confier.

– En Russie, la photographie est plus une vocation qu'une profession. Dans un pays où la publicité et le show-business ne sont pas institutionnalisés, la photographie ne bénéficie d'aucun encouragement social. Il n'existe ni structure ni marché pour les expositions. Ce qui nous motive n'est pas la soif du scoop, du sensationnel, mais un devoir moral. La photographie est devenue un moyen de connaître le réel.

Soudain, il changea de ton d'une manière inattendue :

– Bon, ça va, on sort ! Il n'y a pas que la photo.

Il la bousculait, la poussait sans ménagements vers la porte. Elle eut à peine le temps d'attraper son blouson. Ils dévalèrent les trois étages, traversèrent les cours. Les chats sauvages avaient disparu. Ils se retrouvèrent dans la rue. Anatoly marchait à côté de Rachel, réglant ses foulées sur ses pas plus serrés dans ses bottines à talons. Ils se laissaient entraîner par le flot des passants sans se soucier de savoir où ils allaient. Leur bonne humeur contrastait avec l'air inquiet des gens qui attendaient déjà en files devant les magasins d'alimentation.

Parmi la foule, on remarquait les vétérans de la guerre, dont les panoplies de médailles scintillaient au soleil sur leurs habits ternes. Ils s'attardèrent devant des vitrines sales. Qu'avaient-elles à leur offrir ? Des paquets défraîchis au contenu mystérieux, du poisson en conserves poussiéreuses, du lait en boîte périmé depuis longtemps, des poupées en bois peint ? Malgré le putsch, ils n'avaient pas accès à l'opulence occidentale, ou à quel prix ?

Ils approchèrent du marché Saint-André. La rue dégageait des odeurs d'épluchures. Une paysanne massive, aux joues couperosées, s'approcha d'eux, leur jeta dans les mains un bouquet d'œillets pourpres fanés enveloppés dans du papier-journal. Anatoly fouilla dans ses poches, lui donna un rouble et tendit les fleurs à Rachel. Elle les serra contre elle, joyeuse.

De l'autre côté de la rue se dressait la façade vétuste du bâtiment de l'Ecole de la marine de guerre.

– Tu verras samedi prochain devant l'entrée, la foule des jeunes filles qui attendent leur cavalier pour le bal du samedi soir. Elles transportent avec précaution dans des sacs en plastique leurs chaussures à danser.

Anatoly l'emmènerait-il au bal comme ces jeunes filles ? Elle jeta un coup d'œil sur ses bottines couvertes de boue, aux talons éraflés.

Il vaudrait mieux changer de chaussures, se dit-elle. Elles ne résisteront pas longtemps à l'état des rues.

Au coin de la ligne 8 – elle avait appris que l'on nommait ainsi les rues dans l'île Vassilievski – et de la Grande Avenue Bolchoï une boutique vendait des livres anciens. Rachel voulut entrer. A l'intérieur quelques volumes poussiéreux en langue russe, des livres scolaires, un dictionnaire s'alignaient dans des boîtes en carton. Parmi eux figurait un exemplaire français des *Trois Mousquetaires*. Les pages en étaient si fanées que certaines lignes du texte étaient illisibles. Rachel, tentée de l'acheter, y renonça. Il valait mieux le laisser pour un assoiffé de lecture. Les livres étaient si rares.

Ils reprirent leur chemin en direction des rives de la Neva. Une palissade de rondins cachait aux passants les deux colonnes blanches qui encadraient la façade baroque du cinéma Baltika.

– Il y a plus de trois ans qu'il est en travaux, remarqua Anatoly. Il ne rouvrira jamais ses portes.

Il l'entraîna vers le métro.

– On est à une station du centre. On va aller chez Alexandre. Ils seront contents d'avoir de tes nouvelles. Tu pourras prendre des affaires.

Voulait-il dire qu'il lui proposait de rester chez lui ? Rachel pensait à leurs commentaires sur sa conduite.

Autour du pavillon de verre de la station Vassileostrovskaïa, dans les échoppes de vieilles chapkas mitées, des médicaments périmés, des chaussures éculées, voisinaient avec des soutiens-gorge aux bonnets géants, ou de la robinetterie vétuste. On ne cherchait pas l'objet rare comme aux Puces, mais celui de première nécessité pour survivre. Le long de l'escalier roulant pour accéder aux quais de granit, les murs revêtus de marbre blanc scintillaient sous les rampes des luminaires, bordés en haut d'une frise de mosaïques bleu foncé.

Ils descendirent à Gostiny-Dvor. Les murs de marbre clair, les corniches argentées, les portes en aluminium peintes en noir tranchaient avec le granit du sol. Au-dessus des quatre escaliers roulants, un gigantesque vitrail retraçait les événements de 1917. Le luxe des matériaux, la magnificence du décor contrastaient avec les visages fatigués, les vêtements ternes et informes de la foule qui se pressait autour d'eux. Des paysannes présentaient encore leurs œillets pourpres. Dehors, une brume déroulait ses volutes sur les façades des palais.

« Il fallait décider quelque chose avant d'arriver chez Alexandre », se disait Rachel en marchant à côté d'Anatoly.

Elle aimait cette ville, les êtres qu'elle avait rencontrés. Mélange d'intellectuels déçus de la perestroïka, d'aventuriers, de marginaux qui se livraient à des trafics variés, intelligentsia vivante d'artistes joyeux et désespérés à la fois. Malgré la chute du communisme, le poids de la bureaucratie et la misère présente brisaient leurs élans. Ils découvraient le chômage. Avec Anatoly, elle se sentait prête à partager, dans l'île Vassilievski, les difficultés de la vie quotidienne, l'inlassable recherche de la nourriture, les queues devant les magasins où il n'y avait rien à acheter, les coupons d'alimentation, le manque de médicaments, les multiples combines pour survivre. On verrait. Il ne fallait pas commencer à se poser trop de questions. Le sentiment qui dominait, passé l'ivresse des premiers jours, était le dégagement de l'horizon collectif, la certitude que la crise du pays allait se poursuivre, mais sans la surveillance de ceux qui leur avaient bouché l'avenir.

Avenue Ligovski, une épaisse fumée envahissait la cage d'escalier, piquait les yeux, répandant une odeur âcre de brûlé qui prenait à la gorge. Dans l'appartement d'Alexandre dont la porte était grande ouverte, personne ne fit attention à eux. La vieille Slavoutich venait d'exploser. On avait appelé les pompiers après avoir tenté de maîtriser un début d'incendie. Autour de ce qui restait de l'appareil, des papiers calcinés achevaient de se consumer. Les flammes avaient rampé dans le couloir jusqu'à la salle de bains, incendiant la tenture de velours grenat qui servait de porte. Heureusement, le feu avait pu être arrêté. Il n'y avait pas eu trop de dégâts.

Xenia les aperçut la première.

– Alors, vous avez fait la fête tous les deux ?

Elle s'adressa à Rachel :

– Je t'avais dit qu'il était irrésistible ! C'était

bien ? Quelle journée ! Après les pompiers, la milice est venue prendre des renseignements sur toi. Ils ont demandé pourquoi tu n'avais pas quitté Pétersbourg avec les autres. Il faut que tu ailles faire prolonger ton visa au consulat et leur déclarer que tu continues les repérages, sinon on pourrait tous avoir des ennuis. Avec ces journalistes qui traînent en ville, les autorités devraient s'habituer aux étrangers.

Elle allait et venait à travers la pièce en ramassant du linge noirci. Les pans de son kimono imprimé de fleurs violettes s'entrouvraient à chacun de ses pas, laissant apparaître le bord de sa culotte en dentelle rouge sur ses cuisses soyeuses et pâles. Elle ne portait pas de soutien-gorge. Les pointes de ses seins se dessinaient à travers le tissu de rayonne.

Elle continua d'un ton saccadé :

– Les filles nous ont raconté votre virée. Elles nous attendent. Fais-toi belle. On repart. Tu as de la chance, tes affaires n'ont pas brûlé. Ton sac était dans un coin. Les bas noirs ultra-fins que mes Finlandais m'avaient offerts sont fichus. Ma somptueuse fourrure a flambé.

Rachel remarqua, jeté au milieu sur le plancher, un manteau de renard roux dont les poils calcinés par endroits laissaient apparaître des cloques noires sur la fourrure.

Alexandre pénétra dans la pièce. Rachel le prit à part :

– Tu pourrais me trouver un petit hôtel ?

Elle se voyait mal continuer à dormir au milieu du désordre créé par l'incendie. Elle sentit trop tard que ce n'était pas le moment d'aborder ces problèmes. Alexandre eut l'air agacé :

– Ecoute, ici on ne fait pas tant d'histoires ! Personne n'a les moyens d'aller à l'hôtel. Il y en a très peu. Ils sont chers et complets. Les amis peuvent toujours s'installer chez nous. La fameuse hospitalité russe. Si tu préfères, tu peux rester chez les filles rue Pouchkinskaïa. On y va tout à l'heure.

Il échangea quelques mots en russe avec Anatoly qui venait d'entrer dans la pièce, une bouteille de vodka à la main.

– Ou rester avec Anatoly ?

Anatoly s'était rapproché d'elle.

– Tu veux déjà me quitter ?

Rachel ne répondit pas. Elle eut l'impression d'avoir vexé Alexandre. Dès le début de son voyage, il lui avait témoigné une telle amitié. Elle s'en voulait de son impatience.

– De toute façon, je ne suis pas là souvent, ajouta Anatoly.

Elle se conduisait comme une enfant gâtée. Elle eut honte de son comportement avec ces gens qui avaient si peu à offrir et qui lui donnaient tout.

Une odeur de pain brûlé se répandait dans le couloir. Ça lui rappela cet appartement à Broadway, au-dessus d'un bar, le « Blue Morning ». Après le festival du film, Bruce, un ami de Régis qui partait en tournage, le leur avait prêté. A l'époque, ils étaient en pleine romance. Ils écrivaient ensemble un scénario qui se déroulait entre Paris et New York : une jeune baby-sitter française se faisant séquestrer dans le loft d'un couple pervers de Park Avenue. Chez Bruce, il n'y avait pas de vraie cuisine, juste un petit frigidaire, et une rôtissoire électrique. Rachel avait mis un poulet à cuire. Ils avaient décidé de prendre un bain. Dans la baignoire, ils commençaient à s'enduire de mousse. Une odeur de brûlé se répandait dans la pièce. Dans la kitchenette, la rôtissoire avait pris feu. Le fil électrique à moitié pourri avait déclenché un court-circuit. Rachel avait jeté sur les flammes un seau d'eau, qui avait inondé le living. Ils étaient retournés dans la baignoire. Ils avaient fumé pas mal d'herbe. Brusquement, Régis s'était mis à hurler. La serviette qu'il avait disposée sur la lampe de la salle de bains était en flammes. Ils avaient sauté de la baignoire, éteint le feu avec une autre serviette, couru dans la chambre. Ça sentait à nouveau le cramé. Rachel avait laissé une cigarette allumée dans le cendrier près du lit. Elle l'avait renversé quand Régis l'avait attirée sur lui. Ils avaient contemplé le carnage en hurlant de rire. L'eau se glissait sous la porte de la chambre, trempant le matelas posé à même le sol.

– Si on se tirait de là ? avait dit Régis.

Ils s'étaient rhabillés, avaient ramassé leurs affaires et claqué l'argent qu'il leur restait dans une luxueuse suite au Park Lane.

Pourquoi repensait-elle à Régis ? Cette même odeur de toast brûlé ?

Xenia, assise par terre, inspectait son manteau de renard d'un air soucieux. Elle se releva, attrapa la bouteille de vodka des mains d'Anatoly :

– On a rendez-vous dans un squat pour la répétition d'un groupe de rock. Des filles. Elles vont peut-être prendre Tamara avec elles. C'est une bonne guitariste. Tu entendras la voix qu'elle a. Natacha est dans tous ses états. C'est la première fois que la petite va se produire en public.

Rachel enfila un jean, changea de blouse, choisit la plus transparente. Elle prit le temps de se maquiller les yeux avec application, les étira vers les tempes au crayon bleu, souligna l'intérieur de khôl gris pour les faire briller. Ses flacons se répandaient dans ses poches, y laissant des traînées noirâtres qui résistaient à tous les lavages. Elle dessina ses lèvres au crayon brun, les remplit de brillant transparent pour les rendre pulpeuses. C'était maintenant qu'il fallait séduire Anatoly. Les lendemains sont en général difficiles à passer avec un nouvel amant.

Quand elle revint, Xenia, habillée d'une extravagante tenue de petit marin, avait sifflé pas mal de vodka. Elle souriait de ses lèvres fuchsia, ses cheveux décolorés cachés sous un invraisemblable chapeau de paille rouge. On attendait Rachel pour partir.

7.

Micha

Non loin de Liteïny, l'ancien quartier général du sinistre K.G.B., des peintres, des rappeurs, des ivrognes se pressaient dans l'atelier. Le nouveau rock russe les avait conduits loin des clubs à l'atmosphère conviviale, dirigés par les vétérans du rock underground comme Gunitsky, où on pouvait écouter des chansons devant un verre de bière. Démodé, le social. Il fallait être décadent, artificiel, pervers, comme sous la *Movida* espagnole après la mort de Franco.

Parmi les bouteilles brisées et les matelas jetés à même le plancher, la soliste du groupe féminin Kolibri se dressait, les seins nus, sous une capote militaire. D'une voix rauque qui rappelait Nina Hagen, elle chantait un pot-pourri de cabaret décadent, de rock et de folklore russe. Tamara, maquillée en poupée japonaise, l'accompagnait à la guitare, en reprenant avec elle le refrain, ses ongles carmin dépassaient des mitaines de dentelle blanche.

« Comment peut-elle jouer de la guitare avec des griffes pareilles ? » se demanda Rachel.

A l'autre bout de la pièce, Anatoly, entouré de femmes violemment maquillées, écoutait d'un air distrait. Il croisa le regard de Rachel, se dégagea, leva son verre vers elle, s'enfila la vodka d'un trait sans cesser de la regarder. Ses yeux brillaient comme ceux d'un chat sauvage. Elle vint le rejoindre.

Chaque fois que la main ou le corps d'Anatoly la frôlait, Rachel se sentait troublée. Dès qu'il se rapprochait d'elle, elle était attirée par sa chaleur. Elle avait envie de le toucher.

Dans un coin, un grand barbu armé d'une caméra vidéo filmait pour une chaîne de télévision pirate.

– C'est un groupe semi-clandestin qui parodie les émissions officielles dans ses chroniques, expliqua Xenia.

La chanteuse s'interrompit. Bella Matveeva faisait son entrée, drapée dans une cape de papier argenté. On racontait que, dans son minuscule appartement d'un quartier-dortoir, elle peignait des nus lascifs. Ses expositions provoquaient malaise et vertige. Lors de son dernier vernissage au Musée ethnographique, le plancher couvert de la même pellicule argentée qui l'enveloppait aujourd'hui craquait sous les pieds, tandis qu'au centre de la salle d'immenses pyramides de verre reflétaient les corps nus fragmentés de ses tableaux. Xenia continuait :

– Anatoly a fait les photos de l'exposition. C'est une amie de Natacha. Elle lui crée ses extravagantes tenues comme celles des filles de Kolibri. Natacha est la styliste la plus provocante de la ville. Pour son dernier défilé, elle avait utilisé les babouchkas du marché Saint-André. Si tu les avais vues, parmi les filles à moitié nues amenées par Natacha, au milieu des quartiers de viande congelée. La milice a dû intervenir pour leur faire quitter le marché !

Dans un autre angle, un petit bonhomme roux couvert de taches de rousseur, parodiant Nijinski, commençait un strip-tease. Attentive au spectacle, Rachel oublia Anatoly. Soudain une main se posa sur sa taille, l'attira en arrière. Anatoly l'entraîna vers la fenêtre, se pencha sur elle, lui caressa les cheveux. Elle tremblait d'être si près de lui. Ils ne pouvaient détacher leurs regards l'un de l'autre. Pendant un instant, rien ne compta plus que la conscience de leur désir. Ils avaient oublié la présence des autres. Xenia les observait tout en vidant son verre de vodka.

– Emmène-moi. Partons d'ici.

Pourquoi Rachel se sentait-elle soudain si isolée parmi ces étrangers qui la comblaient de gentillesses ?

Anatoly eut une expression de regret, une lueur brilla dans son regard et s'adoucit.

– Pas maintenant. Amuse-toi. Profite de la fête.

Il s'inclina devant elle et la laissa revenir sur ses pas au centre de la pièce. Elle sentait qu'il ne la quittait pas du regard. Son corps, malgré elle, eut un mouvement vers lui qu'elle domina. Elle devait se contrôler. Où se trouvaient les autres ? Alexandre était parti rejoindre ses ingénieurs. Natacha n'avait d'yeux que pour Tamara. Elle avait à peine parlé à Rachel, malgré leur soirée de la veille. Elle vit Anatoly se diriger vers le téléphone. En cherchant Xenia, Rachel commença à faire l'inventaire de cette étrange arche de Noé.

Cet univers décadent lui évoqua l'atmosphère qui devait régner chez Andy Warhol au cours des années soixante-dix. Régis, jeune reporter de la *free press*, découvrait alors New York. Il la lui avait souvent décrite, fier d'en avoir été témoin.

En haut d'un immeuble infect comme ici, dans Union Square, au coin de Lexington Avenue, on accédait à la Factory par un monte-charge. Des bandes de papier aluminium et de papiers de couleur pendaient du plafond du studio crasseux. Les murs étaient couverts d'agrandissements de portraits de stars des années quarante. Les fenêtres étaient tellement sales qu'on ne voyait pas dehors. La salle de bains de la Factory était recouverte de feuilles d'aluminium, y compris le siège des toilettes. La Callas hurlait ses opéras. Des gens aux tenues baroques, vautrés sur un vieux divan défoncé jeté au centre de la pièce, regardaient défiler sur un écran des images pornographiques. Les stars de la scène new-yorkaise, Naomie Levine, Baby Jane Holzer, les Inger, les Infra-Red, arboraient du fard à paupières violet ou bleu dur, des traits d'eye-liner argenté jusqu'aux tempes sous leurs cheveux oxygénés. Elles portaient des déguisements aussi extravagants et provocateurs que ceux de Kolibri, détournaient les tenues militaires et dérivaient dans des voyages d'acide ou des cocktails explosifs d'amphétamines et de cocaïne sur la voix de Nico et du « Velvet ». Ils n'arrêtaient pas de se filmer et avaient lancé un extraordinaire courant culturel underground. Beaucoup y avaient laissé leur peau.

« Quel dommage, songea Rachel, que Régis n'ait pas terminé son livre sur cette époque. Il écrivait si bien. Mais il était incapable d'aller au bout d'un projet. Il avait toujours un scénario en train pour lequel il ne trouvait pas de producteur, un roman inachevé dans un tiroir. » Ça avait été l'une des raisons de leur rupture. Rachel entendait que ses projets aboutissent, même si pour cela elle devait s'enfermer et renoncer au reste. C'était pour elle une question de survie. Laisser une trace était peut-être inscrit dans son identité juive. Elle ne put s'empêcher de balayer la pièce du regard, cherchant Anatoly. Où avait-il disparu ? Elle ne l'aperçut nulle part.

La voix rauque de Xenia la fit sursauter.

– Ne le cherche pas. Anatoly ne reviendra pas. Il m'a demandé de m'occuper de toi.

Devant l'air déçu de Rachel, elle ajouta :

– C'est une histoire de travail, des photos à faire. Il a reçu un coup de téléphone. Il n'a pas pu t'en parler, ça s'est passé trop vite. Tu peux venir dormir chez nous. Tu le retrouveras demain. Viens ! Ne fais pas cette tête. Je vais te présenter d'autres amis.

Elle la poussa devant elle. La musique était si forte qu'on ne pouvait plus se parler. Certains commençaient à casser leurs verres en les balançant derrière l'épaule. Affublé d'une perruque blonde et de faux seins, un homme les bouscula.

– Mamichev est un dangereux provocateur, murmura Xenia. Il s'est fait chasser de l'armée parce qu'il s'y promenait maquillé en Marilyn Monroe ou en Hitler.

Rachel en eut soudain assez de ces marginaux. Elle aurait préféré se trouver seule dans une chambre avec ses livres et ses papiers. Elle allait devoir s'organiser autrement si elle voulait rester ici à Pétersbourg.

Elle se dirigea vers la sortie sans réfléchir. Sur le palier, une porte était entrouverte sur un autre appartement qui paraissait plus silencieux. Rachel y pénétra. On parlait des jeunes peintres révélés par la perestroïka qui avaient transformé en ateliers collectifs des appartements délabrés. Les critiques, les marchands occidentaux, allemands, américains, suisses, anglais, français, venaient découvrir cette avant-garde de la peinture qui ne s'exprimait que dans des lieux privés.

Pendant les années d'étouffoir culturel du réalisme socialiste, ces ateliers avaient formé des espaces de travail mais surtout d'échanges, de rencontres, de résistance à l'art officiel, des espaces de clandestinité nécessaires à une époque où le pouvoir nettoyait au bulldozer toutes les expositions dissidentes.

Rachel avança avec précaution. La visite à l'atelier d'un artiste représentait un moment intense. Découvrir le cœur secret de la création au travers des signes qui marquent ce territoire de l'imaginaire, approcher les conditions de vie et de travail de ces artistes la fascinaient.

Gocha, vêtu comme un dandy, paraissait à peine vingt-cinq ans. Un verre de thé à la main, il semblait plongé dans la contemplation d'un costume sur un mannequin en bois.

Il sursauta en découvrant Rachel.

– Tu veux du thé ?

Il s'exprimait en français. Il lui tendit son verre et reprit :

– Je travaille avec Natacha. Nous avons créé ensemble ce nouvel uniforme spatial pour la guerre des étoiles. On a fait défiler nos mannequins dans la rue. La milice nous a interpellés. C'est le seul vêtement qui nous reste, les autres nous ont été volés.

Des lambeaux de tissu bariolé, aux bords effilochés, pendaient, accrochés au mur par des punaises.

Gocha suivit le regard de Rachel.

– On fait aussi de la peinture sur tissu en s'inspirant de la tradition des icônes. Il y a eu trop de bruit autour de nous, mais on manque de moyens, de peinture, de toiles, de châssis, de couleurs.

Un autre garçon, très mince, ombre noire, traversa la pièce. Cheveux couleur d'ébène, la peau basanée, une barbe drue lui envahissait le visage. Vêtu de noir de la tête aux pieds, il était chaussé d'étroites chaussures montantes en vernis brillant.

– Vladimir ne parle pas français. C'est un peintre expressionniste, expliqua Gocha. Il peint des toiles monumentales qu'il doit rouler dans la minuscule chambre de l'appartement collectif qu'il habite. Il ne peut pas les laisser ici.

Vladimir dévisageait Rachel. Son sourire dévoila une rangée de dents blanches éclairant son visage étroit. Dans un coin, Rachel remarqua des fleurs artificielles, des cartes postales du début du siècle, des photographies jaunies.

– Ça, c'est à Petrov. Il peint en s'inspirant de souvenirs d'enfance que nous n'avons pas eus.

Vladimir se dirigea vers un piano de laque noire, luxe inattendu pour cet atelier délabré, l'ouvrit, s'y installa, puis pour Rachel commença à jouer. Elle reconnut une chanson de Brel, *Ne me quitte pas*. Elle s'assit par terre. Elle se sentait bien en compagnie de ces garçons.

On entendit résonner la voix de Xenia.

– Tu es là ! Je me demandais ce que tu étais devenue et si un autre de nos amis t'avait enlevée.

Devant l'expression de Rachel, elle reprit :

– Excuse-moi. Ce n'est pas drôle. Il est tard. Je vais te ramener à la maison. J'ai trop bu.

Tenant à la main son chapeau de paille rouge déchiré, elle titubait.

– C'est difficile pour les artistes en ce moment, mais pas dans le sens où tu le crois. La perestroïka, c'était la période Sotheby. Les tensions sont exacerbées. On se passe les noms des conservateurs, des marchands, des critiques d'Occident. La concurrence est terrible. On est entrés dans la période des tentations. Il ne suffit plus d'avoir été brimés pour avoir du génie.

Elle fit un geste de la main :

– Salut les garçons. Vous verrez Rachel une autre fois. Je la ramène. Il est trop tard pour vous. Elle est amoureuse.

Vladimir referma le piano. Vladimir et Gocha les regardèrent partir à regret. Xenia entraîna Rachel de l'autre côté du palier.

– On va voir les autres.

De la fête, il ne restait que des vestiges. Les Kolibri étaient parties s'exhiber ailleurs, entraînant le caméraman barbu de la télévision pirate. Les dernières bouteilles vides traînaient sur le sol maculé, parmi les cendriers renversés. Mamichev, le provocateur, sa perruque blonde arrachée découvrant son crâne chauve, gisait sur un matelas crasseux, entouré d'individus ivres morts.

Natacha apostropha les filles :

– Il n'y a plus rien à boire ici. On va voir à la gare si on peut se trouver une bouteille chez les chauffeurs de taxis.

Ses cheveux roux pendaient, défraîchis autour de son visage marqué par l'alcool et le manque de sommeil. Ses paupières boursouflées rétrécissaient ses yeux verts qui avaient perdu leur éclat. Tamara, blafarde sous le maquillage japonais qui lui donnait un air de clown triste, faisait la gueule. Les filles du groupe Kolibri avaient repris leur guitare et n'avaient pas demandé à Tamara de les suivre. Celle-ci commençait à s'en prendre à Natacha. Il était temps de partir. Elles filèrent à pied vers la gare de Moscou devant laquelle se dressait la statue de Lénine. Malgré l'heure tardive, une foule silencieuse, indistincte, traînait aux abords de la gare. Quelques rares taxis, portières ouvertes, déversant des flots de musique vaguement rock, attendaient on ne sait quoi. Aucun train ne devait plus arriver jusqu'au matin.

– Qui a encore des roubles ?

Natacha fouillait les poches du long trench beige qu'elle avait racheté à une journaliste anglaise le mois dernier. Il lui restait à peine de quoi acheter une bouteille.

– Attendez, j'ai une idée.

Elle se tourna vers Rachel.

– Il paraît que tu portes de beaux dessous en dentelle ?

Rachel la regarda, gênée. Où voulait-elle en venir ?

– Tu serais prête à les sacrifier pour tes copines ?

Elle la poussa vers l'intérieur de la gare.

– Allons-y !

Dans l'imposante bâtisse de granit beige de

style mussolinien, au pas de course, les quatre filles traversèrent une vaste salle encombrée de banquettes en plastique verdâtre sur lesquelles somnolaient des gens agglutinés. D'autres dormaient à même le sol. Une odeur de choux, de boulettes de viande et de poisson séché prenait à la gorge. Natacha les entraîna aux sous-sols de la gare près du quai. Là, dans les toilettes publiques, jour et nuit, tout se revendait, se trafiquait. On pouvait y trouver des collants, des préservatifs, du parfum français. Les toilettes bouchées puaient l'urine. Les couvercles volés, les tirettes arrachées. Devant les portes fermées à claire-voie, laissant découvrir un alignement de jambes et de culottes baissées, on faisait la queue. Comme sur un marché, Natacha se mit à haranguer les femmes présentes.

– Qui veut acheter de beaux dessous en dentelle, de Paris ?

Des mains se tendirent. Xenia n'avait encore rien dit. Elle se tourna vers Rachel.

– Avec ça, on va se faire une fortune en roubles. Allez ! Si tu en as le courage.

Tout le monde la dévisageait. Rachel regarda autour d'elle. Elle ne pouvait reculer. On lui lançait un défi. On n'allait pas y passer la nuit. En quelques secondes, elle se déshabilla, nue parmi ces femmes hilares. Elle se débarrassa de sa culotte et de son soutien-gorge en dentelle achetés une fortune rue des Saints-Pères et les tendit à Natacha. La culotte et le soutien-gorge disparurent. Des paquets de roubles se tendirent vers elle. Sous les acclamations des jeunes Russes, elle les distribua à ses copines. On avait de quoi boire.

Dehors flottait la puanteur russe : relents d'essence, de tabac, de parfum bon marché mêlés à l'humidité du fleuve malgré le vent frais qui soufflait de la Baltique. Des camions marron pétaradaient le long de l'avenue aux pavés disjoints. Une Lada verte, le radiateur enfoncé, attendait garée devant un immeuble de la rue Pouchkinskaïa. Le chauffeur s'impatientait. C'est lui qui avait téléphoné à Anatoly pendant la fête.

Micha avait un visage émacié au-dessus de son col de chemise d'un blanc douteux trop large pour lui. Ses joues creuses étaient marquées par le souvenir de sa réclusion. Quand Anatoly et lui s'étaient connus, Micha travaillait sous des pseudonymes, comme traducteur. Il habitait en banlieue là où il y avait jadis de petits villages qui approvisionnaient la ville en légumes verts. La capitale avait englouti ces villages sans changer la mentalité des habitants, mi-prolétaires, mi-paysans. Les vieilles comme la mère de Micha y poursuivaient leurs affaires tout en continuant à bêcher leurs potagers. Pour rien au monde, les jeunes n'auraient voulu toucher une bêche, ou une binette.

Anatoly le rejoignit. Micha démarra. Tout en conduisant d'une manière saccadée – la boîte de vitesse de la Lada semblait prête à rendre l'âme – Micha se tourna vers Anatoly :

– Ils sont allés matraquer les rockers du Rubinstein, de jeunes prolos du club de culturisme de Plochtchad-Mira. Vêtus de chemises blanches et de costumes noirs, ils sont descendus au club où se tenait le concert d'Aquarius. Au début, personne n'a fait attention à eux... « Puisque la police refuse de disperser ces démons, nous allons y mettre bon ordre », ont-ils déclaré.

« La bagarre a commencé. Il y a neuf personnes à l'hôpital, certaines dans un état grave. Ces salauds ont l'intention de nettoyer la ville. Ce ne sont pas eux les meneurs.

Micha jetait de fréquents coups d'œil sur son rétroviseur. Il continua, la voix plus assurée :

– On dit qu'ils vont se rendre dans les ateliers pour régler leur compte aux artistes, écraser l'art décadent. Il faut vite prévenir Kolia, qu'il mette ses papiers et ses journaux à l'abri de cette vermine.

A côté de la place Maniejnaya, pendant que Micha attendait dans la voiture en surveillant les alentours, Anatoly pénétra sous la voûte de l'immeuble délabré. Il traversa une première cour : une carcasse de voiture y gisait, portières arrachées. Dans la seconde, quelques arbustes aux feuilles rabougries encadraient un banc rouillé, sur lequel deux vieilles échangeaient des chiffons. Elles ne lui prêtèrent pas attention. L'atelier de Kolia se trouvait à l'entresol. Anatoly poussa la porte sans allumer la lumière. En entrant, on percevait la tristesse mystérieuse qu'engendre la solitude d'un homme qui ne vivait que pour créer. La lueur du réverbère de la cour suffisait pour distinguer les objets. Des boîtes de conserve servaient de cendriers. La poêle où traînaient des fragments d'œuf cuit n'était pas lavée. Une porte déglinguée ouvrait sur un cagibi où on apercevait un lit de camp recouvert d'une couverture militaire. Le lit était vide, Kolia n'était pas là.

Il n'avait pas de vie personnelle. Aurait-il pu partager son talent avec une compagne qui lui aurait organisé un cadre de vie confortable, mais en occupant une place qu'il n'aurait pas consacrée à la peinture ?

Anatoly s'approcha du bureau, ouvrit le tiroir où Kolia rangeait ses papiers. Il était vide à l'exception d'une feuille vierge. Les autres tiroirs aussi. Anatoly se baissa, regarda sous le bureau. Au moment où il se relevait, une main puissante lui attrapa l'épaule. L'homme qui le maintenait portait un uniforme gris aux épaules rembourrées.

– Colonel Dragounsky, de la police judiciaire de Saint-Pétersbourg. N'essayez pas de crier, cela aggraverait votre cas.

Anatoly ne fit pas un geste pour se dégager. Dragounsky le lâcha, recula dans la pénombre, alluma.

Une ampoule nue suspendue le long d'un fil projetait une lumière blafarde sur l'atelier, dévoilait des foules vues de dos, peintes sur une fresque extrêmement tendue, accrochée sur un chevalet. Quantité de croquis, de portraits recouvraient les murs sales. Une toile en cours représentait deux silhouettes se serrant la main au centre d'une foule, selon une composition fouillée, savante, rythmée. Dans cette foule de dos, apparemment anonyme et uniforme, chacun était minutieusement peint. Cette foule paraissait témoigner sur la solitude de l'être, le caractère singulier et original de chacun de nous, comme de la puissance d'être ensemble.

Dragounsky avait des cernes sous les yeux, le visage pâle et gonflé d'un homme malade du foie.

– Que cherchez-vous ici ? Kolia vous a donné ses clefs ?

Il contemplait les toiles exposées sur les murs sans regarder Anatoly. Ce dernier eut la sensation d'avoir déjà croisé le colonel Dragounsky. Il répondit avec assurance : il fallait gagner du temps.

– Vous devez savoir qu'il n'avait plus de clefs : on les lui a volées.

Dragounsky était massif mais sa silhouette ne parvenait pas à dominer la haute taille d'Anatoly.

– Comment êtes-vous entré ?

– Il y a beaucoup de peintres dans cet immeuble. Koslov, de l'appartement n° 5, en possédait les doubles. Et la porte était ouverte.

– Vous connaissez Kolia depuis longtemps ?

Anatoly ne répondit pas. Dragounsky ne lui avait pas demandé ses papiers d'identité.

– Vous ne ressemblez pas à un flic.

– Pourquoi ?

Dragounsky le fixait de ses yeux délavés, sans agressivité. Anatoly remarqua une tache brune comme une taie sur la cornée de l'une de ses prunelles.

– Vous êtes trop chic.

– Je devrais porter une vareuse mitée ? C'est moi qui mets les gens en prison et ce n'est pas toujours drôle.

Dragounsky sortit de sa poche un talkie-walkie, ajusta l'antenne, s'approcha de la fenêtre, souleva le rideau de nylon grisâtre et parla dans le micro.

– Appelez l'hôpital. Renseignez-vous sur l'état de Kolia.

Anatoly sursauta. Qu'était-il arrivé à Kolia ?

Dragounsky revint vers Anatoly.

– Voyez-vous, je détestais la perestroïka, cette transparence nous empêchait de faire notre travail. Maintenant, c'est nous qui devons contrôler la ville, pas eux !

Que voulait-il dire ? Voulait-il parler de ceux qui avaient incité les culturistes à attaquer le Rubinstein ? De ceux qui armaient les nettoyeurs ? Il était difficile de s'y retrouver, dans la multitude de groupes qui composaient la mouvance néo-fasciste russe. Personne n'avait de position claire. Ici, à Saint-Pétersbourg, on savait qu'un certain Youri Bielaev, ancien député membre du P.C., était à l'origine du parti national républicain. Il disposait de sa propre organisation paramilitaire : la Légion nationale russe avait le soutien actif de plusieurs factions du mouvement Pamiat. Les Chemises brunes s'appuyaient sur des structures commerciales comme la société Rubicon, distributrice de matériel informatique. De nombreux officiers supérieurs soutenaient ces fronts de salut national. On parlait d'un certain Vladimir Jirinowski dont les troupes disposaient de vingt mille militants actifs.

De quel côté se situait Dragounsky ? Pour qui était-il ?

– Nous non plus, nous n'aimons pas les braillements des rockers, continua Dragounsky. Ne vaudrait-il pas mieux proposer aux jeunes des distractions qui feraient reculer le rock ? Tant que les anciens komsomols se contenteront d'organiser des meetings, sans les aider à définir leur identité, que les jeunes ne sauront pas comment passer leur temps, où dépenser leur énergie, les interdictions ne serviront à rien.

Anatoly se taisait. Il reprit son monologue.

– Que les jeunes aillent en prison, quelle est l'utilité ? Une interdiction non motivée engendre la protestation. Personne n'est fanatique de rock ni de peinture abstraite. En faire la principale menace contre le régime, c'est ne rien comprendre aux réalités. Le danger se trouve ailleurs.

Cette conversation était absurde, se disait Anatoly, coincé en face du colonel. Où voulait-il en venir ? Allait-il l'arrêter ?

– Allez, venez, ce n'est pas vous que j'attendais !

Il le poussa vers le palier.

– Ne parlez pas dans l'escalier, on nous surveille. Avancez, ne vous retournez pas. C'est moi qui enquête, pas vous !

Dragounsky revint dans l'atelier, se dirigea vers le cagibi. Un carnet noir qu'Anatoly n'avait pas eu le temps de découvrir gisait par terre près du lit de camp. Le colonel sortit son mouchoir, ramassa le carnet, le mit dans sa poche. Il revint vers le palier, chuchotant :

– Il faut sauver Kolia. Ils vont essayer de le descendre. Mes hommes vont se rendre à l'hôpital. Vous, disparaissez.

Sur la place Maniejnaya, au volant de la Lada verte, Micha n'avait pas bougé. Anatoly alla le rejoindre, attendit quelques instants en silence. Devant lui, sur un socle de pierre, on pouvait lire : « Ici sera érigé un monument au grand écrivain N.V. Gogol. »

Plus loin, à côté du Rodina où passaient de vieux films étrangers, une Volvo grise attendait, phares allumés. Le colonel Dragounsky s'y engouffra. La voiture disparut aussitôt dans le brouillard qui envahissait les rues de Pétersbourg.

Deux descentes de bandes contre des Géorgiens sur le marché principal avaient fait un mort. Les coupables n'avaient pas été retrouvés. On savait les liens étroits qui unissaient les groupes mafieux aux partis conservateurs. Ils leur louaient leurs gros bras, pour des règlements de comptes. Anatoly se demanda s'il ne devrait pas se rendre à Moscou, rue Petrovka, dans les locaux du R.N.E., l'Unité nationale russe qu'avait créée Alexandre Barkachov en 1990. Il s'agissait d'un mouvement raciste et totalitaire qui éditait *Ruski Pariadok*, le journal *Ordre russe* d'extrême droite, antisémite et fasciste, qui appelait à la révolution nationale pour en savoir davantage sur ce qui se préparait ici. Il connaissait certains de ses militants. Personne ne devait être au courant de ce nouveau raid.

Anatoly s'adressa à Micha :

– Allons-y. Tourne à droite. Arrête-toi près du magasin d'alimentation. C'est là que les autres devraient nous rejoindre.

Autour du magasin, malgré l'heure tardive, beaucoup de gens faisaient la queue. On venait de recevoir de la vodka. Les ivrognes se bousculaient, se repoussaient. Une odeur de sueur et de fumée à en donner la nausée envahissait la boutique malgré l'air de la nuit. Tenant sa bouteille contre lui, ses cheveux blancs encadrant un visage jeune, l'homme s'exprimait d'une voix douce. Dans ses yeux bruns se lisait de l'inquiétude. Il les entraîna à l'écart des ivrognes.

– Kolia a été agressé sous le porche par deux inconnus. Alors qu'il était assommé, ils sont entrés dans l'atelier. Ils ont tout fouillé. Ils lui ont dérobé ses croquis, ses papiers, les clefs du grand atelier. C'est là qu'il a laissé nos journaux. Quelqu'un a dû le leur dire. Yvan qui passait par hasard – il voulait lui demander des pommes de terre – l'a trouvé le crâne fracassé. C'est lui qui l'a transporté à l'hôpital.

Sur le trottoir d'en face, à l'arrêt du tramway, deux gaillards semblaient observer la scène.

– Ne vous retournez pas. On nous surveille, chuchota Micha. Remontons dans la voiture. Ne restons pas là.

Micha démarra. Anatoly scruta le rétroviseur pour voir si les deux hommes tentaient de les suivre. Roman lui tendit la bouteille dont il but de longues gorgées au goulot.

– Nous ne pouvons rien faire d'autre pour lui. A l'hôpital, on le protège. Nous ne devons pas y aller. On enverra Olga lui rendre visite. Nous, on ira à l'aube dans l'atelier récupérer les journaux avant qu'ils ne mettent la main dessus.

Il regarda l'heure à son poignet. Sa grosse montre de militaire des années cinquante, marquée d'une étoile rouge au centre du cadran, indiquait deux heures et demie.

– Il est trop tard pour les ponts. Roman, on te dépose. Moi je reste dormir chez Micha. Préviens les autres. Ne vous rendez pas dans l'atelier pendant quelque temps. Il faut attendre, voir ce qu'ils veulent. On se reverra dans quelques jours. Je garde la Lada. J'ai un travail à faire avec.

A plus de quatre heures de l'après-midi le lendemain, une foule grise et triste se déversait du métro Maïakovskaïa. Anatoly le vit sortir de l'immeuble ancien où était installée la station de télévision de Neva Films et se diriger vers le téléphone public, à une cinquantaine de mètres.

Une trentaine d'années, le teint basané, soigné, complet bleu marine, cravate noire, chemise blanche, yeux et cheveux courts, noirs. Syrien peut-être ? Plutôt séduisant. C'était l'homme qu'on lui avait décrit.

Installé au volant de sa Lada, Anatoly pouvait le surveiller sans attirer l'attention, jouant le taxi occasionnel, un sandwich graisseux déballé du papier d'emballage sur le tableau de bord, musique de rock se déversant par la vitre entrouverte. Il ajusta son appareil. Avec le téléobjectif acheté au marché noir, il pouvait distinguer jusqu'aux inscriptions en cyrillique portées sur le mur derrière la cabine du téléphone. Le trottoir grouillait de monde. Des épaules, des têtes défilaient dans le champ du viseur, cachant le visage de l'homme qui continuait à parler de dos. Anatoly ne pouvait saisir son visage. Puis l'homme se mit à jeter des coups d'œil rapides autour de lui. Anatoly le cadra de profil. L'homme se retourna, scruta la rue. Anatoly en profita pour prendre un gros plan de son visage. Il shoota les trente-six poses en quelques minutes. L'homme raccrocha, parcourant nerveusement du regard le trottoir autour de lui. Il sortit de la cabine, revint sur ses pas. Il s'avançait vers la Lada. C'était trop beau. Anatoly le mitrailla en gros plan, de face puis en plan moyen, le corps tout entier. La silhouette était racée. Il avait tout son temps. L'homme se tenait droit dans l'objectif. Au moment où il allait dépasser la voiture, Anatoly eut le temps de jeter l'appareil au sol. L'homme n'eut pas un regard pour lui.

Ses photos seraient magnifiques. Il allait les développer lui-même. Il en tira trois agrandissements de format 13 x 18. C'était bien l'homme qui serrait la main de Jirinowski à Moscou la semaine dernière. Ses amis seraient contents de son travail.

8.

Roman

– Ils boivent encore, les salauds !

La voix rauque lui éclata dans les oreilles. Rachel se retourna sur son lit de camp, le dos endolori par les ressorts de fer à moitié défoncés qui lui entraient dans les reins. L'odeur de brûlé régnait encore dans l'appartement, imprégnant les murs, les rideaux. Xenia fit irruption dans la pièce, son corps plantureux serré dans une robe en rayonne à larges fleurs rouges et noires. Ses cheveux relevés en chignon lui donnaient l'air juvénile.

– Les fêtards sont rentrés.

Elle cria en direction de la cuisine :

– Allez, vous n'avez pas honte, depuis hier vous carburez à la vodka ! Il n'y aura plus rien à acheter au marché. Qu'est-ce qu'on va manger ?

Elle continuait à rouspéter. Youri entra dans la pièce, salua Rachel d'un sourire de sa bouche en bec-de-lièvre. Xenia le regarda avec fureur, l'apostropha. Il ressortit en baissant la tête, ne laissant voir que son crâne dégarni. Toujours en colère, elle s'assit à côté de Rachel affolée par un réveil aussi agité. Quelle heure pouvait-il être ?

– Huit jours que ça dure et personne pour nous inviter au restaurant !

Xenia se radoucit, sourit à Rachel.

– Et toi, mon cœur, tu es amoureuse et l'autre imbécile a disparu. Viens, je vais m'occuper de toi. Ils sont cinglés.

Dans la cuisine, la table était nettoyée, appétissante, garnie de limonade, de zakouski : petits pâtés à la viande hachée aux oignons, boulettes farcies au coriandre, salade de poulet au paprika dans un plat de faïence rose saumon. Le vert des concombres se mêlait à l'écarlate des tomates tandis que le soleil se reflétait dans les verres. Elle secoua sa chevelure rousse emmêlée qui brilla au soleil.

Rachel eut faim. Avait-elle dîné hier soir ? Elle ne s'en souvenait plus.

– C'est ta vraie couleur ? demanda Xenia avec une pointe d'envie. C'est joli. Ici, on n'a que du henné qui nous donne des têtes carotte ou du décolorant qui te rend comme moi.

La sonnerie du téléphone résonna. Un barbu entra dans la pièce.

– C'est pour elle ! dit-il, s'adressant à Xenia.

Il vint vers Rachel, lui fit un baisemain incongru. Rachel courut dans le couloir. En dehors d'Anatoly, personne ne savait qu'elle se trouvait dans cet appartement.

Autour de l'appareil, Rachel remarqua des chiffres inscrits comme des graffitis. C'était ainsi qu'on notait les messages, lui avait expliqué Xenia. On manquait de papier et de toute façon les murs étaient sales.

– Allô, Rachel !

Elle aima la façon dont il prononça son nom, son léger accent qui roulait des *r* Sa voix était tendre.

– Ça va ? Ils sont gentils avec toi ?

Quelle importance ? Elle n'était plus une enfant.

– Et toi ?

Gênée, elle ne savait plus quoi dire, coincée dans le couloir sombre où on ne cessait de passer autour d'elle. Il y eut un silence au bout du fil. Il reprit :

– On a dû se jeter sur toi à la fête ! Ils adorent ce qui vient de France !

Et lui alors ? Elle n'était pas un objet. Elle se sentait de mauvaise humeur. Elle n'aimait pas la façon désinvolte avec laquelle il lui parlait.

– Le beau Vladimir ne t'a pas entraînée dans son atelier ?

Anatoly enchaînait :

– Tu veux venir avec moi au marché des oiseaux ? Je dois rencontrer quelqu'un. Ça t'amusera. Je viendrai te chercher plus tard. J'ai un travail à terminer. Avec Xenia, tu es dans de bonnes mains. Tu ne risques rien.

Elle n'eut pas à lui répondre. Elle n'entendit qu'un sifflement aigu. Il avait déjà raccroché, ou la communication avait été coupée.

Elle alla prendre une douche. L'eau glacée coula sur ses épaules. Cela lui fit du bien. Elle avait besoin de se réveiller.

Quand elle revint dans la cuisine, ils avaient disparu. L'appartement était silencieux. Xenia les avait-elle chassés ?

Maquillée comme une star se rendant à une première de film, juchée sur des sandales à hauts talons fins, comme on les portait dans les années cinquante, elle s'apprêtait à sortir, son filet accroché sur l'épaule.

– Je vais voir ce qu'il y a à acheter aujourd'hui. Je trouverai bien quelque chose.

Elle la regarda :

– L'amoureux a réapparu ? C'est bon signe !

Elle continua sans lui laisser le temps de répondre.

– Ne fais pas attention au désordre. Personne ne range rien. J'en ai marre de leur servir de femme de ménage. Il faut faire tout pour les hommes. Ici les femmes sont dans la rue, sur les chantiers comme maçons ou en train de conduire des tramways. Mon ex-mari était réalisateur à la télévision nationale mais c'est moi qui le nourrissais. Quand je venais lui apporter en régie ses zakouski, il y avait encore des femmes aux caméras, et lui se curait les ongles en buvant de la vodka et en hurlant des ordres.

Elle leva les yeux au ciel, soupira :

– Ce qu'il était beau !

Rêveuse, elle ajouta :

– Et au lit, ça valait le coup !

Elle pivota sur ses hauts talons, faisant claquer les pointes métalliques sur le parquet.

– Allez, fais-toi belle. Anatoly c'est pas mal non plus au lit, hein ? On l'a toutes essayé.

Rachel n'arrivait pas à s'habituer à la façon dont ses amies russes parlaient du sexe.

Natacha et Tamara venaient d'arriver, transportant une caisse d'ananas.

– On les a dégottés dans l'arrière-boutique de la librairie en face de la caserne, en rentrant de la fête. Ils viennent de Cuba ! Je suis crevée. On ne s'est pas encore couchées, ajouta-t-elle, on a traîné toute la nuit.

Natacha poussa la caisse dans l'entrée, retira ses bottes de serpent d'un geste sec, les fit valser à travers le couloir, étira ses longues jambes. Son visage encadré de cheveux flamboyants, à la lumière du jour, paraissait livide malgré les raccords de maquillage qu'elle avait effectués au cours de la nuit, laissant des plaques comme du plâtre autour de la bouche. Les paupières gonflées rendaient les yeux plus petits, sans éclat. Sur sa joue, le long de l'oreille droite, Rachel remarqua une cicatrice aux bords boursouflés.

Affalée dans un coin de la pièce, Tamara s'était endormie, enroulée dans sa cape en velours matelassé. On entendait son léger ronflement. Natacha traîna la caisse d'ananas vers la cuisine.

– Tamara a eu beaucoup de succès. On lui a proposé d'aller faire une tournée en Géorgie. Le type doit nous rappeler. Je me méfie de ces Géorgiens. On ne sait jamais avec eux.

Natacha commença à vider la caisse sur la table, à sortir les fruits. Une épouvantable odeur de pourri se répandit. De minuscules insectes gris et plats, aux pattes transparentes s'échappaient du fond de la caisse, rampaient le long de la table. Ecœurée, Rachel suivait leur lente progression sur la toile cirée, incapable de les chasser. Natacha s'adressa à Xenia :

– On peut acheter de la viande au marché noir, à l'arrière d'un camion frigorifique aux abords de la gare de Finlande. Il faut y aller tout de suite, sinon il n'y aura plus rien. Je dormirai plus tard. Laisse Tamara, elle a eu une rude soirée.

Elle se tourna vers Rachel :

– Viens avec nous faire le parcours du combattant. Les camions n'apportent en ville que des produits en voie de décomposition. Les trafiquants ont mis sur pied des réseaux de transports parallèles pour approvisionner les marchés qui les revendent une fortune.

Elle continua de sa voix rauque :

– Les chargements normaux sont détournés, les camions pillés. Seul le K.G.B. arrivait à contrôler le marché et à protéger la légalité. Allez, viens, tu vas voir comment ça se passe.

Elle surprit l'expression de Rachel.

– Tu ne vas pas commencer à attendre Anatoly. On ne sait jamais où il va ni quand il revient. C'est pour ça que je l'ai quitté. J'en avais marre. Il y a trop de filles prêtes à faire la fête dans cette ville. Toi, c'est différent, tu es exotique ! Il rêve de Paris depuis que je le connais.

Elle poussa devant Rachel la bouteille de vodka et un verre ébréché.

– Allez, bois, ça ne te fera pas de mal !

Xenia était retournée au téléphone. Elle n'avait pas cessé depuis le matin : les communications interurbaines ne coûtaient rien. Tout le monde se téléphonait pour échanger des tuyaux, savoir ce qu'il y avait à acheter. On établissait ainsi des réseaux de renseignements permanents pour survivre. Elle revint vers Rachel qui avait rangé le lit de camp.

– Allez, on y va !

Coincée sur la banquette de skaï brunâtre

d'un taxi coopératif, entre Xenia et Natacha, Rachel regardait à travers la vitre arrière défiler la perspective Nevski. Un groupe d'adolescentes en robe de coton de couleurs vives s'échappait du métro Maïakovskaïa, se rendant à leur travail ou peut-être à l'école. Elles riaient, se bousculaient, sautillant le long de l'avenue. Leur air joyeux contrastait avec celui des autres passants, l'air abattu, qui se plaçaient déjà en file devant les boutiques. Devant la statue de Catherine II, les trafiquants de cigarettes, les vendeurs de fausses icônes étaient installés. Sobtchack, le maire de la ville ne les avait pas encore regroupés derrière le palais d'Hiver.

– Arrêtez-vous, cria Natacha.

Le chauffeur de taxi maugréa, freina brutalement. Rachel remarqua ses cheveux qui retombaient en boucles clairsemées sur le col de la chemise grisâtre. A chaque feu rouge, il frottait nerveusement son menton en galoche.

Au coin de la perspective Vladimirski, content de filer vers une course plus lucrative : déménager des meubles ou livrer de la vodka au marché noir, il se débarrassa d'elles en les insultant.

– Je veux te montrer un endroit qui a beaucoup compté pour nous.

Devant la grille de fonte baissée ne restait que la façade noircie d'un vieux café.

– C'est là, au Saïgon, qu'on retrouvait nos

amis avec Anatoly, quand on était plus jeunes. Ceux qui se distinguaient du stéréotype officiel de l'homme soviétique. Des poètes pas édités, des peintres ignorant le réalisme socialiste, des musiciens de rock. On prétendait que des micros étaient cachés dans les machines à café, que des agents secrets nous surveillaient derrière une glace sans tain. Des bagarres éclataient. La milice investissait le café, vérifiait les papiers de ceux qu'elle trouvait antipathiques et entraînait brutalement l'un d'entre nous.

Elle s'arrêta. Le silence s'installa, entrecoupé par le fracas de la circulation. Elle reprit :

– En 1987, on s'est battus trois jours aux côtés des écologistes contre la milice et les entrepreneurs qui voulaient détruire le bâtiment historique de l'hôtel d'Angleterre. C'est comme cela que j'ai attrapé cette cicatrice !

Elle releva la longue mèche rousse qui lui barrait le visage. Sa cicatrice avait encore gonflé. Sur plus de cinq centimètres, elle apparaissait violacée.

– Bah ! avec un bon camouflage, ça ne se voit pas. J'aurais pu avoir l'œil crevé.

Il commençait à pleuvoir. Xenia sortit de son sac un parapluie pliant vert pomme. Elles se serrèrent toutes les trois à l'abri. Les bottines de Rachel étaient trempées. Xenia fit signe à une voiture déjà chargée qui freina devant elles. Elle parlementa, poussa Rachel derrière. Deux hommes s'y trouvaient déjà. Elle s'installa à l'avant à côté du chauffeur. Malgré les vitres ouvertes, la voiture empestait l'oignon et la graisse rance. Rachel se sentait écœurée.

Xenia alluma une cigarette, en proposa aux voisins de Rachel. Natacha en avait profité pour s'éclipser. Elle avait un rendez-vous.

En route, Xenia jeta un coup d'œil à un magasin de porcelaine :

– Il faudrait voir ce qu'ils ont aujourd'hui.

Il n'était pas rare de découvrir des chaussures ou une pièce pour réparer un robinet dans les arrière-boutiques. Chacun y déposait ce qu'il avait à vendre, transformant les magasins en marchés aux puces.

– Il vaut mieux aller à la gare chercher la viande. Avec cette chaleur, elle risque de décongeler et de pourrir dans la rue pendant qu'ils la découpent.

Une statue de Lénine juchée sur le toit d'une voiture blindée en ciment annonçait la gare de Finlande. Les abords étaient envahis d'une foule bigarrée où se mêlaient des tziganes, les femmes enveloppées dans de vastes jupons de coton rouge et noir à volants, la tête serrée par des foulards multicolores, des enfants en haillons accrochés à leurs jupes, des Asiatiques, les bras chargés de ballots – probablement en arrivage de Moscou – qu'ils rapportaient des Républiques d'Asie pour les revendre et des voyous reconnaissables aux vêtements voyants qu'ils arboraient, et aux regards perçants qu'ils portaient autour d'eux. Des barrières dressées devant les portes de la gare en ralentissaient l'accès. Des hommes vêtus de treillis militaires, Kalachnikov au poing, filtraient les passants, fouillaient les voyageurs qui se pressaient aux entrées. Militaires, policiers ou milices privées ? Xenia préférait l'ignorer. On disait qu'ils cherchaient les armes de contrebande.

Xenia contourna la gare, entraîna Rachel derrière dans une impasse vers une voie désaffectée. Une longue file de gens silencieux avançait par petits groupes vers le camion frigorifique. Le silence de cette foule contrastait avec l'atmosphère qui régnait de l'autre côté de la gare. D'immenses quartiers de viande rouge, obscènes, se balançaient à l'arrière du camion, cadavres dépecés laissant découvrir leurs entrailles. Un homme enveloppé d'un tablier de plastique dégoulinant de sang tranchait au hachoir, par quartier, les carcasses que deux autres lui balançaient de la passerelle du camion. Chacun ajustait son chargement comme il pouvait, sur ses épaules ou dans les bras, à deux ou à trois selon l'importance du butin. Les roubles circulaient de main en main, certains sortaient des bouteilles de leurs poches, les buvaient au goulot, en grandes lampées avant de les passer au voisin.

La tenue de Xenia provoqua cris et rires. Les hommes les entourèrent, les poussèrent vers le camion en leur proposant de la vodka.

Nullement impressionnée, Xenia répondit par les mêmes démonstrations, habituée à cette foule, et accepta de partager leur alcool. Des bouteilles se tendirent vers elles. Rachel fut obligée de boire. On leur déposa un quartier de viande entre les bras. Xenia distribua quelques roubles. Deux hommes s'empressèrent de les aider à traîner le chargement jusqu'à un taxi.

Ils s'approchèrent d'une voiture, une vieille Jigouli verte à la peinture écaillée. Le chauffeur semblait dormir, ses pieds dépassaient de la portière ouverte. Xenia agita quelques roubles devant ses yeux, remercia les deux hommes. L'un d'eux en leur souriant découvrit une bouche aux gencives violettes édentées. Elle s'installa à l'arrière de la voiture, en profita pour se remettre une couche de rouge à lèvres fuchsia.

– On va s'arrêter au passage pour les allumettes. Tu ne bougeras pas de la voiture, sans ça on va nous voler la viande. Ne laisse monter personne. Attention, les taxis sont collectifs.

La voiture se frayait un chemin au milieu de la circulation chaotique. Personne ne respectait aucune priorité. Rachel remarqua que certaines voitures n'avaient pas de numéro d'immatriculation. Elles s'arrêtèrent devant une librairie. En descendant, Xenia agita d'autres roubles en direction du chauffeur avant de disparaître à l'intérieur de la boutique.

Epuisée par sa virée et le manque de sommeil, tassée au fond de la voiture sur la banquette de skaï dont les accrocs avaient été recollés, Rachel découvrait la vie quotidienne russe, l'inlassable recherche de la nourriture, les combines pour survivre.

Xenia semblait traverser ces avatars avec une santé, une joie de vivre que rien ne paraissait susceptible d'entamer. Rachel ne voulait pas savoir d'où elle tirait les poignées de roubles qui surgissaient de ses poches. Elle n'avait pas à porter de jugement sur ses amis finlandais ou autres du Pribaltiskaïa. Au bout d'un temps qui lui parut long, elle commença à s'assoupir, Xenia réapparut une caisse dans les bras.

– C'était pas des allumettes mais du sucre. Il vient de Pologne. Bah ! ça servira toujours ! Allez, on rentre maintenant !

Rachel fut heureuse de retrouver l'appartement. Le chauffeur les aida à monter leur chargement. Il fallut lui offrir encore un verre de vodka pour la route, en plus des roubles.

Lorsque Anatoly arriva, Rachel éprouva un

choc. Sa haute taille, le sourire carnassier, la sensualité qu'il dégageait. Elle avait oublié combien il était beau. Elle fut soudain intimidée. Ils s'étaient quittés la veille mais elle avait l'impression que c'était loin. Elle n'avait cessé de penser à lui. Elle revit la façon dont il l'avait presque violée sous la porte cochère. Le trouble qui l'avait saisie d'être ainsi clouée contre le mur, impudique sous le regard sans complaisance d'Anatoly. Il est vrai que c'était excitant. Rachel se sentit rougir. Elle osait à peine le regarder. Elle avait pourtant l'habitude des hommes, des brèves rencontres de voyage. Elle était même d'habitude plutôt cynique. Il ne fallait pas se laisser aller ni s'attendrir. Ces aventures ne la menaient nulle part. On devait les vivre avec intensité comme une séquence de film parfaite. Le désir surgissait en elle pour un homme à la bouche sensuelle, aux yeux de félin dont le regard la troublait, dont l'audace correspondait à la sienne. Elle l'aimait corps et âme, le temps de la séquence qu'ils partageaient. Deux, trois jours ? Parfois plus. Surtout éviter de fantasmer. Elles se terminaient de la même façon. La plupart du temps elle partait la première, sans regrets, malgré quelques soirées de nostalgie. Mais elle avait la sensation que sa rencontre avec Anatoly était autre, elle ne pouvait définir en quoi il était différent des hommes qu'elle avait croisés. Etait-ce lié à ce pays, à la Russie, à des racines enfouies en elle, qui cherchaient à s'exprimer ? Peut-être, inconsciemment, sentait-elle qu'Anatoly allait l'aider à faire surgir son passé.

Rachel n'eut pas à réfléchir. Anatoly l'entraînait déjà, la tenant par l'épaule, heureux.

– J'aurais aimé rester avec toi hier soir... mais... les affaires...

Ce furent les seules paroles qu'il prononça à propos de la nuit dernière.

– Maintenant je te garde.

Ce que l'on appelait le marché aux oiseaux ressemblait à une esplanade, un terre-plein abandonné entre deux cours d'immeubles de pierres délabrées, entouré de mauvaises herbes et d'arbres rabougris. Le long d'un mur s'étalaient des rangées de croûtes représentant des bouquets de fleurs rondes et joufflues de couleur orange, violette ou carmin, posées sur des coins de table ou des plateaux. Peut-être les achetait-on pour décorer de lugubres appartements pendant les longs mois d'hiver où les fleurs manquaient.

Ils s'avancèrent dans les allées. Déballé à même le sol s'étalait un bric-à-brac d'objets hétéroclites, échappés de valises en carton. Ampoules électriques, chaussures d'enfants, ressorts rouillés, boîtes à bonbons en ferraille, chemises, boutons de nacre dépareillés. Rachel aperçut plus loin, debout, alignés les uns à côté des autres en rangs serrés, des gens habillés de gris ou de brun, des femmes surtout, avec dans leurs bras des animaux, des chats, des chiens, des lapins. De vieux cartons pleins de paille ou de sciure déballés à leurs pieds, chacun tenait son animal bien haut, niché dans le col de la veste ou du manteau, porté malgré la chaleur de l'été. Ils les présentaient aux passants, éventuels acheteurs, qui se pressaient dans les allées.

Rachel avait été frappée par cette foule dense dans les passages, dans le métro, dans la rue, sur les marchés, quelle que fût l'heure. Où se rendait-elle ?

Les têtes des animaux seules dépassaient. Certains aboyaient plaintivement. Rachel en eut le cœur serré. Anatoly se retourna vers elle.

– C'est tout ce qu'ils ont encore à vendre, leurs animaux. Avec ça, ils espèrent obtenir quelques roubles pour manger. Ils s'en séparent avec peine. L'atmosphère est curieuse. Dans les moments de crise, quand les gens sont violents dans les rues, il règne ici une certaine douceur. Même les voyous ne s'y attaquent pas.

Un chaton aux longs poils roux, à la tête ronde, aux yeux à peine ouverts, se mit à miauler en direction de Rachel. Elle ne put s'empêcher de s'arrêter. La femme, des yeux très clairs dans un visage ravagé de rides, le tendit vers elle, la main serrée dans une mitaine de laine grise. Le petit chat agita comiquement les pattes, dont les extrémités étaient blanches comme des chaussons.

– Tu le veux ? demanda Anatoly.

– Qu'est-ce que j'en ferais ?

Elle pensa à son chat tigré dont elle avait confié la garde à Hélène, à Paris. Il lui manqua soudain, comme Paris, ses amis, et Paul. Etait-il rentré de reportage ? Que faisaient-ils tous ? Quelqu'un pensait-il à elle là-bas ? Se souciait-on de son sort ? L'avait-on oubliée ? Comment savoir ? Elle n'avait pas tenté de les appeler. Les communications étaient si difficiles avec la France. A quoi bon ? Elle avait opéré son choix librement. Personne ne l'avait obligée à rester à Pétersbourg. La sensation qu'elle éprouvait était étrange. C'était une tristesse vague, confuse, comme un rêve, presque agréable. Comme le sentiment qu'elle avait perdu quelque chose d'important et d'indispensable à la vie qu'elle ne retrouverait plus.

Elle demeurait figée sur place. La femme tendait toujours le chaton roux vers elle. Anatoly ressentit sa mélancolie. Il lui prit la main, la serra contre lui.

– Allez, viens. Tu n'en veux pas, on ne le prend pas. J'ai quelqu'un à voir. Après, je vais m'occuper de toi.

Anatoly, aux aguets, paraissait attendre sans le laisser paraître. Il faisait mine de s'intéresser aux animaux, échangeant de brèves paroles avec les marchands tout en continuant à parcourir le marché à grandes enjambées. Il portait son jean noir, un vaste blouson de toile délavée aux innombrables poches, d'une couleur indéfinissable qui avait dû autrefois être brune. Ses cheveux dorés, rejetés en arrière, flottaient sur ses épaules et brillaient au soleil, dégageant son front bombé. De sa haute taille, il dépassait la foule.

« S'il avait tourné dans un film, se disait Rachel, il aurait été un héros de western. »

Elle l'imagina à cheval parcourant les steppes. Les femmes sur le marché le détaillaient avec envie. Un homme sembla se diriger vers eux. Anatoly lui fit un léger signe de la tête.

– Attends-moi, dit-il à Rachel. Continue à regarder les étalages. J'en ai pour peu de temps.

L'homme avait les cheveux blancs. Elle n'eut pas le temps de voir ses traits. Rachel continua à marcher. Elle s'arrêta devant des perroquets. L'un d'eux, la tête surmontée d'une crête violette avec une immense queue bleue et verte, balayait sa cage furieusement en poussant des sifflements étranges. Il lui rappela un voyage en Haïti. Elle était partie là-bas pour un stage de danse et s'était retrouvée en pleine révolution, mêlée malgré elle à la chute de la dictature de Duvalier. Entraînée du vaudou à la révolution, enfermée dans une nasse où se mêlaient amour et magie, son destin s'était accéléré dans l'île tropicale en insurrection. Les parfums, les sortilèges d'Haïti lui revinrent. Ce perroquet sur sa route, était-ce un signe ? A cause d'une balle perdue, elle avait failli y laisser sa peau. Il ne lui en était resté qu'un léger déhanchement qui disparaissait peu à peu et que personne ne remarquait.

Elle regarda en direction d'Anatoly. Elle le vit sortir quelque chose d'une de ses nombreuses poches. Une enveloppe ? Un rouleau de pellicule ? Il le tendit à l'autre qui l'enfouit dans sa veste. Le tout n'avait duré que quelques secondes. Anatoly revenait vers elle tandis que Roman, l'homme aux cheveux blancs, s'éloignait.

– Viens, on s'en va.

Rachel ne lui posa aucune question. Anatoly marchait vite. Le soleil était couché, l'atmosphère humide, le ciel gris, plombé. Vêtu de son jean, de sa chemise d'homme, blanche à manches roulées, petite à côté de lui, elle lui arrivait à peine à l'épaule, avec ses chaussures plates, ses cheveux relevés laissant s'échapper des boucles rousses autour du visage, les yeux cachés par d'immenses lunettes de soleil rouges en forme de cœur que Xenia lui avait prêtées. De longues boucles en argent tintinnabulaient à ses oreilles. Rachel devait s'accrocher à sa ceinture pour ne pas le perdre.

Avant de partir, Anatoly acheta un paquet de Marlboro dans une de ces échoppes en bois qui poussaient à tous les coins de rue, où l'on pouvait trouver aussi bien des préservatifs nouvellement importés, du lait en boîte, du parfum ou des allumettes, qu'une chaîne hifi sophistiquée. Ils s'engouffrèrent dans la station de métro. Les tickets de métro ressemblaient à des jetons de casino. On les glissait dans le tourniquet mais ils ne ressortaient pas. Les escaliers roulants, en pente raide, filaient à grande vitesse. Rachel trébucha en arrivant en bas.

– Ça surprend les étrangers au début. Après on s'habitue, tu verras. Je vais te faire du thé à la maison. On ira dîner plus tard.

Rachel était heureuse de se retrouver seule avec Anatoly. Ils parvinrent à la station Vassileostrovskaïa. Anatoly lui tendit la main pour l'aider à descendre de la rame.

Le vent de la Baltique soufflait, l'air sentait l'algue marine. Il lui rappelait les plages de l'Atlantique où elle aimait à effectuer des kilomètres à pied. Biarritz et sa longue côte des Basques où, même en hiver, des surfers dansaient sur la crête des déferlantes. La croix noire de la Vierge en haut du rocher qui protégeait la digue, l'église russe où elle n'avait jamais réussi à entrer malgré ses demandes. Le pope n'y venait qu'une fois par an célébrer la fête de Pâques.

– Que font ces gens dans les rues ?

– Ils vont, viennent, vaquent à leurs affaires, traversent les ponts. A Péter, comme on la nomme, ils parcourent la ville, font la queue à tout hasard, leur sac de toile accroché à l'épaule l'*avoska* (au cas où !). Ils se retrouvent à deux ou trois pour picoler dans les entrées d'immeubles, sous les portes cochères.

Devant la chaussée défoncée de la Grande Avenue Bolchoï interdite à la circulation, en travaux interminables, ils durent emprunter le madrier transformé en pont qui enjambait le canal fangeux. Anatoly la fit passer devant lui, la tenant par la taille pour l'empêcher de glisser. Dans l'une des cours qui menait à son atelier, deux vieilles assises sur un banc au dossier arraché parlementaient. Elles apostrophèrent Anatoly, mimant des gestes obscènes en direction de Rachel. Elle se sentit mal à l'aise. Il devait souvent ramener des filles chez lui.

Devant l'entrée d'une cave, un homme courbé sur un fauteuil en rabotait le dossier. Sa chemise à carreaux rouges semblait prête à craquer sur ses épaules massives. Anatoly le salua au passage.

– Pendant l'été on transforme les caves en ateliers. On y fabrique des meubles artisanaux.

L'hiver on ne peut plus travailler car les caves ne sont pas chauffées. Ça sert à pas mal de trafics. Elles ne sont pas fermées et n'appartiennent à personne. On y rafistole de fausses vraies icônes qu'on revoit sur les marchés.

Il alla vers l'homme, lui chuchota quelques mots à voix basse. Une odeur de moisi montait de la cave. On sentait que la ville s'enfonçait dans un délabrement total. Malgré les façades rénovées de quelques palais, à l'intention des touristes, par la mairie, les services sanitaires se trouvaient dans un état déplorable. A l'hôpital, les médecins manquaient d'analgésiques, d'instruments chirurgicaux. Il fallait éviter de s'y laisser transporter en cas d'accident, avait-on dit à Rachel. On risquait d'y attraper n'importe quelle maladie. On signalait des cas de diphtérie. C'est pire qu'en Afrique, se disait Rachel. Ces médecins de haut niveau qui avaient poursuivi de brillantes études ne pouvaient pas exercer, sauf dans quelques établissements privilégiés réservés à la nomenklatura.

Le personnel hospitalier venait de demander l'autorisation de manifester place du palais d'Hiver en signe de protestation. Les infirmières n'étaient plus payées. L'argent manquait. Elles attendaient leurs maigres salaires depuis plus de trois mois. Des enfants avaient été empoisonnés par des petits pots de Blédine périmés depuis plus d'un an. On avait trafiqué les étiquettes pour en écouler les stocks. N'importe qui fabriquait de la nourriture artisanale, sans contrôle sanitaire et sans souci d'hygiène, et la revendait dans la rue. Un saucisson avait ainsi contaminé tout un quartier. La télévision passait des annonces : « N'achetez aucune nourriture dans la rue, vous allez vous empoisonner. » Rien n'y faisait. Des bouteilles de vin vendues à la sortie du métro tournaient au vinaigre, tandis que des jeunes femmes séduisantes, sur la même chaîne nationale, vantaient des produits qu'on ne pourrait acheter nulle part. Pourtant les Russes continuaient à vivre joyeusement. Ils avaient gardé la faculté d'espérer.

9.

Natacha

Rachel trébucha dans l'escalier. Anatoly la rattrapa sur une marche branlante. Cette odeur entêtante de moisissure, de graisse la pénétrait. Rachel se revit quelques années auparavant à Moscou. Naoum Kleiman, responsable du musée Eisenstein et directeur de la cinémathèque de Moscou, l'avait reçue chez lui. L'homme était grand, voûté, avait l'air épuisé, le regard vif sous ses épaisses lunettes de myope, ne cessant jamais de sourire. Sans moyens techniques dans son « Kinocentre », dont on essayait de lui réduire l'espace, en butte aux manœuvres mesquines de ses voisins d'immeuble, Naoum Kleiman se débattait à coups de recherches, de projections, de débats. Dans des conditions matérielles d'une totale précarité et un isolement presque complet, cet érudit menait seul le combat de l'intelligence et de la résistance.

Rachel s'en souvenait avec précision. Près de l'Arbat, rue Smolenskaïa, un ascenseur minable les avait déposés – avec Paul et ce journaliste du *Monde* ; ils avaient pu échapper à la délégation – sur un palier abandonné, donnant sur une porte écaillée devant l'appartement d'Eisenstein transformé en musée ; deux pièces confinées où l'électricité ne marchait plus. On avait fini le dîner à la bougie.

Dans une chambre envahie de livres, de manuscrits, de photos, de maquettes de l'œuvre d'Eisenstein (celle qui n'avait pas été dispersée dans les bibliothèques d'Etat), Kleiman, gardien des lieux, leur avait raconté comment il animait un travail de recherche et de publication sur Eisenstein, et tentait de transformer cet appartement en musée. Ce soir-là, il n'y avait que des patates bouillies et des oignons crus pour dîner mais elle avait partagé le dîner le plus riche de son séjour. Paul n'avait pas ressenti la même émotion. Il avait envie de rentrer et de boire une bière au bar de l'hôtel.

Elle ne cessait de penser au courage de cet homme. Elle avait appris que Naoum Kleiman avait réussi à quitter Moscou pour donner des cours, invité par une université de New York, grâce à la pression de cinéastes américains, mais il était revenu car il ne voulait pas émigrer ni quitter l'appartement d'Eisenstein dont il était le gardien. Pourrait-on l'inviter à Paris afin d'y donner des conférences ? A son retour, elle entreprendrait des démarches pour l'aider.

– A quoi penses-tu ? Regarde où tu mets les pieds, c'est plus prudent.

Elle aurait aimé se trouver avec Anatoly chez Kleiman.

– Je pensais à quelqu'un que j'ai rencontré à Moscou.

Il restait un étage à monter. L'odeur de chou pourri la prit à la gorge. Comment pouvait-on laisser s'accumuler tant de crasse et de poussière dans ces cages d'escalier ? La ville s'occupait-elle encore de ces immeubles, ou se laissait-elle absorber en elle-même, dévorer comme ces trous noirs du cosmos qui se nourrissent de la lumière ? Pétersbourg se transforme en rêve. Immense nasse, elle prend aux rets de ses brouillards, de ses microbes, de son atmosphère pourrissante, insidieuse, évanescente, putride : elle appartient au rivage des fantasmes.

Rien n'avait bougé dans l'atelier, le lit défait tel qu'ils l'avaient laissé, l'édredon bleu par terre. Le poêle ne fumait plus. Il avait dû finir par s'éteindre. Anatoly n'avait pas dormi là. Il avait sans doute une amie quelque part. Rachel se sentit triste, humiliée. La nuit qu'ils avaient passée ensemble avait-elle si peu compté pour lui ? Pendant qu'Anatoly lui préparait du thé, Rachel commença à regarder les photos exposées au mur. Elle n'y avait pas prêté attention la première fois. Plusieurs représentaient la même femme, à moitié dévêtue, endormie.

Anatoly surprit son regard.

– Je vivais avec elle après ma séparation d'avec Natacha. J'ai fait beaucoup de portraits d'elle. Je les ai vendus.

Il marqua un temps, guettant sa réaction.

– Les nus surtout !

Que voulait-il dire ?

– On gagne sa vie comme on le peut. Le matériel pour la photo coûte cher. Il existe un énorme marché pour les photos pornos. Les Russes adorent ça. On ne peut pas les importer. La police des douanes est impitoyable là-dessus. Natacha posait pour moi avec ses copines.

Rachel sentit qu'il la regardait d'une façon ambiguë.

– Je voudrais faire des photos de toi. Tu es très excitante, tu sais, quand tu fais l'amour.

Il s'approcha d'elle, passa la main sous la chemise, commença à lui caresser les seins, déboutonna sa chemise. Ses seins jaillirent ronds et soyeux. Il la colla contre lui.

– Tu n'as pas envie de moi, là, maintenant ?

Lentement, il passa sa langue sur les lèvres entrouvertes de Rachel, continuant de la caresser. Sa main commençait à descendre le long du ventre de Rachel, cherchant la peau plus tendre à l'intérieur des cuisses.

Sa voix devenait très douce.

– Déshabille-toi. Je veux te voir en pleine lumière.

Rachel, troublée, n'avait pas bougé. Il retira sa chemise, l'aida à faire glisser son jean. Elle se retrouva face à Anatoly, nue sous la lumière crue de l'atelier. Elle frissonna malgré la chaleur. Elle sentit les pointes de ses seins se durcir. Elle tenta de se dérober au regard d'Anatoly en se serrant contre lui. Mais il la repoussa et commença à tourner autour d'elle. Elle perçut l'éclair d'un flash. Sans qu'elle s'en rendît compte, il avait saisi son appareil.

– Non, s'il te plaît ! Pas comme ça...

Elle ne savait plus comment se tenir.

– Non, je ne veux pas.

Elle se cacha le visage dans ses mains. Il posa l'appareil, l'entraîna vers le lit défait.

– Laisse-moi te regarder encore, allonge-toi.

Anatoly la caressa. Ses mains remontaient le long de son corps. Sa peau devenait électrique. Comme un animal, il entreprit de la lécher. Il la tournait, la retournait. Rachel se mit à trembler. Il chercha sa bouche, cueillit ses lèvres entre ses dents, la mordit. Il redescendit vers son ventre, lui écarta les cuisses. Elle tenta d'agripper les boucles soyeuses d'Anatoly qui lui caressaient le ventre. Elle cria, cria encore. La bouche d'Anatoly ne quittait pas son sexe.

La voix de Natacha retentit soudain dans la pièce. Rachel tenta de se redresser. Anatoly la maintint sur le lit, jambes écartées.

– C'est vrai qu'elle est belle, ta nouvelle fiancée !

Natacha s'avança vers le lit. Son haleine empestait l'alcool.

– Je vais l'aimer moi aussi. Tu n'as pas envie de moi ? Tu ne veux pas goûter l'amour que j'ai donné à Anatoly ?

Le regard vitreux, Natacha regardait Rachel. Elle avait dû ingurgiter pas mal de vodka. La masse de ses cheveux teints au henné lui masquait à moitié le visage, cachant la cicatrice, ne laissant découvrir que sa bouche flamboyante trop grande, soulignée de carmin. Juchée sur des talons en liège qui accentuaient sa haute taille, dans sa combinaison kaki, aux épaules rembourrées, les hanches étroites, elle avait l'air d'une guerrière.

Elle se rapprocha, tituba légèrement, s'assit au bord du lit. La forte odeur d'ambre qu'elle dégageait écœura Rachel. Natacha passa la main sur la cuisse de Rachel qu'Anatoly maintenait sur le lit.

– Tu as une belle peau ferme et satinée bien nourrie.

Anatoly s'était écarté. Natacha continuait à caresser Rachel, remontant le long de son corps, murmurant des mots que Rachel ne comprenait pas. Rachel se laissait faire. La voix rauque de Natacha l'envoûtait. Elle aimait la façon dont elle l'effleurait, dont la main douce tournait autour de ses seins. Natacha, d'un geste brusque, défit sa fermeture Eclair, rejeta sa combinaison. La croix de métal argenté accrochée à la lanière de cuir pendait entre les seins trop lourds, légèrement tombants, sur lesquels se dessinaient de fines veinules bleuâtres. Son pubis à la toison luxuriante passée au henné avait la même couleur feu que ses cheveux.

Debout, à l'écart, Anatoly les regardait.

– Vous êtes belles, toutes les deux.

Il s'adressait en russe à Natacha, lui donnant des indications. Rachel se laissait faire. Elle prenait un certain plaisir à devenir complice de leurs jeux. Pourtant, elle n'était pas attirée par le sexe des femmes même si elle aimait que ses amies fussent belles. Mais elle avait envie qu'Anatoly la regarde, la sente disponible. Natacha, assise à califourchon sur Rachel, l'enserra de ses longues jambes. La croix de métal se balançait au-dessus du visage de Rachel miroitant dans la lumière. Rachel ferma les yeux. Natacha renversa la tête, approcha les lèvres rouges de celles de Rachel tandis que sa main se glissait entre ses cuisses.

Un éclair de flash éclata à nouveau. Rachel ouvrit les yeux, se redressa, dégrisée. Elle ne s'était pas rendu compte qu'Anatoly avait repris son appareil.

– Arrêtez tous les deux ! Je ne veux pas de vos photos !

Elle replia ses genoux contre elle, se terra contre le mur en essayant de se couvrir avec le drap.

Natacha s'était relevée. Elle attrapait sa combinaison qui traînait par terre.

– Ne te fâche pas, c'était un jeu !

Anatoly n'avait rien dit. Natacha ramassa ses sandales, enfila sa combinaison kaki, remonta sa fermeture Eclair jusqu'au cou et se dirigea en titubant vers la porte.

– Allez, je vous laisse !

Au passage, elle attrapa la bouteille de vodka, en ingurgita une gorgée au goulot, avant de la fourrer dans son sac.

Anatoly ne disait rien. Un silence s'était installé dans l'atelier. Il guettait la réaction de Rachel. Elle avait remis sa chemise fripée, son jean. La sueur lui plaquait les cheveux au visage. Son rimmel avait coulé, accentuant ses cernes. Pourtant, ainsi, le visage marqué, Anatoly la trouvait plus séduisante, vulnérable. Debout au milieu de la pièce, pieds nus, petite, elle paraissait perdue. Elle alla vers la commode, prit sans raison apparente une statuette en plâtre : une minuscule tortue verte accrochée sur le dos d'une brune plus grosse, la retournant entre ses mains.

Anatoly s'approcha d'elle. Il la serra dans ses bras. Il lui parlait à l'oreille. Elle ne comprenait pas les mots qu'il murmurait, mais sa voix était caressante. Il lui demandait pardon. Il n'avait pas voulu l'humilier. Ce n'était qu'un jeu. Il lui disait qu'elle était tendre et qu'il l'aimait et que c'était dangereux pour elle. Elle ne savait rien de lui. Au son de sa voix, elle décida de lui pardonner.

– Viens, on va dîner. On sort.

Il arrêta le geste de Rachel qui s'emparait de sa trousse à maquillage.

– Non, s'il te plaît, je t'aime comme cela. Tu es si belle au naturel.

Au coin de la rue, à quelques blocs de l'immeuble, à un rez-de-chaussée derrière les rideaux tirés, se cachait les tables de la Frégate disposées le long d'un bar en bois patiné comme on en voyait dans certains vieux bistrots à Paris. Le patron connaissait Anatoly et parlait français. Ils étaient les seuls clients. Des appliques en mosaïque de couleur diffusaient une lumière tamisée. Sur la table recouverte d'une toile cirée aux fleurs de tournesol jaunes, le patron déposa du thé, de la vodka, des galettes de pommes de terre râpées frites encore chaudes. Elle en mangeait, petite, chez sa grand-mère qui venait de Russie. Elle en raffolait. Elle pouvait en dévorer des quantités à s'en rendre malade. Le patron, heureux de la présence d'une Française chez lui, en oubliait de fermer. Il avait partagé la vodka avec Anatoly, porté des toasts à Rachel. Il le félicitait pour son choix.

– Quel beau couple vous faites ! disait-il. Tu vas emmener Anatoly avec toi à Paris ? Il en rêve ! En attendant, vous êtes chez vous ici.

Anatoly était tendre. Rachel se sentait apaisée.

– C'est vrai, tu as envie d'aller à Paris ?

– Je voudrais rencontrer d'autres photographes, voir comment ils travaillent. On est très isolés ici. C'est difficile de sortir de Russie, il faut une invitation officielle. Ce n'est pas seulement une question d'argent.

– Mais je peux t'aider. Je pourrais en rentrant t'arranger une expo avec d'autres photographes dans la galerie d'une amie qui s'intéresse à la photo. Il faudrait que je lui en montre.

Autour des tournesols, ils avaient échangé les récits de leur vie comme on le fait au début d'une histoire. Parlé de ce qu'ils aimaient. Elle s'était racontée. Soudain, il avait cessé de lui répondre.

– Ne sois pas trop curieuse avec nous. Ne

demande plus rien. Si on commence à se poser des questions, on va découvrir qu'on va mal.

Il avait terminé en silence la bouteille de vodka.

Lorsqu'ils sortirent de la Frégate, ivres, accrochés l'un à l'autre, ils lançaient des projets d'avenir et se voyaient la nuit marchant ensemble le long des quais de la Seine.

Anatoly héla une voiture qui passait, essayant d'éviter les ornières de l'avenue défoncée.

– C'est tout près, mais il vaut mieux rentrer en taxi. A cette heure-ci, les rues ne sont pas sûres. Je ne voudrais pas qu'il t'arrive un accident.

Les ampoules blanchies des réverbères diffusaient une lumière si blafarde qu'elle éclairait à peine la bordure des trottoirs. De l'autre côté de l'avenue se découpaient, sinistres dans la semi-obscurité, les bâtiments carrés de l'Ecole maritime de guerre. Au coin de la ligne 13 où se trouvait l'atelier, leur voiture tourna lentement. Soudain les phares balayèrent le mur, plongèrent dans la profondeur de la porte cochère, éclairant le visage d'un type acculé au mur par des ombres qui le tabassaient. Ses cheveux blancs formaient une auréole autour de son visage. Rachel crut reconnaître l'homme du marché aux oiseaux.

– Arrêtez-vous, vite ! cria Anatoly au chauffeur.

Il prit le bras de Rachel.

– Recule-toi dans l'ombre. Ne bouge surtout pas. C'est mon copain Roman.

Il se jeta hors de la voiture, saisit un couteau qu'il avait fait jaillir de sa botte. Rachel entendit le claquement du cran d'arrêt. Roman, dos au mur, ne cessait de balancer de rapides coups de poing, sans interrompre le mouvement de piston, comme un boxeur à l'entraînement, frappant dans le sac de sable, se protégeant le visage pour esquiver les coups. Il sautillait sur place, vif comme un chat, pour ne pas stopper son jeu de jambes. Les trois autres, armés de matraques et de nunchakus, essayaient de l'assommer, en tentant de lui porter des coups à la tête. Le fouet du nunchaku siffla dans l'air, le manqua de justesse. Roman eut le temps de parer l'attaque en baissant la tête. L'acier d'une lame brilla dans la lumière. Il commençait à s'essouffler. Un coup l'avait atteint à l'arcade sourcilière. Le sang pissait au-dessus de l'œil droit, l'aveuglant à moitié. Il ne pourrait pas résister longtemps. Une douleur lancinante lui tenaillait la cuisse.

La lumière des phares braquée sur le mur dérouta ses assaillants. Anatoly en profita pour plonger sur l'un des types. Ils roulèrent sur le sol. Rachel les vit disparaître hors de la bande de lumière.

Recroquevillée dans un coin de la voiture, elle ne bougeait pas. Ce n'était pas ses notions de karaté qui pouvaient servir à grand-chose. Devait-elle appeler au secours ? Mais qui ? La rue était déserte, sinistre. Elle tapa sur l'épaule du chauffeur. Elle ne savait comment lui parler. Le chauffeur se décida à agir. Il engagea la voiture sur le trottoir, avança lentement sous le porche, se rapprochant du mur, la lumière des phares éclairait violemment la scène.

Deux types, l'un en blouson de cuir, le visage en sang, le nez écrasé, l'autre une manche de sa vareuse militaire brune arrachée, détalèrent comme des rats. Le troisième gisait à terre recroquevillé en gémissant.

Anatoly soutenait Roman qui semblait affaibli. Le sang continuait à jaillir, dégoulinant sur la chemise d'Anatoly.

Rachel sortit de la voiture, courut vers eux.

– Ce n'est pas grave, c'est spectaculaire, heureusement qu'on est arrivés ! Ils auraient fini par l'avoir.

Rachel le reconnut. C'était bien l'homme entrevu l'après-midi au marché.

– Mais toi aussi tu es blessé !

La main d'Anatoly qui soutenait Roman était déchiquetée. Une estafilade courait du poignet jusqu'au bout des doigts et lui déformait la main. Elle enflait à vue d'œil. Il pouvait à peine remuer les doigts.

– Ça va aller. Tout va bien.

Le chauffeur attendait en vociférant, accroché au volant de sa voiture dont il ne sortait pas.

– Je ne veux pas d'histoire. Je vous emmène loin d'ici ou vous me donnez mon argent tout de suite !

Il avait peur. Anatoly lui tendit des roubles.

– Ça va, calme-toi ! Tire-toi, tu n'as rien vu.

La voiture recula sous le porche, la cour redevint sombre. Derrière les fenêtres aveugles de la cour, rien ne bougeait. Les voisins se tenaient confinés par la peur. Rachel déchira un morceau de sa chemise comme elle l'avait vu faire au cinéma, pour éponger le sang qui coulait du visage de Roman. Puis elle cala le bras de Roman sur son épaule. Il avait du mal à se tenir debout. Il semblait sur le point de s'évanouir.

– Il faut le transporter dans l'atelier. Ne pas rester là. Ils pourraient revenir.

Tous trois se dirigèrent avec effort vers la seconde cour. L'autre par terre ne gémissait plus. Peut-être était-il mort.

Elle s'arrêta :

– Et lui, là par terre ?

Elle s'affolait maintenant.

– Ne t'en occupe pas. Il disparaîtra tout seul.

La montée de l'escalier avait été pénible. Ils durent s'arrêter souvent. Roman n'en pouvait plus, il fermait les yeux, trébuchait sur chaque marche. Rachel s'agrippait à la rampe glissante, le retenait avec Anatoly.

On avait soigné les blessures comme on avait pu. Roman ne souhaitait pas se rendre à l'hôpital en pleine nuit. Il fallait faire attention en traversant l'appartement à ne pas laisser de traces de sang dans le couloir. On se trouvait dans un appartement communautaire. Ce qui leur était arrivé ne regardait personne. On installa pour Roman un lit de fortune dans un coin de l'atelier. Il s'était aussitôt endormi, assommé par le puissant sédatif qu'Anatoly lui avait donné. Lui, avait nettoyé sa plaie. Sa main violacée ne cessait d'enfler. Il l'avait bandée et s'était envoyé un grand verre de vodka. « A leur santé ! » avait-il déclaré.

Rachel avait l'impression qu'Anatoly menait une vie secrète, poursuivait des activités dont il ne désirait pas lui parler, qu'il voulait la tenir à l'écart de certains de ses amis, qu'il lui dissimulait un peu de sa vie. Ses questions n'auraient servi à rien.

Rachel avait fini par s'endormir à côté de lui, terrassée par les émotions de cette étrange journée. Le lendemain matin, Roman avait disparu de l'atelier. Il ne restait pas trace de son passage. Cette nuit n'avait-elle été qu'un cauchemar ? Pourtant la main d'Anatoly était bandée.

– Heureusement qu'il s'agit de ma main gauche. Ça ne m'empêchera pas de travailler. Il serait mieux que, pendant quelques jours, tu restes avec Xenia. Je vais avoir des choses à faire et je ne veux pas que tu y sois mêlée. Ne t'inquiète pas, avait-il ajouté devant son air contrarié. Je saurai te retrouver. Ça t'ennuie de repartir là-bas seule ? C'est pas la peine qu'on te voie dans la cour avec moi.

Ce n'était pas le moment de flancher en face d'Anatoly, si calme, si déterminé.

Dans le métro, cette foule grise, anonyme qui l'entourait, la frôlait, lui faisait peur. Elle ne se sentait pas en sécurité. Les escaliers mécaniques plongeaient à une vitesse d'enfer. Ils n'en finissaient pas de dérouler leurs marches. On avait la sensation de descendre dans les bas-fonds de la ville. Elle ne pouvait déchiffrer les inscriptions en caractères cyrilliques. Elle craignait de se perdre. Comment demander son chemin ? En si peu de temps, elle avait été plongée, immergée dans la violence, dans l'énigme de cette ville inquiétante. Elle avait envie de retrouver la chaleur, l'insouciance de Xenia.

Assise parmi cette foule apeurée, personne ne voulait croiser le regard de l'autre. Chacun tenait les yeux baissés. Rachel ne cessait de penser à

Anatoly. Elle le voyait devant elle, ombre noire se découpant sur le mur, cheveux au vent, ses yeux de chat sauvage luisant dans l'obscurité, sa main déformée soutenant son compagnon, la chemise maculée de sang, agissant avec détermination, sans panique.

Qui était-il ? Ce n'était pas une bagarre de voyous. Anatoly avait un comportement étrange. Elle ne comprenait pas bien ce qu'il lui disait. Etait-ce la barrière de la langue ? Ils se connaissaient depuis peu de temps. Pourtant, pendant de brefs instants, ils avaient été proches l'un de l'autre. Ce n'était pas seulement un problème de sexe, même si, dès qu'elle le voyait en face d'elle, ses jambes tremblaient. Elle avait l'impression que son sort était lié à lui. Avait-elle bu un philtre magique auprès des photos de la sorcière ? Elle croyait à ces pratiques. Elle y avait été confrontée à de nombreuses reprises au cours de ses voyages, surtout en Haïti. Peut-être était-ce cela, le coup de foudre. Privée de ses repères, elle se sentait en état d'émotivité, plus vulnérable.

Elle se revit quelques années auparavant à Port-au-Prince dans le sanctuaire d'un prêtre vaudou. Etourdie par la chaleur et la soif, de jeunes Noires vêtues de grandes robes blanches à volants l'avaient déshabillée et conduite vers la baignoire de fonte pleine de feuilles sacrées, qu'elles rapportaient par brassées. On la frottait, on la massait, on écrasait sur elle les décoctions de racines de gingembre, de vétiver qui donne les rêves, d'aloès qui attire les hommes. Elle se laissait caresser, retourner comme une poupée entre leurs mains aux gestes doux. Elles psalmodiaient des chants lancinants. Puis on l'avait essuyée avec des feuilles d'arbres palmistes, talismans contre les mauvais esprits. Saoule d'odeurs et de parfums, elle avait perdu la notion du temps, allongée sur le lit de pierre et de feuilles, où elles l'avaient déposée. Dans la case, entourée d'un bric-à-brac d'objets rituels, hochets, cartes à jouer, cruches en terre, pierre baignant dans l'huile, un bassin empli d'eau aménagé à l'intention des esprits aquatiques ainsi que des bouteilles de liqueur offertes aux divinités, elle avait tenté de résister à une force qui flottait dans la pièce, qui peu à peu avait pénétré en elle. Engourdie, elle avait vu défiler sa vie comme dans un rêve. Des heures plus tard, Samson, le grand prêtre vaudou, était venu la rejoindre. Il avait posé la main sur sa tête. Elle se sentait très fatiguée. Soutenue par lui, elle était sortie en titubant de la case, épuisée, muette, ses cheveux gluants parsemés d'épines. Il lui avait conseillé de ne pas les laver pendant quelques jours. Plus tard, elle s'était sentie purifiée, fortifiée par cette séance. Elle avait alors décidé de donner un autre cours à sa vie. Tombée amoureuse d'un jeune révolutionnaire haïtien, elle était restée là-bas quand la dictature de Baby Doc s'écroulait.

La rame du métro stoppa. Il fallut parcourir les quais aux dalles posées sur le fond rouge foncé de la station Nevski Prospect. Ça lui rappelait le sang qui dégoulinait du visage de Roman. Le cauchemar recommençait. Elle revit avec terreur devant la porte de son bungalow, en Haïti, la tête coupée d'une poule noire frisée, à côté de deux cuillères disposées en croix, signe maléfique pour lui faire quitter le pays. Elle sortit très vite du métro.

Elle n'était qu'à une centaine de mètres de l'appartement de Xenia. En traversant la cour de l'immeuble, elle croisa l'énorme vieille qui vendait ses bouteilles de vodka de contrebande sous le porche. Elle la laissa passer avec indifférence.

Etait-ce cela l'apprentissage de la vie en appartement communautaire, du sexe, de la violence et de la bohème à la mode de Pétersbourg ?

10.

Natacha, Xenia, Tamara et les autres...

Elle ne raconta pas à ses amies le tabassage de Roman dont elle avait été témoin. Anatoly ne l'aurait pas apprécié.

Les jours suivants, elle s'installa un coin dans le salon. Il n'était plus question de chercher un hôtel. Elle se sentait protégée parmi ses compagnes, malgré la crasse et le désordre. Afin de faire prolonger son visa, elle se rendit au consulat français qui refusa de s'en occuper. On l'envoya quai Koutouzov, à l'hôtel particulier du ministère des Affaires étrangères russe. Elle expliqua qu'elle devait rester pour continuer son travail de repérage. S'il y avait des difficultés, elle se rendrait à Moscou.

Dans l'appartement se tenait une fête permanente avec les amis d'Alexandre et de Xenia, soirées où la vodka achetée dans les cours aux grand-mères coulait à flots, où ils fumaient l'herbe venue d'Asie. Après leur virée extravagante à la gare, l'amitié avait été scellée avec ses amies. Natacha n'avait jamais reparlé de la scène de l'atelier. Anatoly avait téléphoné, comme il l'avait promis. Il pensait à elle. Il devait se rendre en Ukraine en mission scientifique et l'appellerait dès son retour. Les journalistes avaient quitté la ville. Seuls demeuraient des correspondants permanents.

Rachel commençait à oublier les raisons de son séjour à Pétersbourg, les recherches qu'elle souhaitait entreprendre sur la communauté juive, le film qu'elle voulait réaliser. Lorsqu'elle avait tenté d'aborder ce sujet avec Anatoly à la Frégate, il l'avait éludé. Il avait paru indifférent à ses questions. Elle avait pu en parler avec Alexandre. Il était pourtant très occupé. Il circulait beaucoup en compagnie d'hommes d'affaires étrangers. On le voyait de moins en moins. Il lui parla de son amie Anna.

Brillante mathématicienne, écartée de l'université en raison de ses origines juives, mariée à un homme sans ressources, Anna vivait chez ses grands-parents par manque d'argent. Pour survivre avec ses deux enfants, elle donnait des leçons d'anglais. On attendait son retour de la datcha de campagne où elle se reposait quelques jours avec ses fils.

Rachel dut se rendre au Pribaltiskaïa pour changer l'argent qui lui restait. Le bureau de change l'avait reconnue. Elle voulait savoir s'il y avait des messages. Elle avait demandé à ses camarades de l'équipe de les lui laisser à l'hôtel tant qu'elle n'aurait pas une adresse fixe. Comme elle se dirigeait vers la sortie de l'hôtel, un garçon très jeune, vingt-quatre, vingt-cinq ans, cheveux courts, visage avenant, pull et veste de cuir, s'était avancé vers elle. Il lui demanda dans un français incertain de le suivre.

– Que me voulez-vous ?

Il ne répondit pas. Ils traversèrent ensemble le hall de l'hôtel : fauteuils de cuir moelleux, bois laqués. Il ouvrit une porte. L'endroit lui fit froid dans le dos. Une pièce minable meublée d'un bureau métallique, de fauteuils avachis, d'une table en bois rongée, d'un coffre-fort noir. On avait l'impression qu'on avait détourné la salle d'une milice de quartier pour l'injecter au centre de cet hôtel de luxe moderne, comme un décor qui n'aurait pas été livré au bon endroit.

– Asseyez-vous.

Il tendit vers elle une chaise cassée. Un autre homme se tenait derrière le bureau verdâtre. Petit, costume, cravate, lunettes. Dans un coin de la pièce, deux filles attendaient. L'une, seize ans à peine, agressive avec un air bougon de délinquante, ressemblait à Tamara. Elle mâchait un chewing-gum. Elle en fit une bulle qui claqua d'un coup sec. L'autre, sûre d'elle, trop maquillée, vêtue d'un tailleur violine, superbe sous la masse de cheveux blonds qui encadraient l'ovale de son visage. Elle se limait les ongles avec application. Elle releva la tête, jeta un coup d'œil sur Rachel.

– Qu'est-ce que vous êtes venue faire dans cet hôtel ?

L'homme fit glisser les lunettes sur son nez épais, la regarda par-dessus. Elle devait attendre que l'autre lui traduise.

Un milicien entra dans le bureau. Ils se mirent à parler ensemble. Elle ne comprenait rien. Personne ne prêtait attention à elle.

La petite dut vider son sac sur la table. Des Marlboro, trois billets de dix dollars, un stylo à bille, une boîte de préservatifs. On les lui prit. Elle se mit à crier. On la poussa dehors. Rachel présenta son passeport, son visa qui venait d'être prolongé. Les questions reprirent :

– Pourquoi n'êtes-vous pas partie avec les autres ?

On savait donc qui elle était ?

– Où habitez-vous ?

– Qu'est-ce que vous cherchez ici ?

Elle aussi dut vider son sac sur le bureau : carnet d'adresses, trousse de maquillage, mouchoirs en papier, un petit singe en peluche qu'elle traînait partout avec elle, des cartes postales qu'elle n'enverrait jamais, quelques dollars éparpillés – l'argent qu'elle venait de changer se trouvait dans la poche de son blouson pour qu'on ne le lui vole pas sur le chemin du retour. Ce qui lui restait de son salaire et de ses défraiements. Personne ne songea à la fouiller. Elle dut expliquer qui elle était, son métier. Elle ne parla que du travail de repérage qu'elle devait effectuer, déclara qu'elle habitait chez un ami qui leur avait servi de guide ; qu'elle était venue chercher ses messages. Ils avaient résidé dans cet hôtel avec l'équipe. On la connaissait. Le dialogue était laborieux. Elle devait attendre que l'autre traduise. Elle se demandait s'il traduisait vraiment. Racontait-il une autre histoire ? Comment le savoir ? C'était une curieuse sensation, comme des sous-titres de films étrangers. On découvrait parfois que des interprètes, micro en main pendant les projections, inventaient d'autres dialogues.

L'autre fille se limait les ongles. On avait l'impression qu'ils avaient tout leur temps, que ces discussions les distrayaient. Elle commençait à avoir soif. On n'était pas dans un bar, elle demanda un verre d'eau. Il n'y en avait pas. Que de la vodka ? On sortit une bouteille d'un tiroir. On la posa devant elle. Il n'y eut plus d'autres questions.

L'homme retira ses lunettes, les rangea dans un étui de plastique brun. L'autre, au pull et au blouson, lui annonça :

– Vous devez nous laisser dix dollars pour le dossier, vous pourrez partir ensuite.

Quel dossier ? voulut demander Rachel. Elle se ravisa, trop heureuse que cela se termine, tendit les dollars qui étaient restés sur la table. Personne ne se leva pour la raccompagner. Elle remit ses affaires dans son sac. Elle ouvrit la porte, se retrouva dans le hall luxueux de l'hôtel. Elle n'avait plus soif. Elle voulait se sauver, le plus loin possible. Que lui voulait-on ?

Elle se dirigeait vers la sortie quand elle remarqua un groupe qui s'avançait vers la réception. Avant même de les entendre parler, à leur façon de se déplacer avec assurance, de parler en faisant des gestes, à la manière dont les trois hommes étaient vêtus de jeans et de blousons de bonne coupe, elle sut qu'ils étaient français et journalistes. L'un d'entre eux portait en bandoulière deux appareils photo sophistiqués. Elle se précipita sur eux. Effectivement, le premier, au visage de baroudeur, venait d'être nommé correspondant d'une chaîne de télévision et préparait une série sur Saint-Pétersbourg et ses écrivains. Le plus petit, photographe au visage bronzé, arrivait de Moscou. Les lecteurs de son journal gavés d'informations politiques sur la Russie réclamaient des sujets plus romanesques. Il collectait les histoires de Far West. A Moscou, il avait pu s'infiltrer dans des tripots tenus par la mafia tchétchène. Le troisième, malgré son air naïf de titi de banlieue, était l'intellectuel de la bande. Son journal l'envoyait enquêter sur la montée des mouvements néo-fascistes en Russie.

Elle, que faisait-elle ici ? Dans le hall on commençait à les observer. Ils lui proposèrent de monter dans l'une de leurs chambres pour continuer leur conversation. Leur frigidaire était garni de bière, de jus de fruits et de yaourts frais achetés en devises.

En quelques instants, Rachel avait retrouvé la chaleur, la connivence de la vie d'équipe. Tout devenait facile. On avait reconstitué une bulle. La petite bande racontait ses mésaventures. Rachel retira ses chaussures, s'installa confortablement sur le canapé moelleux tendu de velours prune et se laissa servir par les garçons. Elle se sentait protégée.

Elle leur proposa de les aider dans leurs enquêtes. Elle ne faisait pas grand-chose, à part attendre son fiancé, photographe lui aussi. Elle commençait à bien connaître cette ville. Elle parlait un peu russe. Elle disposait d'un certain nombre d'informations à leur révéler sur la façon de vivre à Pétersbourg. S'ils avaient besoin d'un guide, son ami Alexandre était le meilleur.

Elle eut envie d'appeler Hélène à Paris, demanda à utiliser leur téléphone. Il fallait joindre la production, savoir où en était le projet d'*Anouchka*. Si le film continuait, elle pourrait commencer à reprendre la préparation seule, puisqu'elle se trouvait sur place. Il n'y avait pas tellement de travail dans le cinéma. Le producteur n'allait-il pas la pénaliser de ne pas être rentrée avec les autres ? Elle n'aurait bientôt plus d'argent.

Hélène, qu'elle obtint sans problème au bout du fil, lui apprit que le film semblait abandonné et qu'il n'y avait rien en vue pour l'instant.

Rachel quitta les garçons en promettant de les revoir.

Lorsqu'elle revint et raconta son interrogatoire, Xenia éclata de rire. Elle ne partagea pas son inquiétude.

– Ma chérie, ces flics t'ont prise pour une prostituée occasionnelle qui travaille dans les hôtels. Que crois-tu que faisaient les autres filles ? C'était pas la milice, il s'agissait de la brigade spéciale d'intervention de l'hôtel. Si tu as besoin d'argent, tu sais où en trouver maintenant. Il faudra les payer un peu et être très gentille.

Alexandre venait de rentrer. Rachel raconta à nouveau ses mésaventures.

– J'ai l'impression d'être suivie depuis quelques jours, insista Rachel. Deux types dans une voiture semblaient attendre devant l'immeuble.

– Le K.G.B. existe toujours. Même si le nom a changé, à quoi veux-tu qu'ils servent, ces gens-là ? On veut tout savoir des étrangers. Ne t'inquiète pas. Ça n'ira pas plus loin. Ils vont te suivre un moment et se lasseront. On a l'habitude. Tant qu'on ne vient pas nous arrêter.

Dans la banlieue de Pétersbourg, une croix gammée stylisée, mais reconnaissable, gravée sur la peinture écaillée marquait la porte de la maison, en briques rouges de style brejnévien. A l'intérieur, l'orateur, sur une tribune, accroché à son micro, brandissait les poings avec violence.

– Je suis nationaliste. Qu'y a-t-il de mal à aimer son pays, sa culture, je vous le demande ?

La salle lui répondit par un hurlement.

– Une conspiration mondiale a mis sur pied en Russie une organisation sioniste. Ce sont les sionistes francs-maçons, introduits dans des organes du pouvoir, qui ont causé la chute de notre économie...

La voix aiguë d'une femme s'éleva dans la salle obscure.

– On arrache le pain de la bouche des Russes. En Géorgie, ils ont des routes superbes, de l'électricité, alors que, dans le nord, de vrais Russes vivent dans la misère !

11.

Youri, Igor, Yvan...

– Est-ce que les Géorgiens sont aussi des sionistes ? demanda un homme, le crâne chauve, vêtu d'une vareuse militaire, assis à côté d'Anatoly.

Personne ne lui répondit. L'orateur à sa tribune continuait, tendant une main menaçante en direction de la salle. Des auréoles de sueur tachaient sa chemise sous les bras.

– Soyons vigilants. Combien de temps va-t-on bafouer la culture de la nation ? Les juifs ont sur la conscience la mort de millions de Russes. Qui étaient ces médecins assassins qui, sous Staline, ont voulu attenter aux jours de nos dirigeants soviétiques ?

Un silence pesant régnait dans la salle.

– Tous des médecins juifs ! Des terroristes ! Pourquoi les a-t-on réhabilités ? A mort les assassins !

La foule grondait dans l'atmosphère étouffante de la réunion. Les yeux brillaient dans la pénombre. Ils étaient très attentifs à l'orateur. Certains dans la rangée saluèrent Anatoly d'un signe de tête.

Autour d'Anatoly, on distinguait des hommes vêtus de chemises blanches, de cravates noires, impeccables malgré la chaleur, des femmes aux cheveux gris, sans âge, couvertes de médailles militaires, des adolescents en chemises brunes. La manche longue du blouson masquait en partie la main bandée d'Anatoly.

– Notre ami Victor Bezverski a dressé une liste des écrivains, artistes et compositeurs d'origine juive de notre ville.

L'orateur adressa un sourire complice à l'auditoire.

– Nous aussi, nous avons des amis au ministère de l'Intérieur, au Parlement. Qu'ils aillent au Birobidjan. On en fera un « parc national pour les juifs » et nos enfants iront en excursion pour les regarder. Démasquons-les tous !

L'orateur avait terminé son discours. Il descendit de la tribune sous les applaudissements de la foule.

Profitant du brouhaha, Anatoly quitta sa travée et se dirigea vers la sortie. Un homme, la quarantaine, les cheveux gris, raide dans son treillis militaire, l'interpella :

– Alors ! quand viens-tu reprendre l'entraînement ? Tu as rencontré nos camarades à Moscou ? On ne t'a pas vu depuis longtemps.

La longue silhouette noire d'Anatoly le toisa. Il rejeta en arrière ses cheveux dorés, dégageant les hautes pommettes slaves, les yeux fendus.

– Affaires de femme !

L'autre n'insista pas.

Un nouvel orateur montait à la tribune. Anatoly était reparti. La pleine lune ronde, brillante, sculptait d'une clarté brutale l'esplanade cimentée, déserte, les façades des immeubles de brique délabrés. La place était déserte. Anatoly continua à pied, arriva sur un quai lugubre. Un amoncellement grisâtre de sacs de chanvre, de palissades, des bâches, des maisonnettes en bois. Au loin, on distinguait la cheminée d'une péniche. Le quai s'étirait au-dessus des cubes marron et jaunes des maisons, des colonnades des palais baroques. Perdue dans la brume se découpait la coupole d'or de Saint-Isaac. La Neva verte et grise bouillonnait aux pieds d'Anatoly, hypnotisante. Il se sentit pris d'un frisson glacé. Une voiture s'arrêta, la portière s'ouvrit : il s'y engouffra. Il n'y avait pas de temps à perdre.

Les moustiques proliféraient, envahissaient les maisons. On ne savait comment s'en protéger. Avec les marais et les innombrables canaux qui sillonnaient la ville, on redoutait une épidémie de malaria. Des odeurs putrides remontaient des canalisations. La chaleur demeurait humide, tropicale. Des garçons torse nu, des matrones en puissants soutiens-gorge de satin saumon se répandaient sur les pelouses des jardins publics, se pressaient le long des quais de la Neva, sur la plage, à l'ombre de la forteresse Pierre-et-Paul. On traînait de plus en plus tard dehors, guettant la fraîcheur du petit matin. Dans les appartements mal aérés, on étouffait malgré la saison.

Natacha et Tamara avaient décidé d'aller se baigner sous la lune au bord de la Baltique. Elles venaient chercher Xenia et réussirent à embarquer Rachel avec elles. Ça serait leur dernier bain avant l'automne.

– On nous a prêté une voiture. Mettez vos maillots sous vos robes. Ça va être superbe, la pleine lune sur le golfe de Finlande. A côté du Pribaltiskaïa, je connais une plage déserte. On va pas rôder en ville par cette chaleur !

Natacha portait une longue robe boutonnée à pois blancs. Ses cheveux relevés en nattes sur le sommet de la tête par un ruban velours noir lui donnait l'air d'une adolescente. Tamara la suivait, maussade, trimbalant un sac de plastique rouge.

– On a de la vodka et des serviettes. Allez, venez, les filles !

Lorsqu'elles eurent traversé le pont du Palais

et qu'elles se retrouvèrent sur le quai de l'Université à la pointe de l'île Vassilievski, devant les entrepôts du Musée de la marine, Rachel ne put s'empêcher de penser à Anatoly. Où était-il maintenant ? Il devait bientôt rentrer. Quelques jours seulement, avait-il dit.

Les quatre filles roulaient, vitres grandes ouvertes, cassette des Beatles à fond. La promenade était romantique. Trois ou quatre kilomètres encore. La route passait au bord de la mer. Natacha semblait connaître l'endroit.

– Il y a une plage superbe, vous verrez. Il n'y a jamais personne. On pourra se baigner tranquillement. En continuant à pied, on pourrait traverser le golfe de Finlande, filer à Helsinki, ça serait chouette, non ?

– Tu parles, on se noierait, ou on nous canarderait en route ! protesta Tamara, de mauvaise humeur.

Elle ne souriait que lorsqu'on s'intéressait à elle et à sa musique, et ne comprenait que le russe.

Il n'était que dix heures du soir. Brusquement, une voiture surgie de nulle part se mit à les suivre, phares allumés. Elles continuèrent en direction de la mer. Natacha regarda dans le rétroviseur, agacée par la lueur des phares. Elle découvrit une camionnette de la milice avec quatre types habillés en militaire à l'intérieur. Elle fouilla dans sa boîte à gants.

– Merde ! on n'a pas les papiers de la voiture. Xenia n'est pas nette : elle arrondit ses fins de mois dans les hôtels à devises. C'est peut-être toi qu'ils recherchent avec tes drôles de fréquentations. Et toi, t'as ton passeport ?

Elle s'adressait à Rachel.

– Non.

Pensait-on à prendre son passeport pour aller se baigner ? La camionnette les suivait. L'un des types qui avait allumé une cigarette passa la tête à la portière.

– Eh ! les filles, arrêtez-vous !

Ils n'avaient pas l'air féroce. La route était déserte sous la lumière crue de la pleine lune. Rachel commença à s'angoisser. C'était peut-être elle qu'on recherchait. Les ennuis continuaient. La camionnette accéléra soudain. Elle les dépassa, se mit en travers de la route pour leur barrer le passage.

– Allez, descendez ! et montez avec nous.

Le ton s'élevait. Elles se sentaient de plus en plus inquiètes. Xenia tenta de protester. Elle avait l'habitude des gradés.

– Où voulez-vous nous emmener ? demanda-t-elle d'un ton calme. Puis elle parlementa avec eux.

– Il vaut mieux y aller, décida Natacha. Ils

sont armés. Ils veulent vérifier notre identité. Ils nous ficheront une amende, c'est tout.

– Laissez votre voiture ici. On s'en occupera.

L'un d'eux, les cheveux rasés, avait l'air menaçant, plutôt costaud. Elles descendirent, se serrèrent dans la camionnette. On roula encore.

– Ce n'est pas la direction de la ville ! murmura Xenia, moins sûre d'elle.

Ils ne paraissaient ni grossiers ni agressifs.

« Ils vont nous emmener dans un endroit désert, se disait Rachel. Pas de panique. On est quatre. »

Devant elles se dessinait un bâtiment en briques rouges à un étage. La camionnette stoppa. Le terrain était entouré de barbelés. Les quatre militaires descendirent. L'un d'eux, le plus petit, s'avança d'une façon cérémonieuse, claquant les talons. Il leur tendit la main. Elles n'avaient pas remarqué ses décorations.

– Je m'appelle Youri Spivakov, commandant en chef de la zone.

Lui, cheveux rasés, souriait. Igor présenta les deux autres. Machinalement, elles leur serrèrent la main.

– Nous sommes heureux d'avoir des jeunes femmes ici. Il n'y a pas tant de distractions.

Ils les poussaient à l'intérieur du bâtiment. Les filles n'osaient pas se regarder.

D'autres militaires circulaient autour d'eux, les dévisageaient avec curiosité.

– Voulez-vous partager notre repas ? demanda Youri.

Avait-on le choix ? Rachel jeta un coup d'œil à sa montre. Il était plus de onze heures.

– Allons ! caviar, vodka ! criait le commandant en direction d'un soldat au fond de la salle.

– Asseyez-vous, la table va être prête.

Les quatre filles, dans l'attente du piège, tassées l'une contre l'autre, au milieu de la pièce, hésitaient.

– Allez, venez ! Vous n'allez pas refuser notre dîner.

Ils avaient déposé leurs armes, les alignaient le long du mur. Trois autres soldats s'étaient joints à eux. Ils étaient sept officiers autour de la table.

– Messieurs, tenez-vous bien. Nous avons de vraies dames et même une invitée étrangère de marque à notre table.

Qu'est-ce que Xenia avait pu leur raconter ? Tant qu'ils ne buvaient pas trop, la situation n'était pas dramatique. Le caviar était plutôt bon. Ils portèrent des toasts à leur santé. Ils paraissaient intimidés. Igor avait été sur le front en Afghanistan. Rescapé, il en parlait avec nostalgie.

– Quand j'étais là-bas, je croyais qu'on aidait la population. Nous ne faisions que défendre nos frontières. On interceptait des convois d'armes. Il y avait de violents accrochages. Les gens tombaient. Je ne compte plus le nombre de fois où j'ai échappé à la mort. Vivre avec cette idée de la mort ! Tu dors les yeux ouverts. On ne s'est jamais compris entre nationalités. Dans mon unité, il y avait plus de deux tiers d'Ukrainiens, des Lituaniens, des Caucasiens. On finissait par se tabasser. Je ne veux plus y penser. Le dernier mois, c'était l'enfer. Une seule chose comptait : ne pas mourir avant le départ. Ç'aurait été trop con. Certains sont revenus le cerveau bousillé. A mon retour, ma copine s'était tirée. On me traitait d'oppresseur, d'assassin. Il paraît que c'était comme ça, le Viêt-nam...

Il se tournait vers Rachel.

– Elle n'est pas américaine, elle est française ! tenta d'expliquer Xenia.

L'autre s'en foutait. C'était pareil. Elle n'était pas russe. Le dîner se poursuivait. Xenia entretenait la conversation. Yvan, lui, était de Tchernobyl. Sa mère contaminée par la radio-activité des déchets atomiques était restée à l'hôpital à cause de complications.

Il n'y était pas retourné. Il n'avait jamais revu sa famille.

Tamara n'avait pas prononcé une parole. Elle roulait entre ses doigts des boulettes de pain, terrorisée, les yeux fixés sur son assiette.

Youri, le commandant, avait circulé à travers l'Union soviétique à l'époque où on croyait encore aux plans quinquennaux, aux kolkhozes. Il était fier de son pays encore uni. Que restait-il aujourd'hui de son magnifique pays ?

Natacha et Rachel cherchaient à paraître décontractées. Soudain, à une question, Xenia parla trop. Elle raconta qu'elles étaient parties pour se baigner au clair de lune. Le commandant décida qu'il ne fallait pas les priver de leur baignade, qu'il fallait s'y rendre immédiatement.

Elles tentèrent en vain de leur dire qu'elles venaient de boire et de se nourrir, qu'il faisait trop froid, qu'il était trop tard. Il était presque deux heures du matin. Rien n'y fit. Youri ajouta :

– Pour qu'il n'y ait pas d'accident – elles risquaient de se noyer – on va vous éclairer.

Brusquement sur son ordre, tout le monde quitta la table, sortit de la caserne. Elles se trouvèrent tassées dans la camionnette. Deux autres voitures suivaient, pleines de soldats.

– Tu n'aurais pas pu fermer ta gueule ! s'énerva Natacha.

Ils s'arrêtèrent là où on les avait ramassées. Leur voiture n'avait pas bougé. Ils étaient une quinzaine et ils avaient pas mal bu.

– Allez-y, on va vous éclairer !

Les trois camionnettes les cernaient sous les faisceaux de leurs phares. Elles durent retirer leurs robes, se retrouver en maillots de bain. Elles claquaient des dents. Personne n'avait plus envie de se baigner. Escortées par des soldats en uniforme – ils avaient repris leurs armes –, les filles approchèrent de l'eau. Elles avançaient. La lumière de la lune, sinistre, éclairait la mer. Depuis le golfe de Finlande, les crinières blanches des rouleaux déferlaient, éclairés par la lune. Ils écumaient, puis, accourant sur le rivage, retombaient dans un tournoiement d'écume et projetaient leurs embruns jusqu'au littoral. L'eau était glacée. Elles essayaient maladroitement de nager. Eux étaient au spectacle. Au bout de dix minutes, elles n'en pouvaient plus. Natacha sortit la première de l'eau.

– Ça suffit maintenant. Cette soirée était magnifique, mais nous on travaille demain. On doit rentrer.

Elles renfilèrent leurs robes sur les maillots trempés. Le tissu collait à la peau, les cheveux pendaient, misérables. Elles claquaient des dents, de froid, de peur. Le commandant proposa de les raccompagner. Un soldat suivrait avec leur voiture.

– Avec ces voyous qui sévissent en ville, c'est plus prudent.

Elles commencèrent à respirer quand elles retrouvèrent la pointe de l'île de Vassilievski, le pont des Constructeurs, celui qui se relevait le dernier. Trop tard : on ne pouvait plus passer. Elles ne voulaient pas donner leur adresse. Elles se firent déposer devant l'immeuble du copain de Natacha qui leur avait prêté la voiture. Elles remercièrent le commandant, les soldats. Elles étaient prêtes à embrasser tout le régiment. Xenia avait retrouvé son aplomb malgré son rimmel bleu qui maculait, en traînées, son visage. Youri lui fit un baisemain cérémonieux. Elles durent promettre de revenir la semaine prochaine à la caserne.

En traversant la cour sinistre, secouées aux larmes d'un rire nerveux, elles se demandaient ce qui leur était arrivé. Elles riaient tellement qu'elles ne pouvaient plus avancer.

– Il ne manquerait plus qu'on se fasse attaquer dans la cour ! leur lança Rachel.

Elle commençait à se demander si elle n'aurait pas mieux fait de rentrer à Paris avec son équipe, au lieu de rester au cœur de cette violence qui ne cessait de la harceler, même si elle s'en tirait plutôt bien.

– Ça doit être tes protections magiques, tes sorciers qui nous ont sauvées. On a eu de la chance de ne pas se faire violer. Ou alors, ils ont peur des Françaises.

Anatoly avait-il peur d'elle lui aussi ?

12.

Anna

Il était un peu plus de minuit. Dans l'obscurité humide de la jetée déserte, un couple attendait, tous deux vêtus comme des pêcheurs, de cirés kaki et de hautes bottes de caoutchouc. La camionnette les avait déposés sur le sable, à une centaine de mètres de la jetée. L'homme, d'une cinquantaine d'années, portait un col roulé sombre sous le ciré. Sa capuche rabattue sur le front haut lui masquait en partie le visage, envahi d'une épaisse barbe brune. La femme, plus jeune, avait ses cheveux cachés sous une casquette. Seules quelques mèches s'en échappaient au-dessus de petites oreilles ornées d'anneaux d'or. Elle était vêtue d'un jean et d'un pull à rayures marine et beige comme en portaient les marins.

Ils gardaient le regard fixé sur les eaux sombres du golfe. A cette heure avancée de la nuit, la jetée était déserte. Au loin, le long de la route du bord de mer, de temps en temps, les phares d'une voiture brillaient, mais aucun véhicule ne s'arrêtait. Les nuages étaient bas et épais. Il paraissait difficile de distinguer l'embarcation avant qu'elle ne s'approche de la jetée.

Le ronronnement assourdi d'un moteur se fit entendre de plus en plus près. Un point lumineux tremblota à l'horizon. A une certaine distance de la mer, des souches d'arbres s'étiraient squelettiques dans l'humidité de la nuit. Une forme sombre se rapprochait de la plage. C'était un canot à moteur piloté par une longue silhouette en tenue foncée. Les cheveux rejetés en arrière par le vent dévoilaient les hautes pommettes, les yeux de chat mordorés de l'homme qui s'apprêtait à accoster. Le couple ne bougeait pas. Figés, en silence, ils regardaient avec anxiété venir l'embarcation. Le ronronnement cessa. Le canot glissa jusqu'à la jetée. Anatoly agrippa le pilier rouillé, enroula la corde pour s'amarrer. On ne distinguait aucun phare de voiture le long de la route. Les nuages stagnaient en grappes denses au-dessus de la lagune. L'obscurité était presque totale.

L'homme à la barbe brune ramassa le sac de marin, l'ajusta sur l'épaule, prit la main de la jeune femme. Ils avancèrent le long de la jetée vers l'embarcation. Anatoly n'avait pas quitté le canot. Il fumait lentement, en avalant la fumée âcre de sa cigarette. Il leur tendit la main pour les aider à monter dans son canot exigu sans prononcer une parole. Le fond garni d'une planche était trempé d'embruns. Il vit que la femme tremblait. Il sortit une vieille couverture de sous le moteur, la lui tendit.

Il remit le moteur en marche, détacha l'amarre. Le bourdonnement discret reprit, s'accrut. Le canot prit de la vitesse, s'élança vers le large. Pas un mot n'avait été échangé entre eux.

Au loin, au-delà du golfe de Finlande, on distinguait, masquée en partie par la brume, l'énorme masse noire d'un cargo.

Anatoly n'avait pas reparu à l'appartement. Rachel entendit quelqu'un raconter qu'il s'était rendu en Lituanie pour tenter de prendre des photos d'anciens nazis qu'on réhabilitait. Il lui avait parlé de l'Ukraine. Il semblait si mystérieux ! Pourquoi ne lui avait-il rien dit d'autre ? Il savait pourtant qu'elle désirait se rendre en Lituanie. Elle devait se protéger. Ne plus recommencer à souffrir par l'attente d'un homme. Elle n'était pas venue jusqu'ici pour cela. Attendre, couchée comme un chien, auprès du téléphone. Décrocher le combiné dix fois pour vérifier s'il y avait une tonalité. Sursauter à chaque sonnerie, raccrocher aussitôt pour laisser la ligne libre, s'il ne s'agissait pas de sa voix. Ne plus sortir de chez soi pour ne pas risquer de le manquer. Imaginer les scénarios possibles pour justifier son absence. Anticiper l'abandon et souffrir à l'avance de la rupture. Sa nature passionnée la contraignait, à la seconde où elle tombait amoureuse, à subir. La dépendance s'installait... et la douleur. Elle commençait à être victime du manque. Le piège se refermait sur elle. C'était chaque fois pareil. Elle s'était crue capable de s'en sortir intacte ! Elle n'avait pas abandonné son appartement confortable, ses bains de mousse à la vanille, sa bande d'amis, ses fringues, ses bouquins, pour se retrouver sur un lit de camp au milieu d'inconnus, risquer de perdre son travail, ses copains, pour reproduire le même schéma mental, oublier ses projets, négliger sa création, attendre qu'un homme capricieux ou occupé ailleurs lui fasse signe pour commencer à exister. Elle se sentait à nouveau dévorée de l'intérieur comme par une bête avide qui se nourrissait de ses entrailles, tétanisée par un poison qui se répandait à travers ses veines et l'engourdissait. Il n'y avait que les rencontres brèves qui ne la faisaient pas souffrir ainsi.

Alexandre n'avait pas oublié ses promesses. Un soir, il vint les voir accompagné d'Anna.

De longs bras grêles dépassant de sa blouse en dentelle, des poignets minces, des mains aux doigts effilés, brune, fragile, presque maigre, sa personne incitait à la mélancolie. La façon légère qu'elle avait de s'asseoir sur le coin d'un siège comme si elle avait peur de déranger ses hôtes. Le sourire qu'elle adressa à Rachel lorsqu'on les présenta illumina son étroit visage. Elle semblait heureuse de la rencontrer. Elle l'entraîna loin de la cuisine pour lui parler tranquillement.

– Si tu restais ici plus de dix ans, tu n'y comprendrais rien. La Russie n'est pas plus un empire que le tiers monde. C'est un autre monde. Il n'existe aucune solution pour nous. Qu'est-ce qui va se passer dans les dix prochaines années ? Qu'est-ce qui a changé depuis que Gorbatchev a bouleversé notre vie ? C'est pire. Les magasins sont vides. Tu vois les queues, le chômage, la mafia omniprésente. Je n'ose plus sortir seule le soir. Et ce putsch, crois-tu qu'il a réglé nos problèmes d'un coup de baguette magique ? Le communisme est tombé, ça veut dire quoi ? C'est faux. Il subsiste, invisible, comme un cancer tapi dans l'organisme. Notre absence de structure a libéré nos démons. Le pire est à venir. Elle se tut, reprit.

Ce putsch de l'absurde a marqué l'ultime échec de la planification soviétique. La preuve que le système était déjà mort, que le totalitarisme avait vécu. Il n'en restait que quelques instruments dirigeants, cassés pour les premiers, dépassés pour les seconds : l'armée et le K.G.B.

qui se divisaient et dont nombre d'officiers avaient fait preuve d'une indépendance d'esprit formellement interdite jusque-là. Ce putsch et la révolution pacifique qui a suivi n'ont pas signalé une rupture dans le chaos subi par l'U.R.S.S. depuis six ans de perestroïka, mais une accélération. Comme la révélation soudaine que le pays avait bien changé, que le système était déjà bouleversé sous l'apparente permanence de la domination des vieux appareils.

Elle fixa Rachel.

– On croyait, nous les premiers, qu'il restait un lourd couvercle sur ce système. Ce n'était qu'une vieille croûte qui a explosé à la première épreuve ! Mais si cette révolution n'a pas été une rupture, il ne faut pas en attendre de solution à nos problèmes. A Moscou, on a déboulonné la statue de Dzerjinski sous les fenêtres du K.G.B. impuissant. Eltsine est devenu le président que la Russie s'est choisi. Gorbatchev a été condamné, mais il a été le révélateur de cette victoire qui est aussi la sienne. Au cours de ses journées folles du mois d'août, les idées diffusées dans la société à la faveur de la glasnost pendant des années y ont vraiment pris racine. Nous le rejetons cependant.

Elle s'exprimait grâce à un anglais scolaire en s'appliquant à trouver le mot juste. Elle cherchait à tendre à l'essentiel. On sentait que, pendant des années, elle avait été rongée par des humiliations, des tracasseries, mais qu'un feu intérieur l'habitait et lui donnait la force de continuer. Sa présence surprenait dans l'atmosphère de fête permanente où ils cherchaient à s'étourdir. Elle connaissait Alexandre depuis l'université. Ils ne s'étaient jamais perdus de vue malgré leurs routes divergentes.

A mesure qu'elle parlait, le ton de sa voix s'affirmait :

– L'économie de marché devrait donner à chacun la possibilité de réaliser des affaires, mais il n'y a pas d'économie de marché. Tout le monde fait n'importe quoi. Les nouvelles structures de l'économie reposent sur le Parti et sa mafia. Ils mettent en place le nouveau système avec les injustices que cela implique. Je reçois trente roubles d'allocations familiales par mois pour mes enfants. Oleg ne travaille pas. Il était photographe. Je suis retournée chez mes parents. Quant à eux, après tant d'années de demandes rejetées, ils ont perdu le courage de tenter de partir en Israël. Alexandre t'a parlé de nous. Tu sais qu'on est juifs ?

Anna s'interrompit, inquiète.

– Tu es sûre que je ne t'ennuie pas ?

Ses pommettes roses faisaient ressortir les cernes sous les yeux.

On entendait, de la cuisine, la voix cassée de

Tom Waits. Youri venait d'apporter un lecteur de cassettes japonais acheté au marché noir et quelques enregistrements : les Pink Floyd et Leonard Cohen, recherchés par l'intelligentsia de Saint-Pétersbourg.

– Non, au contraire. Ça me fait du bien de parler avec toi.

En face de cette femme fragile, Rachel se voyait ramenée à l'essentiel. Elle se sentait vaguement coupable de s'être dispersée depuis le début de son séjour.

– Continue, s'il te plaît.

Rachel, qui avait retiré ses chaussures, s'installa par terre aux pieds d'Anna.

– Malgré leurs belles paroles, la condition des juifs ne s'est pas améliorée en Russie. Mon frère Pavel, musicien, veut encore tenter sa chance et émigrer. On attend l'ouverture du vol direct Moscou-Tel-Aviv dont on parle depuis longtemps. Des familles entières traversent la Russie, en emportant le peu qu'elles possèdent, pour atteindre la frontière et rejoindre Budapest d'où elles pourront émigrer. Après des jours et des nuits de voyage, les autocars qui les transportent sont parfois attaqués en route par des bandes armées. Certains n'arrivent jamais à destination.

– Mais ça n'est pas devenu un peu plus facile ?

– Oui, bien sûr. Les nouveaux dirigeants du

Kremlin ont libéralisé l'émigration. Ariel Sharon, l'ancien général israélien, est venu tenter de conclure un marché de troc. Maisons préfabriquées soviétiques pour les émigrants, contre fruits et légumes pour les Soviétiques.

Anna s'arrêta, regarda l'heure.

– Pour ceux qui restent, c'est dur. Si tu veux, viens à la maison, on pourra continuer à parler. Je dois rentrer, mes parents vont s'inquiéter. Ils sont âgés, tu sais, et il n'y aura plus de métro. Je donne mes cours d'anglais demain matin.

Après le départ d'Anna, Rachel n'eut pas envie de rejoindre les autres à la cuisine. Elle tira le lit de camp, s'installa. Elle oublia de se démaquiller. A quoi bon ? Elle ne parvenait pas à s'endormir. Des questions tournoyaient dans sa tête. Ces récits qu'elle avait entendus à propos des juifs soviétiques l'obsédaient. Les pétitions qu'elle avait signées machinalement, pour être en paix avec sa conscience, s'incarnaient soudain en la personne d'Anna. Dans l'obscurité, les yeux bruns, graves d'Anna la fixaient. Qu'avait-elle fait pour eux, elle dont la famille avait eu la chance de fuir l'Union soviétique il y avait longtemps ?

Dès le lendemain, Rachel voulut la retrouver. Le taxi la déposa devant un immeuble près de l'avenue Liteïny. Un camion se frayait un chemin à coups de klaxon, bousculant les passants. Il traînait une cage de fer en remorque qui contenait un ourson. Le chauffeur entra sous la voûte, le débarqua au milieu de la cour en claquant son fouet. Muselé, l'ourson faisait des cabrioles sous les coups de fouet du dompteur, à la joie des petits qui sortaient du jardin d'enfants proche. Ce bloc avait été construit à la fin des années cinquante pour les gens du Parti. L'école se trouvait en face. Un vendeur de glaces débitait de longues spirales à la vanille. Rachel traversa la cour, prit un ascenseur fatigué. Au cinquième, Anna l'attendait. Elle portait le même chemisier de dentelle ; elle avait changé sa jupe grise contre un jean trop large pour ses jambes minces.

Elle sourit à Rachel, l'entraîna dans l'appartement.

– Ne fais pas attention, il y a des affaires partout. C'est ce qu'on a pu acheter quand Oleg a fait des photos pour une production américaine. Alexandre lui avait trouvé ce travail.

Sur une lourde commode en bois sombre s'étalaient une lampe à pétrole, un samovar, des verres en cristal, un appareil photo des années cinquante. Elle surprit le regard de Rachel.

– Il ne marche plus. Il manque des pièces pour le réparer. On l'a déniché pour quelques roubles au marché noir. Je le garde, Oleg ne peut pas s'en servir. Il passera peut-être tout à l'heure voir son fils Vladimir qui n'est pas revenu de l'école. Le petit est resté à la campagne. Au moins il boit du lait là-bas ! Oleg fait de la peinture comme un fou, comme un somnambule. Il loge dans son atelier. Les peintres ne sont pas pourris par l'argent, même si des marchands étrangers essaient de rafler nos productions.

Elle ouvrit un placard.

– Regarde ces boîtes de pellicules, il n'y a plus de papier, ça coûterait trop cher pour les faire développer. Un jour, on pourra savoir ce qu'il y a sur ces photos.

La pièce sombre était tendue d'un papier à fleurs vertes et noires, arraché par endroits. Vert désespoir ! se disait Rachel. Ils n'ont que cette couleur. Au-delà d'un rideau en perles de verre, on entendait un souffle, une respiration saccadée. Anna entrouvrit le rideau.

– C'est une vieille tante, la sœur de ma grand-mère. Elle a quatre-vingt-cinq ans.

La vieille semblait dormir, allongée, immobile sur le lit.

– Elle a vécu dans un village à la campagne au nord de Pétersbourg. Il y a deux ans, elle a eu une attaque. Paralysée, personne pour s'occuper d'elle. Si les vieux vont à l'hôpital, ils meurent. Maman l'a soignée puis ramenée ici. Elle est pratiquement aveugle. Elle se déplace jusqu'à la cuisine et la salle de bains en poussant sa chaise devant elle. On n'avait pas la place, mais bon, elle est là.

Sur la commode, Rachel remarqua une photo à laquelle elle n'avait pas prêté attention.

– C'est toi, là ?

Une jeune fille avec des nattes, en uniforme de komsomol, tablier, chemisier strict, une Kalachnikov à la main, se tenait debout devant un tableau noir.

– Oui, c'est moi à quinze ans. C'était terrible. Il fallait la démonter, la remonter. Je n'y arrivais jamais. « Les juifs, on ne peut pas compter sur eux pour défendre notre pays ! » grondait l'instituteur devant la classe. On a été cambriolés il y a quelques mois. Il ne reste que cette commode. Ils ont volé nos meubles anciens. Il y a de plus en plus d'agressions. On ne parle que de cela à la télé. Les vieux sont terrorisés.

Anna enfila un manteau trop large pour elle, en tweed défraîchi, comme on en trouvait à Paris au marché aux Puces.

– Viens, j'ai des amis qui veulent te connaître. Je leur ai parlé de toi.

Elles sortirent. Anna la conduisit sous une verrière où s'étalait une profusion de viande, légumes, fruits. On négociait, venues d'Asie, des graines odorantes et mystérieuses de toutes les couleurs, comme sur les marchés africains. Des brassées de tulipes et de roses géantes vendues à la pièce pour le prix du salaire d'une infirmière. Le marché dégageait une odeur de saumure, mêlée à des relents de fruits pourrissants. Derrière les fromages, une vingtaine de babouchkas, assises côte à côte, brandissaient d'énormes couteaux. L'une d'elles tendit une lamelle de fromage blanc à Rachel.

Tu peux les goûter. Chacun a un goût différent. Il n'y a rien dans les magasins d'Etat. Tu vois, si tu as de l'argent, il n'y a pas de problèmes. Une babouchka du même village que notre tante nous donne parfois des légumes. C'est pour ça que je viens ici.

Rachel pensa au parcours épuisant qu'effectuaient chaque jour ses amis et les autres, à la recherche de nourriture, aux queues interminables devant les magasins vides. Pour quels privilégiés se rassemblait cette abondance hors de prix ?

La station de métro se trouvait en face du marché. Dehors, l'air sentait l'algue marine et une curieuse odeur d'éperlan. Rachel avait adopté une tenue dont elle ne se séparait plus. Vêtue d'un jean noir, d'un tee-shirt et de son blouson usé, elle pouvait circuler sans attirer l'attention. Ses cheveux roux relevés haut en chignon au sommet de la tête accentuaient son air slave. Personne ne l'abordait ni ne se retournait sur son passage. Dans le couloir du métro, Anna s'arrêta. Quelqu'un l'interpellait.

Anton vendait des livres. Quelques roubles pour des encyclopédies, de vieux manuels scolaires ou des classiques. Rescapé d'Afghanistan, il y avait laissé un bras. Dans les courants d'air du métro, il lisait des journées entières en gagnant à peine de quoi se nourrir. Il proposa à Anna une ancienne édition du *Maître et Marguerite* de Boulgakov que vénéraient les jeunes Russes. Anna ne sut pas le lui refuser. Avec cet argent, il pourra tenir plusieurs jours, expliqua-t-elle à Rachel. Puisqu'elle ne possédait rien, elle n'était pas à quelques roubles près.

Rachel découvrait cette générosité permanente qu'ils avaient, cette manière de partager même quand ils n'avaient rien.

Chez les amis d'Anna, le portemanteau de l'entrée croulait sous les vêtements, tandis que, dans les deux pièces enfumées, s'entassaient les participants à la réunion. Ils avaient conservé l'habitude de se retrouver régulièrement, pour aider ceux qui voulaient émigrer et faire face aux difficultés bureaucratiques auxquelles ils se heurtaient, malgré l'assouplissement de la loi pour l'émigration des juifs de Russie. Ils avaient mis sur pied un « symposium des refuzniks à régime spécial », des années plus tôt. C'est ainsi qu'à l'époque on désignait la catégorie de juifs auxquels les autorités refusaient d'émigrer sous prétexte qu'ils avaient eu accès, à un moment ou à un autre de leur vie professionnelle, à des secrets d'Etat, dont la divulgation à l'étranger aurait risqué de nuire à la sécurité de l'U.R.S.S. Malgré leurs amis qui partaient par dizaines vers Israël ou les Etats-Unis, ils n'avaient pas confiance dans le nouveau régime et demeuraient inquiets de leur sort.

Un jour, à nouveau, ici, on brûlerait les synagogues. Il fallait continuer à s'organiser, à se protéger. Certains d'entre eux avaient attendu plus de dix ans l'autorisation d'émigrer. C'était le cas de Griegori Abramovitch, un ingénieur radio de cinquante ans, aux yeux bleus dans un visage massif de paysan ukrainien. Malgré son type slave prononcé, il était juif et avait essuyé ses premiers refus de partir en 1971. Depuis, il n'avait cessé de réunir des gens qui subissaient les mêmes tracasseries que lui pour essayer de lutter contre les autorités. Il poussa une chaise en direction de Rachel qu'Anna lui présenta. Il s'apprêtait à partir pour les Etats-Unis. Tous savaient qui elle était.

Ils reprirent leur conversation. Anna traduisait à voix basse. Il y avait là une famille de médecins. Le professeur Ruben aux cheveux blancs laiteux, des lunettes en fausse écaille cachant son regard fatigué ; son épouse, une petite femme ronde, bouclée, vêtue de rouge ; leur fille Liona, la trentaine, le visage doux et pâle, encadré de cheveux bruns et lisses, aux yeux vifs d'écureuil.

Après quinze ans de demandes épuisantes, les Ruben venaient d'obtenir la permission d'émigrer mais leur seconde fille, Tamara, n'avait pas été autorisée à quitter la ville. Son mari, ingénieur, avait travaillé il y a huit ans dans un établissement où il aurait pu avoir accès à des informations protégées par le secret. Un de leurs amis, le professeur Meiman, âgé de soixante-seize ans, avait été retenu à Moscou pour des calculs mathématiques qu'il avait effectués il y avait plus de trente ans. On venait de lui accorder son visa. A quoi bon ! Il se sentait trop âgé pour changer ses habitudes.

– Ils ne suivent aucune logique ! explosa Griegori. La notion de secrets d'Etat n'est pas délimitée officiellement mais déterminée de façon arbitraire. Chaque tentative tendant à faire préciser ces fameux secrets par un responsable soviétique avait échoué. On parlait tantôt de cinquante ans, tantôt de dix ans, pour la période pendant laquelle une information d'ordre scientifique ou technique classée secrète devait être protégée, ce qui empêchait ceux qui en avaient eu connaissance de voyager à l'étranger. Maintenant, ils vont pouvoir tous partir. C'est fini tout ça. Ils voudraient bien se débarrasser de tous les juifs.

Anna se pencha vers Rachel.

– Tu vois cette femme assise au fond de la pièce, aux cheveux gris ? Elle n'a que trente ans. Son oncle Hillel B., un ingénieur, a été l'instigateur d'une entreprise folle dévoilée au cours d'un des grands procès de Leningrad des années soixante-dix, qui a bouleversé l'opinion. Leur histoire a commencé dans une modeste réunion d'appartement. Ils n'en pouvaient plus d'être en butte à la persécution de la police, d'être chassés de leurs emplois, soumis à d'interminables perquisitions parce qu'ils étaient juifs et le déclaraient. Ils ont tous été arrêtés.

Rachel n'osait poser aucune question. Elle ne voulait pas interrompre son amie. Elle se contentait d'essayer de comprendre ce qu'on lui racontait. La fumée du tabac noir stagnait en volutes grisâtres au-dessus d'eux. Les verres de thé circulaient. Dès que la bouilloire cabossée était vide, quelqu'un l'emportait à la cuisine et la rapportait pleine d'eau bouillante dans laquelle on jetait de nouvelles feuilles de thé noir.

– Mon père était chercheur à l'université, poursuivit Anna. Comme la plupart de ses collègues juifs professeurs, il végétait dans une fonction inférieure à sa formation et à ses capacités. Le quota des professeurs juifs était sévèrement réglementé. Certains de ses amis ont été chassés de leur emploi après avoir demandé un visa pour émigrer en Israël. Epuisé par les humiliations, convoqué sur son lieu de travail, il a dû faire face à ses collègues, à ses étudiants. Les responsables du Parti ont instruit un procès public contre lui, contre d'autres, accusant les malheureux de trahir leur pays et de vouloir rejoindre le camp des capitalistes.

« Pour faire vivre sa famille, mon oncle Yakov, professeur de physique, a dû travailler en usine. Ceux qui ne pouvaient justifier de revenus réguliers risquaient de tomber sous le coup de la loi condamnant le parasitisme, accusation qui conduisait en camp de travail.

Anna continuait de sa voix précise. Elle se balançait sur son fauteuil, d'avant en arrière, manquant de le briser à chaque mouvement.

– C'est un cercle vicieux, pour un enfant d'exclu. A l'université, tu risquais à tout moment d'en être chassé. « Les enfants de traîtres, c'est connu, ne méritent pas d'étudier. » Un garçon qui n'étudiait pas était susceptible d'être immédiatement incorporé dans l'armée pour effectuer son service militaire. Il était facile au pouvoir de prétendre après qu'il avait eu accès à des secrets intéressant la défense nationale et lui interdire de quitter l'U.R.S.S. pendant des années, ce qui est arrivé à mon cousin Volodka.

Rachel était bouleversée. Elle, qui avait eu la chance de poursuivre des études de lettres à Paris, de choisir son métier, de voyager à travers le monde, se demandait quel aurait été son destin si ses grands-parents n'avaient pu quitter l'Union soviétique, fuir les pogroms. Elle pensa à Anatoly. Pourquoi ces réticences à aborder le problème juif avec elle ? Il avait marqué de l'indifférence à son égard lorsqu'elle avait abordé le sujet. Pouvait-il ignorer ce qui se passait ici ? Il avait une étrange façon d'éluder ses questions, pourtant vitales pour elle.

– Tu ne m'écoutes plus ?

La voix d'Anna, qui la fit sursauter, la ramena dans la pièce enfumée. Perdue dans ses pensées, étourdie de fatigue, Rachel avait eu un moment d'inattention.

– Excuse-moi. Je pensais à ma propre famille. J'ai peut-être de lointains cousins perdus à Saint-Pétersbourg. Il faudrait que j'effectue des recherches, que j'aille en Lituanie, en Ukraine voir si je peux découvrir des traces de ma famille. Mais toi, Anna ? Tu ne parles pas de toi. Alexandre m'a dit que tu étais une bonne mathématicienne, mais que tu n'avais pas le droit d'exercer.

– Je n'ai pas pu terminer mes études. Je n'ai jamais obtenu mon dernier diplôme. Malgré mes notes et le travail de recherche soi-disant brillant que j'ai présenté en fin d'études, aucun poste n'était disponible pour moi. Je ne pourrai jamais enseigner. J'en suis réduite à donner des leçons d'anglais à des enfants gâtés pour élever mes fils.

Elle avait replié ses genoux sous son menton. Rachel la regarda avec tendresse, lui prit la main, la serra entre les siennes. Anna devenait une cousine retrouvée au gré des hasards de l'histoire qui lui était devenue très chère, et qu'il fallait protéger.

Griegori vint s'asseoir à côté d'elles. Il parlait quelques bribes de français. Son frère aîné était un ami du père d'Anna. Ils avaient été ensemble à l'université. Il connaissait Anna depuis l'enfance. Il les entraîna à l'écart.

– La plupart, dans nos familles, comme Anna a dû te le dire, végétaient dans des emplois indignes de leur formation. Un jour, ils ont décidé de se réunir régulièrement entre eux parce qu'ils refusaient la mort intellectuelle et la résignation qu'on voulait leur imposer. Chaque semaine, ils se sont retrouvés dans des appartements pour échanger les communications scientifiques de leurs confrères et discuter de questions touchant leurs spécialités. Il y avait parmi eux des médecins, des ingénieurs, des astrophysiciens, des mathématiciens. Assez vite, le « séminaire des bannis », comme on l'appela, devint une académie des sciences parallèle qui recevait les visites de savants étrangers de passage en U.R.S.S., au courant de leur réputation. Le père d'Anna s'y rendait parfois. Ils avaient réussi à créer une revue de haut niveau : *Les juifs en Union soviétique*, où l'on trouvait des articles sur l'histoire des juifs de Leningrad, sur des questions de linguistique ou traitant de problèmes sociologiques. Ils faisaient attention de ne pas attaquer les autorités pour ne pas tomber sous le coup de la loi, mais ils subissaient toutes sortes de tracasseries et se voyaient de plus en plus écartés de leurs emplois. Ces intellectuels dérangeaient. Or, si on pouvait se permettre de persécuter les animateurs de groupes enseignant l'hébreu, il était difficile d'attaquer des scientifiques de renommée internationale, à l'époque du réchauffement des relations avec Washington. En 1972, le Soviet suprême prit des décrets sur les modalités de départ de certaines catégories des candidats à l'émigration. On décida que certains intellectuels pouvaient quitter le pays, à condition de payer une taxe de remboursement des frais occasionnés à l'Etat durant leurs études : un enseignant valait quatre mille cinq cents roubles, un médecin plus de huit mille, un professeur d'université était coté plus de trente mille roubles, sommes énormes sans commune mesure avec les salaires. Les autorités soviétiques se livraient à un véritable racket des émigrants. Personne n'était dupe.

Griegori s'éloigna un instant, revint avec une bouteille de vodka et des verres, les tendit aux deux filles.

Anna reprit la parole :

– Pour mes parents, il aurait fallu débourser plus de cent mille roubles (maman était médecin à l'époque), pour quitter l'Union soviétique. Avec les frais de voyage, les visas, nous les enfants. Où voulais-tu qu'ils trouvent des sommes pareilles ? Maintenant, c'est trop tard pour eux. Certains, grâce à leur courage, soutenus par la pression internationale, et grâce aussi à la perestroïka, ont pu, après de longues années passées en prison ou en camp de travail en Sibérie dans des conditions effroyables, émigrer en Israël, en Amérique, comme le frère de Griegori. Tant d'autres ont été brisés par des années de lutte, de privations, d'humiliations.

– Et toi, tu as pensé à émigrer un jour ?

– Comment pourrais-je partir avec mes deux fils ? Oleg n'est pas juif ! Il n'a pas envie d'aller en Israël. Qu'y ferait-il ? Nous y serions malheureux.

Anna s'interrompit. Le visage étroit avait perdu ses couleurs. L'épuisement creusait ses traits. Elle paraissait porter sur elle le poids de ces années. Soudain elle changea de ton.

– Tu sais qu'on trouve des annonces dans les journaux de garçons voulant épouser des filles juives pour fuir la Russie avec elles ?

– J'aimerais connaître ton père, parler avec lui.

Rachel ne voulait pas détourner la conversation.

Anna ne répondit pas. Griegori restait silencieux lui aussi, gêné. Qu'avait-elle demandé d'indiscret ?

– C'est impossible. Après huit ans de camp de travail, au retour, il n'a plus jamais parlé.

Rachel n'osa rien ajouter. Elle eut honte de ses questions indiscrètes. De quel droit, sous prétexte de rechercher son identité, pouvait-elle amener les gens autour d'elle à révéler leurs douleurs les plus intimes ? Elle se comportait de la même façon égoïste que ses camarades de cinéma, ou bien ces années passées à utiliser les autres de façon cynique, sous prétexte de création, l'avaient-elles entraînée à ce comportement qu'elle méprisait ? Etait-elle devenue semblable à eux ?

Autour d'eux, on commençait à bouger. Leurs discussions se terminaient. Il était tard. Les ponts n'allaient pas tarder à se relever. Tout le monde partait. On salua Rachel, on la remercia d'être venue. Sa présence parmi eux leur était apparue comme une preuve de soutien de la France. Griegori se proposa de les raccompagner.

13.

Anatoly... et les autres

Quand elles ressortirent vers une heure du matin, la clarté laiteuse de la lune baignait la ville. Une tache phosphorescente traversait le ciel, faisant briller les coupoles. Les flots de la Neva s'accéléraient sous la poussée d'un vent humide. De l'autre côté des ponts émergeait une masse, contours d'îles, maisons jetées dans le brouillard. C'étaient des nuits, des jours brumeux, étranges où la poussière parcourait la ville en tourbillons jaunâtres. Après minuit, le ciel s'imprégnait d'une clarté fantomatique. Les fameuses nuits blanches de juin étaient loin déjà, pourtant elles donnaient encore aux habitants de cette ville cette fièvre, cette façon qui leur était propre de vivre, de s'étourdir entre jour et nuit. Nuits blanches, nuits de passion et d'angoisse, nuits de fin du monde ou du début de la Création. On se sentait en sursis, à peine né, mort déjà, spectres désespérés errant à travers la ville, ses codes et ses repères.

Anna ne semblait pas tenir rigueur de son indiscrétion à Rachel. Elle paraissait vidée d'avoir pu se confier. Aucun d'entre eux ne voulait entendre parler des terribles années brejnéviennes.

Rachel s'installa chez Alexandre malgré le peu de place dont il disposait. Elle apprit à ménager ses gestes comme sur un bateau quand on doit vivre dans un espace exigu : ranger chaque objet à sa place, ses vêtements, ses papiers obligeait à une certaine rigueur. Elle ne sortait de son sac que l'essentiel. Les douches, tantôt bouillantes, tantôt glacées, ne la gênaient plus. Des inconnus traversaient l'appartement, la dévisageaient, ne parlant pas un mot de français, cela n'avait plus d'importance. Elle était parvenue au détachement. Elle avait pris des notes sur ce qu'on lui avait raconté à la réunion. Elle voulait rencontrer d'autres amis d'Anna, organiser son voyage en Lituanie. Elle avait moins le temps de penser à Anatoly. Il lui manquait. Chaque soir avant de s'endormir, elle sentait une présence trouble flotter autour d'elle. Elle revoyait son sourire arrogant. Elle croyait voir briller ses yeux d'or dans la pénombre. Au moment de basculer dans le sommeil, elle avait l'impression qu'une force l'entraînait vers Anatoly. Elle se retrouvait embarquée vers des cauchemars de bruits et de fureur où il apparaissait dans des rôles différents qui la laissaient épuisée au réveil. Elle se souvenait de ses rêves d'une façon précise. Une nuit, elle parvenait à arracher ses chaînes dans un cachot au fond d'une cave, et réussissait à s'enfuir par des égouts où grouillaient de gros rats gris. Une autre nuit, des militaires la poursuivaient à travers des rues désertes cernées de hauts murs lézardés et l'embarquaient brutalement dans leur camion. Elle entendait résonner leurs rires sinistres. Sans cesse elle devait s'échapper, courir, fuir sans répit. Anatoly était là, quelque part, mais elle n'arrivait pas à déterminer s'il l'aidait à s'évader, ou s'il la poursuivait avec les autres. Elle se réveillait de plus en plus oppressée. Son inconscient projetait-il ses angoisses ou subissait-elle des prémonitions d'un danger qu'elle courait auprès d'Anatoly ? Comment interpréter ces rêves ? Lorsqu'elle parvenait enfin à s'assoupir, le soleil traversait des carreaux sales dépourvus de rideaux.

Un matin, les yeux gonflés par ces nuits agitées, vêtue d'un long tee-shirt autrefois blanc dans lequel elle s'enroulait pour dormir, les cheveux serrés par un élastique, elle se rendit à la cuisine pour chercher un verre d'eau. Dans le couloir, elle se heurta contre Anatoly. Elle ne l'avait pas entendu entrer. L'appartement était désert. Elle sursauta, recula, tentant de se glisser vers le salon. Elle ne voulait pas qu'il la retrouve dans cet état.

– Rachel ! Tu as peur de moi ? Tu te sauves ?

Il l'attrapa par le bras. La haute taille d'Anatoly dressée devant elle l'empêchait de bouger. Elle se sentait prise au piège. Pétrifiée, elle découvrait qu'il était vêtu comme dans un de ses rêves. Un pull kaki troué aux coudes laissait apparaître une chemise à carreaux qu'elle ne lui connaissait pas. Il avait l'air d'un vagabond qui aurait erré des jours sur les routes, sans se laver ni se reposer. L'ombre noire de la barbe mal rasée accentuait son air romantique, faisait ressortir les yeux de chat sauvage marqués de cernes. Ses cheveux, en général brillants, semblaient couverts de plâtre et de poussière.

D'où venait-il ? Il paraissait harassé. Il ferma les yeux un instant, lâcha Rachel, se passa la main sur les paupières. Il ne bougeait pas. Elle se mordit les lèvres pour les colorer, arracha son élastique, dénouant les cheveux, faisant glisser la masse de ses mèches rousses pour se camoufler le visage. Elle tenta de tirer sur son tee-shirt pour dissimuler ses jambes qui devaient être blafardes, mal épilées.

– Tu essaies de te cacher. Je suis venu ici directement. Je venais te chercher, j'avais besoin de toi.

Elle voulut lui poser des questions. D'où

venait-il ? Pourquoi ne pas lui avoir donné signe de vie ? Mais de quel droit ? Il ne lui avait rien promis. Il était là. Ça suffisait. Il se méprit sur son air effrayé.

– Tu m'as manqué, dit-il.

Sa voix rauque la troublait.

– J'ai besoin d'une douche. Je te fais peur ? J'ai faim. Je n'ai pas mangé depuis hier.

Elle se serra contre lui. Il dégageait une odeur de forêt en décomposition. Le silence de l'appartement les enveloppait, oppressant. Elle ne savait quoi dire. Ils n'allaient pas rester plantés dans le couloir.

– Viens, je voudrais être seul avec toi. On retourne chez moi.

Tout en parlant, il avait glissé ses mains sous le tee-shirt. Le contact des mains tièdes sur sa peau la fit frissonner. Elle se sentait nue, misérable. Elle réagit enfin, essaya de se dégager.

– Non, pas ici. Les autres vont revenir, murmura-t-elle.

Elle résistait faiblement. Elle avait envie de lui, mais après tant de jours où elle l'avait attendu, et imaginé, elle ne voulait pas d'une étreinte maladroite dans un couloir. Il lui fallait retrouver une complicité, renouer le dialogue. Malgré son trouble, elle avait l'impression d'avoir un étranger en face d'elle. Elle avait besoin aussi de tendresse, de respect.

– Tu ne veux plus de moi ?

Anatoly la relâcha, devinant sa réserve. Malgré ses manières brutales, il était sensible. Il lui caressa les cheveux avec douceur, enfouit sa tête dans la masse de cheveux roux.

– Tu sens bon comme un champ de blé coupé. Allez, prends tes affaires. Viens.

Il la fit reculer, la tenant face à lui.

– Je voudrais te trouver à côté de moi en me réveillant. Tu comprends ? Tu me crois ?

Ils n'avaient pas souvent dormi ensemble, pensa-t-elle. A quoi bon résister ? C'est avec lui qu'elle avait envie d'être. Elle serait bien chez lui. Elle pourrait y travailler en l'attendant.

Anatoly se sentait vaguement coupable. Il crut bon d'ajouter :

– Personne ne partage ma vie. Il y a moins de femmes que tu ne croies dans l'atelier. Je suis très difficile à vivre.

Rachel ne faisait que passer. Elle n'allait pas rester éternellement à Saint-Pétersbourg. Elle ne représentait pas un danger pour sa liberté. A quoi bon se poser ces questions ? Elle voulait être avec lui. Elle n'avait cessé de l'attendre. Elle devait être simple pour une fois dans ses relations amoureuses, ne pas tenter d'interpréter ce qui se dissimulait au-delà des mots, vivre sur l'instant ce qu'il y avait à vivre. Elle se sentait en état d'urgence, comme ces Russes qui vivaient au jour le jour leurs pulsions, leurs envies. Ils n'avaient que cette liberté : leurs passions amoureuses, leur instinct animal, leur sens de la fête pour s'étourdir jusqu'à l'épuisement. Ils ignoraient de quoi serait constitué le lendemain. Le quotidien était si difficile à vivre. En général, Rachel cachait ses sentiments pour se protéger, pour ne pas se trouver sans arme. Toujours l'idée de guerre dans les rapports amoureux. Il vit qu'elle hésitait.

– Tu auras plus de place dans mon atelier. Tu pourras déballer tes affaires. Je voudrais te faire découvrir mon île Vassilievski, mon univers.

Rachel revint dans le salon, replia le lit de camp, enfila un jean, rassembla ses affaires. Elle laissa un mot sur la table de la cuisine à l'attention de Xenia pour lui indiquer où elle se trouvait et lui recommander de ne pas s'inquiéter pour elle.

Dehors, le ciel était voilé, une brume flottait sur Saint-Pétersbourg. Anatoly se dirigea vers une Lada verte au radiateur enfoncé.

– Tu as une voiture ?

– C'est à un copain. Il me l'a laissée pendant son absence.

Quelle importance, d'ailleurs ? Elle devait s'habituer à ne plus poser de questions inutiles. Elle retrouva l'odeur fétide de l'escalier avec tendresse, comme une odeur familière. Lorsqu'ils poussèrent la porte de l'appartement, la baignoire trônait, incongrue, dans l'entrée. Les autres locataires vaquaient en ville à leurs occupations, à la recherche de quoi survivre.

L'atelier d'Anatoly était entrouvert, alors qu'il l'avait fermé à double tour avant son départ. Surpris, il poussa la porte. A l'intérieur ils découvrirent un carnage : placards éventrés, tiroirs renversés, meubles fracassés. Au milieu de débris de verre brisé (il ne restait rien des cadres anciens posés autrefois sur la commode), des cartons à photos répandus sur le sol dévoilaient des dizaines de portraits de femmes nues, des clichés de Natacha et de Xenia enlacées. Des pellicules vierges déroulées jonchaient le sol. L'atelier paraissait saccagé. Les rares vêtements d'Anatoly étaient dispersés sur le sol. Le blouson beige qu'il n'avait pas emporté gisait, poches retournées comme un animal mort, dépecé. Le couvre-lit bleu, éventré, laissait échapper ses plumes maculant le sol autour du lit comme si on venait de plumer les oies. Le matelas arraché laissait apparaître les ressorts rouillés du sommier, telle une carcasse de voiture abandonnée. Une pellicule de cendre recouvrait le sol par endroits. On avait ouvert la porte du poêle, fouillé à l'intérieur du foyer. La visionneuse était cassée, la table retournée comme un cheval mort, l'un de ses pieds sectionnés.

Rachel fut épouvantée par la violence qui se dégageait de la pièce. Anatoly resta calme. Seule une crispation des mâchoires trahissait sa colère. Il ne semblait ni surpris ni effrayé.

– Tu te souviens des photos de la sorcière que je t'avais montrées la première nuit ? On m'avait interdit de monter mon exposition à cause d'elles. Le K.G.B. m'avait menacé de me faire renvoyer de l'institut pour lequel je travaille. Le K.G.B. n'existe plus mais les mêmes hommes qui en font partie ont probablement cherché les négatifs. Ils ont peut-être pensé que j'allais te les donner pour les rapporter à Paris. On va essayer de remettre tout en ordre.

Rachel eut l'impression, elle n'aurait su dire pourquoi, qu'il s'agissait d'autre chose, qu'Anatoly lui cachait la vérité. Cette perquisition avait-elle un rapport avec son voyage ? Cette fouille lui rappelait une scène dans un hôtel à Sydney où elle se trouvait en repérage pour le court métrage qu'elle préparait. Sa chambre avait été retournée alors qu'elle revenait de son séjour sur le territoire des aborigènes La police recherchait les négatifs de photos qu'elle avait prises sur le lieu où devait se construire une centrale nucléaire japonaise, là où vivaient ses aborigènes. On voulait les déplacer, les exterminer en empoisonnant leurs points d'eau. On l'avait crue à l'époque une dangereuse militante écologiste. A quoi était mêlé Anatoly ?

Rachel regardait avec gêne les photos répandues sur le sol. Ces femmes la cernaient, la provoquaient de leurs poses érotiques, décuplaient l'électricité qui régnait dans l'atelier. Par terre, elle découvrit un cliché en noir et blanc d'elle endormie, le premier soir. Elle était lovée dans son blouson, col relevé, seul apparaissait un côté du visage ; une lumière floue tamisait ses traits, estompait les cernes sous les yeux, adoucissait les coins de sa bouche. Elle fut touchée de découvrir un portrait d'elle si paisible, au cœur de cette violence. Une bouffée de tendresse pour Anatoly l'envahit. Au milieu du chaos qui le cernait émergeait une image harmonieuse. Elle la lui avait apportée. C'était la première fois qu'elle voyait une photo d'elle dans son sommeil. Ce cliché lui sembla plus indécent que ces femmes nues offertes qui avaient choisi de s'exposer. Il émanait d'elle une douceur qui l'étonnait. Elle interpréta comme une déclaration d'amour de la part d'Anatoly qu'il ait choisi de la surprendre et de la fixer ainsi.

Il leur fallut un certain temps pour remettre l'atelier en ordre. Les rares provisions laissées dans le frigidaire avaient échappé au carnage ; quelques pommes, du pain noir enveloppé dans un torchon sale, une boîte de sardines importées de Hongrie, un paquet de thé, un morceau de viande congelée. Anatoly lui proposa de partager avec lui. Elle était trop choquée pour absorber de la nourriture. Elle ne put boire que le thé brûlant. Ils réussirent à retrouver le réchaud renversé.

Allait-il lui parler de ses activités ? Pourquoi une telle violence ? Il ne pouvait continuer à se taire. Il composa un numéro de téléphone. Là il perdit son calme. Il hurlait en russe des propos qu'elle ne comprenait pas. La conversation se prolongea. Il revint enfin vers Rachel qui tentait de classer les photos.

– Je sais à quoi tu penses. Ces questions auxquelles tu voudrais que je réponde, je ne peux pas. On en a déjà parlé le soir de l'agression de Roman. Je crois qu'ils ne reviendront plus, qu'ils nous laisseront tranquilles. Si tu as peur, mieux vaut nous séparer. Je ne peux t'apporter la sécurité. Qui en serait capable dans cette ville ?

Rachel resta silencieuse. C'était à elle de décider. Personne ne saurait lui donner la réponse qu'elle attendait. Elle demeurait libre de choisir. Cet homme, une énigme pour elle, souhaitait garder ses zones d'ombre, mais il était prêt à l'aimer, à partager des fragments de sa vie, de son temps avec elle.

Elle avait toujours été attirée par des relations amoureuses qui la mettaient en danger, qui l'entraînaient sur des chemins troubles, ses bas-fonds, comme le répétait son amie Hélène. Elle n'allait pas reculer. La peur du risque ne l'empêcherait jamais de mener ses passions. Au contraire.

– Si tu vis ici avec moi, ne me pose plus de questions. La seule chose que je peux te dire, c'est que je tiens à toi. Je suis heureux que tu sois là. Je souhaite que tu y restes le plus longtemps possible. Tu verras défiler de drôles de gens. Je partirai, parfois au milieu de la nuit. Si tu ne te mêles de rien, il ne t'arrivera rien. On te protégera, ajouta-t-il.

La protéger de quoi ? Pouvait-on vivre à côté d'un être dont on savait si peu ? Que se passait-il dans cette ville ? Que faisaient-ils ? A quels mystérieux complots se livraient-ils ? En même temps, ils étaient si chaleureux. Elle l'apprenait de ses origines russes.

Tout en parlant, Anatoly tentait de recoller les morceaux de sa visionneuse. La pièce avait repris un aspect normal. Le pied sectionné de la table reposait sur une caisse. Les photos étaient retournées dans le placard derrière le rideau à fleurs. Anatoly avait balayé les débris de verre.

Rachel ouvrit son sac de voyage et commença à déballer ses affaires. Ses tee-shirts sentaient le renfermé, ses jupes, ses jeans étaient fripés. Y avait-il un fer à repasser ? Elle alla vers Anatoly, sa trousse de toilette à la main.

– Où est-ce que je peux la laisser ?

Anatoly sourit.

– Ça ne sera pas facile, la baignoire dans l'entrée, la promiscuité de l'appartement communautaire.

Il revint vers sa visionneuse.

– Ça y est, je crois qu'elle est réparée. Viens voir ! Je vais te montrer mes diapos.

Il redevenait un adolescent qui veut montrer ses trouvailles à son copain. Un rapport différent s'était établi entre eux, tissé d'une tendresse nouvelle, de complicité comme s'ils se connaissaient depuis longtemps et que cette situation était normale. Rachel se trouvait à cinq mille kilomètres de Paris, loin de chez elle, dans l'atelier saccagé d'un immeuble délabré et insalubre, sans confort, dans une ville hostile et mystérieuse, auprès d'un homme qu'elle connaissait à peine, qui parlait une autre langue que la sienne. Pourtant elle se sentait en paix avec elle-même, comme si elle était arrivée là où elle devait se rendre. Heureuse pour la première fois depuis des années.

Les locataires devaient être rentrés. Des bruits variés leur parvenaient à travers la porte. Raclements de pieds dans le couloir, grondements des tuyauteries, son désaccordé d'un instrument de musique. Une guitare ? Une voix criarde de femme, des voix gutturales d'hommes. La vie reprenait autour d'eux.

Elle commença à lui raconter New York, son histoire avec Régis, sa rupture en raison de leurs séparations. Quand ils s'étaient retrouvés après leurs tournages respectifs, ils étaient devenus étrangers l'un à l'autre. Ils avaient au cours de leurs voyages traversé chacun trop d'expériences qui les avaient transformés. L'appartement, aux sièges recouverts de housses blanches, aux valises abandonnées sur le sol, était leur seul lien. Chacun y avait sa chambre où il dissimulait ses secrets. Ils avaient choisi sans drame de se séparer. Elle était retournée dans son appartement de jeune fille qu'elle avait repris à l'ancien propriétaire.

A la nuit tombée, ils n'avaient pas quitté l'atelier. Malgré la chaleur, Anatoly avait remis le poêle en marche, pour lutter contre l'humidité qui suintait. Il en profita pour faire disparaître dans le foyer des papiers dissimulés dans un placard de la cuisine communautaire. Les vandales n'avaient fouillé que l'atelier d'Anatoly et ne s'étaient pas attaqués à l'ensemble de l'appartement.

Dans la soirée, Rachel entraîna Anatoly vers le lit. Lui n'avait tenté aucun geste depuis son recul. Il la laissa faire. Brusquement, elle ressentait un élan irrésistible. Ses genoux devenaient si faibles qu'elle ne pouvait plus se tenir debout. Elle se cramponna à Anatoly qui la regardait sans rien dire. Autour du lit s'amoncelaient toutes sortes de saletés qu'elle n'avait pas remarquées. Des tubes vides de lait condensé voisinaient avec de la poudre d'orange artificielle, de la vitamine C, en sachets, renversée. Ils se jetèrent sur le sommier au tissu rugueux, pourrissant. Ils étaient habillés, ce qui excitait Rachel. Un par un, ils firent glisser leurs vêtements. La peau d'Anatoly luisait sous la lumière du poêle, seul éclairage. Son corps était mince, souple, parcouru de muscles aussi fins que ceux d'un félin. Elle avait envie du sexe d'Anatoly et de rien d'autre. Lui se retenait. La caressait. Puis il se mit à la couvrir de baisers, sa bouche la parcourait, faisant vibrer son corps, mais elle voulait son sexe en elle. Elle repoussa sa bouche, se pressa contre lui, enroula ses jambes autour des siennes. Elle s'agrippait à lui, le retenait. Ils étaient accrochés l'un à l'autre, Anatoly toujours en elle. Les ressorts du sommier défoncé lui entraient dans la chair. La chaleur dans la pièce devenait suffocante, le corps d'Anatoly ruisselait, glissait contre le sien. De son visage trempé, des gouttes de sueur roulaient dans sa bouche avec un goût aigre. Elle enfonça ses ongles dans sa chair, hurla enfin.

Plus tard, il parla :

– Tu sais, les autres filles avec qui j'ai été, je les ai quittées.

– Pourquoi ?

– Ma mère était si belle. Je l'ai perdue très jeune. Les autres n'étaient jamais aussi belles. Je les ai pourtant photographiées.

– Moi, tu vas me virer aussi, je ne suis pas belle !

– Quand tu dors, tu es douce comme elle. C'est pour cela que j'ai pris cette photo de toi.

Anatoly se releva d'un coup. Il avait assez parlé. Il enfila le jean fripé qui gisait sur le sol maculé, lui tourna le dos, retourna à sa visionneuse. Une odeur nauséabonde se dégageait du sommier. Rachel ne s'en était pas rendu compte. Comment nettoyer cette crasse ? Elle avait besoin d'une douche, de vêtements propres. Quelle importance ? Un sentiment de plénitude l'envahissait. Le temps pouvait s'arrêter. Dans ce monde où régnaient la violence et l'éphémère, elle avait tenu cet homme dans ses bras. Elle était prête à tout risquer pour s'endormir à nouveau contre lui.

14.

Guenka

Dans l'atelier, la vie commençait à s'organiser entre Anatoly et Rachel. Il partait faire ses photos ou se livrer à de mystérieuses occupations. Rachel ne lui posait aucune question. Ils se rendaient moins souvent chez Alexandre et Xenia. Rachel préférait rester dans le silence de l'atelier, prendre des notes, réfléchir au film qu'elle tournerait un jour si elle retrouvait trace de sa famille. Une histoire entre documentaire et fiction, sanglante et tendre, tourmentée et radieuse, qui se passerait dans un monde en suspens, dans l'attente d'une délivrance ou d'une catastrophe, en Europe centrale d'avant la Seconde Guerre mondiale, avec ses rêves politiques, ses accès de haine contre les minorités juives et tziganes. Elle tentait de sonder, sans apitoiement mais avec lucidité, un passé familial qui ne cessait de la hanter.

Elle voulut retrouver Anna, parler avec elle,

revoir ses amis. Elle essaya vainement de la joindre.

Un matin, elle décida de se rendre avenue Liteïny, espérant la voir avant ses cours. Près de l'immeuble de béton, le cirque ambulant avait disparu. De jeunes garçons se battaient à coups de cartable en hurlant. L'un d'eux avait l'arcade sourcilière ouverte, un filet de sang coulait le long de sa joue. Rachel s'avança vers eux. Ils s'enfuirent à son approche en l'insultant avec des gestes obscènes.

Elle traversa la cour. L'ascenseur était en panne. Elle dut monter à pied les cinq étages qui menaient chez Anna. Elle frappa longuement sur la porte, tambourina. Aucune réponse.

Au bruit qu'elle fit, une autre porte s'ouvrit sur le palier. Une grosse femme, vêtue d'un tablier à carreaux défraîchi, s'avança en traînant ses savates. Des mèches grises s'échappaient de son chignon négligé. Constatant que Rachel ne comprenait pas le russe, elle appela quelqu'un. Une adolescente, le visage couvert de taches de rousseur, les yeux d'un vert si transparent qu'ils mettaient mal à l'aise, apparut. Dans un français maladroit, elle raconta à Rachel qu'Anna s'était fait tabasser et rouer de coups dans l'escalier, sous les yeux de ses enfants qu'elle ramenait de l'école, et que, terrorisée, elle se terrait à la campagne avec eux. Sa grand-mère à elle nourrissait la vieille, abandonnée. Rachel eut beaucoup de difficulté à comprendre ces explications.

Y avait-il un téléphone où on pouvait joindre Anna ? La petite fit comprendre qu'on ne savait pas où elle était. Elle finit par lui claquer la porte au nez, tirant sa grand-mère par la manche.

Elle allait leur attirer des histoires.

Le palier redevint silencieux. Rachel redescendit. Des graffitis maculaient les murs de l'escalier. Pourquoi n'y avait-elle pas prêté attention en montant ? Comment retrouver les amis d'Anna ? Son insistance n'allait-elle pas créer des ennuis ? Avait-on tabassé Anna à cause de l'une de ces réunions à laquelle elle avait assisté ? Les persécutions contre les juifs se perpétuaient-elles ici sans que l'on ose le déclarer ?

Grâce à cette nouvelle liberté d'expression, les groupuscules fascistes Pamiat et d'autres pouvaient manifester librement en pleine rue, tenir des réunions. Ils devenaient de plus en plus arrogants. A qui en parler, puisque Anatoly refusait d'aborder le sujet ?

Rachel rappela Alexandre. Elle devait s'organiser un voyage en Lituanie. C'était le but de ses recherches. Trouver des traces de cette grand-mère paternelle à qui – on ne cessait de le lui répéter – elle ressemblait tant.

Alexandre fut heureux d'avoir de ses nouvelles. Comment se passait sa nouvelle vie amoureuse ? demanda-t-il. Ils se rendirent ensemble à la gare de Varsovie où s'effectuaient les départs pour Vilnius. La Lituanie en ébullition avait accédé à l'indépendance. On déconseillait aux voyageurs de se rendre là-bas. En arrivant à la gare, on leur apprit qu'il n'y avait plus aucun train. Les informations ne circulaient pas. Sur place, les voyageurs découvraient que leurs départs étaient annulés. Les trains ne s'arrêtaient plus à Vilnius.

Sous le marché couvert de la halle métallique, des clochards affalés dormaient sur les banquettes de plastique vert. Les jeux vidéo alignés au long des fenêtres restaient éteints. On était un jour pair et les trains pour Vilnius ne partaient que les jours impairs.

– Puisqu'on est là, je pourrais en profiter pour me faire couper les cheveux, suggéra Alexandre.

Le petit salon de coiffure pour hommes fonctionnait nuit et jour dans la gare. On y voyait des militaires en ressortir le crâne rasé, d'autres se faire rafraîchir les pattes pour quelques kopecks. Le salon ne désemplissait pas, surtout lorsque les trains demeuraient en gare.

Ils revinrent avenue Ligovski. Rachel aurait aimé retrouver Xenia. Alexandre ne la voyait plus. Engagée par des hommes d'affaires syriens, elle les accompagnait partout. Des craquements venus de la salle de bains attirèrent l'attention de Rachel. Elle voulut voir ce qui se passait. Un garçon à demi nu, aux muscles saillants, le corps bleui par le froid était immergé dans la baignoire pleine de glaçons. Il poussait des cris de douleur. Seul son visage rond, grimaçant, dépassait du rebord de la baignoire.

– Quelle horreur ! Il faut le sortir de là !

– Non, laisse-le ! Il s'entraîne depuis des mois.

– Il s'entraîne à quoi ? Il est fou !

– A pouvoir supporter le froid des eaux glacées du golfe de Finlande. Il y a des années qu'on lui refuse son visa d'émigration.

Le garçon dans la baignoire continuait à gémir. Ses mèches de cheveux noirs coupés très courts se dressaient sur sa tête comme des fils électriques.

– Il s'est engagé comme marin sur un des bateaux qui font le trajet sur la Baltique. Pendant le parcours, il va essayer de fuir et de gagner la Finlande à la nage. Deux amis d'Anna ont réussi à s'évader de Russie comme ça. On dit qu'ils sont à Berlin. Allez, foutons-lui la paix !

Alexandre la poussa hors de la pièce, referma la porte sur le garçon qui ne s'était pas laissé déconcentrer par leur présence.

– Il s'entraîne dans la cave à l'haltérophilie comme beaucoup d'entre nous. Pendant des années, les arts martiaux comme le karaté étaient interdits, sauf autorisation du K.G.B. Si tu devenais champion olympique dans cette discipline, tu devais t'engager à ne jamais l'utiliser à des fins professionnelles sous peine de châtiments graves.

La scène de la salle de bains obsédait Rachel.

– Ça arrive souvent, ces histoires de marins ?

– En mer Baltique, sur les cargos, des hommes se jettent parfois à la mer dans les eaux glacées. On n'en parle jamais. Les gardes-côtes tirent dessus, puis les laissent passer s'ils ont pu échapper aux gardes soviétiques. On compte beaucoup de morts chaque année. On découvre des corps gelés dérivant au milieu des bancs d'esturgeons.

Rachel avait du mal à accepter cette violence barbare. En même temps, elle admirait ce courage. Alexandre semblait trouver cela normal. Au cinéma, on n'aurait jamais imaginé des scènes pareilles.

– Viens, je te ramène à l'atelier. Je te préviendrai dès que tu pourras partir pour Vilnius. je vais me renseigner sur les départs des trains. Je t'aiderai à organiser ton voyage. Peut-être l'un de mes amis pourrait t'accompagner pour que tu ne t'y rendes pas seule, puisque Anatoly ne veut plus retourner en Lituanie. Xenia te fera signe.

Ils revinrent vers l'île Vassilievski. En cette fin

d'après-midi brumeuse et tiède de Pétersbourg, sur la Neva, un remorqueur tirait à travers la ville une barge emplie de sable jaune. L'îlot de sable, enfermé dans son carcan métallique, avançait lentement au long des berges de granit se découpant sur le ciel pâle. Les flèches des églises transperçaient la brume comme autant de lances. De l'autre côté de la cité des palais, corniches, colonnes et cariatides s'étalait le monde pourrissant des îles. Assise à côté d'Alexandre, Rachel sentait que cette ville maléfique, bâtie sur des marais, l'enserrait d'une atmosphère ensorcelante et hostile, dans une immense nasse.

Elle se sentit déprimée, désemparée. Que faisait-elle à Pétersbourg ? Elle y avait rencontré un homme auquel elle tenait, ce qui lui était rarement arrivé – si loin qu'elle cherchait, depuis l'âge de seize ans où, folle amoureuse d'un jeune chef d'orchestre pendant une année, elle avait, avec assiduité, assisté à toutes les répétitions, à tous ses concerts le samedi et le dimanche, elle qui détestait Wagner. Plus tard, Michel, un militant gauchiste, lui avait ouvert les yeux et fait prendre conscience des douleurs du monde Pourquoi l'avait-elle quitté alors qu'elle l'aimait ? Elle en avait peut-être eu assez de le partager avec tant de causes perdues. Pendant des années, elle n'avait cessé de penser à lui. Qu'était-il devenu ? Et Régis, rencontré grâce au cinéma.

Leur vie à New York. Et quelques autres qu'elle préférait effacer de sa mémoire ! Rencontres, chocs, fusions, ruptures.

En réalité, le métier qui était le sien absorbait son énergie, sa force vitale. S'il la passionnait, il l'étourdissait, l'obligeait à vivre d'une manière décousue, d'une ville à l'autre, dans des chambres d'hôtel anonymes, la vie de gens qui n'était pas la sienne. Elle en oubliait d'assumer sa propre vie. Depuis qu'elle s'était mise à refuser des contrats, à vivre plus modestement, elle commençait à réfléchir à son destin.

En rentrant chez Anatoly, elle fut effarée par la saleté de l'appartement. Elle décida de faire le ménage. A Paris, à chaque fois qu'elle avait un coup de cafard, elle vidait ses penderies de fond en comble, passait l'aspirateur et entreprenait de cirer ses chaussures. Cette frénésie ménagère en général l'apaisait.

D'abord la baignoire dans l'entrée. Les traces de crasse accumulée depuis des semaines résistaient à ses tentatives de récurage, à l'aide d'une poudre archaïque, dont la boîte en carton, imprégnée d'humidité, laissait des traînées blanches sur le carrelage. Elle s'attaqua ensuite à la cuisine. Ne lessiver que la plaque de la cuisinière d'Anatoly lui apparut une démarche mesquine. Elle hésita, puis entreprit le ménage complet.

Ça leur ferait une bonne surprise, se dit-elle. Elle nettoya la vaisselle, lava les tasses. Les piles d'assiettes répugnantes répandues dans l'évier, les déchets accumulés dégageaient une odeur ignoble. Elle récura les trois plaques de gaz et chaque ustensile accroché à un clou dans la cuisine. Les poêles, les casseroles n'avaient pas dû être frottées depuis des mois. Elle passa la serpillière par terre, un coup d'éponge sur les murs. La crasse dégoulinait en traînées brunâtres sur le mur autrefois jaune et aujourd'hui vert-de-gris. Elle alla chercher l'aspirateur dans l'atelier, nettoya le couloir, rectifiant au passage les vêtements qui traînaient.

Les paires de chaussures alignées le long du mur dans ce corridor la fascinaient. Si elle les astiquait ? De grandes bottes fauves au moins 48 de taille, les marron aux épaisses semelles de crêpe à lacets, les galoches de croûte beige, de petites noires de cuir avachi (ça avait plutôt l'air de plastique) ! Comment pouvait-on marcher avec ? Des sandales d'enfants, des baskets fatiguées.

Elle essayait d'imaginer leurs propriétaires. Tous ces pieds vivaient-ils dans l'appartement ?

Elle n'avait jamais aperçu la tête de quelqu'un ici. Le seul qu'elle avait entrevu, sortant de la salle de bains, était un drôle de type au crâne rasé, en chemise et vieux slip déchiré et bâillant sur ses cuisses épaisses. Anatoly lui avait raconté que c'était un ancien taulard, plusieurs fois repris de justice, à qui la mairie avait attribué une chambre, mais qu'il n'était pas dangereux. Guenka ne quittait jamais sa chemise, même pour se laver. C'était un sujet de plaisanterie. Un jour, quelqu'un avait tenté de la lui arracher. Il lui avait balancé un coup de poing et personne ne lui avait plus rien demandé. On ne l'entendait jamais arriver. Malgré son énorme masse, il se déplaçait sans bruit.

La porte des toilettes qui donnait sur le couloir était en verre dépoli. On voyait vaguement à travers. C'était gênant. Elle prit des feuilles de papier, les colla à l'intérieur de la porte.

Elle ne vit pas passer le temps, heureuse comme quelqu'un qui a accompli avec succès la tâche qu'il s'était assignée. Elle revint dans la chambre d'Anatoly. Elle se sentait plutôt légère. Elle ne s'était pas maquillée depuis des jours, pas assez occupée d'elle. Elle voulait devenir belle pour le retour d'Anatoly. Elle commença par dessiner les contours de la bouche au crayon brun, y étala un brillant couleur cerise, ombra ses yeux de gris, les soulignant de khôl. Elle étala au pinceau du blush rose sur ses pommettes pour se donner meilleure mine, dénicha au fond de son sac le seul soutien-gorge pigeonnant qu'elle n'avait pas vendu à la gare, enfila sa blouse de dentelle crème, le jean noir qui la moulait si bien, ressortit les bottes à talons qu'elle ne portait plus. Le pavage des rues et des cours était dangereux pour les chevilles.

Elle dut grimper sur un tabouret pour se regarder sans complaisance dans le miroir étroit, afin de s'y voir tout entière. Le manque de sommeil, la mauvaise nourriture, l'angoisse, tout lui donnait un air défraîchi. Sa chevelure rousse, autrefois éclatante, étant devenue terne, sans vie, ses boucles pendaient en mèches cassantes, autour de son visage tiré. Des ridules aux commissures des lèvres la vieillissaient. Elle n'avait plus ses crèmes hydratantes, qu'elle avait distribuées à ses nouvelles amies.

Avec un peu d'effort, elle se sentait sûre d'elle, presque séduisante. Elle attendait le retour d'Anatoly avec impatience comme pour un soir de fête. La première chose qu'elle entendit furent des cris furieux, résonnant à travers l'appartement. Une voix criarde de femme, des hurlements, des cavalcades à travers le couloir.

Anatoly entra dans la pièce, l'air furibond, suivi d'une harpie vociférante. L'homme au crâne rasé les suivait de près, visage menaçant. Rachel reconnut le taulard. Anatoly les repoussa, puis s'enferma avec Rachel dans son atelier pour la protéger de leur vindicte. Il avait essayé de calmer tout le monde.

Que se passait-il ? Que criaient-ils tous ? Etait-ce à elle qu'on en voulait ? Qu'avait-elle fait ? Anatoly ne l'avait même pas regardée. Seul dans la pièce avec Rachel, le verrou poussé, il semblait plus calme.

– Ecoute, Rachel. C'est un appartement communautaire ici. Ce sont des gens que l'on nous a imposés dans un même espace. On n'a rien en commun. Ni les horaires ni les habitudes de vie. C'est la guerre permanente pour l'espace. Tu ne pouvais pas le savoir. Tu as cru bien faire ! Tu n'as pas le droit de faire le ménage pour eux ni de toucher à leurs affaires.

La femme à la voix criarde tambourinait sur la porte en glapissant.

– Qu'est-ce qu'elle hurle ?

– Tu veux le savoir ?

Rachel était pâle de colère.

– « Espèce de putain prétentieuse ! Tu nous trouves sales ? Retourne chez toi. Et toi, salaud, si tu veux la baiser, enferme-la et qu'elle nous foute la paix ! » Voilà ce qu'elle raconte !

Anatoly riait. Il continua :

– On ne vit pas ensemble. Je te l'ai déjà expliqué. Ça n'a rien à voir avec vos communautés des années soixante-dix où vous partagiez les lieux avec des gens de la même génération. Ici c'est la guerre. Il vaut mieux rester bouclés. Ne pas les croiser. Le papier que tu as utilisé pour cacher les toilettes, tu sais qu'on en manque pour développer les photos ? Il vaudrait mieux que tu évites de le gâcher.

Il riait de plus en plus devant l'air courroucé de Rachel, tête renversée en arrière, ses cheveux fraîchement lavés, crinière mordorée dégageant ses pommettes slaves.

– Et moi qui croyais leur faire une surprise !

Il vint vers elle, le jean et le tricot noir le rendaient plus grand à côté d'elle.

– Je t'aime telle que tu es. Je te remercie au nom de tout le monde. Je n'ai jamais rencontré une si bonne ménagère et si jolie.

Il semblait découvrir sa tenue.

– On va fêter ça. C'est moi qui vais te nourrir. Regarde ce que j'ai trouvé.

Il déballa devant Rachel un bocal de harengs, de petites tomates rondes et rouges, des pirojki à la viande, un pot de crème fraîche, des champignons.

– On se débrouillera avec le réchaud. Ce n'est pas le moment de retourner à la cuisine avec ces excités !

Il recommençait à rire.

– Arrête de faire la gueule. Ce n'est pas de ma faute.

Elle prit le verre de vodka qu'il lui tendait et, le regardant droit dans les yeux, comme on le lui avait appris ici, le vida d'un trait.

Ce soir-là, pour la première fois depuis leur rencontre, Anatoly fit l'amour avec douceur ; la tenant serrée contre lui, il murmurait des paroles dont elle ne saisissait que la musique. Jusqu'au matin, elle ne put se détacher de ses bras qui l'enveloppaient de tant de tendresse.

Après le départ d'Anatoly, le lendemain, elle évita de quitter l'atelier tant qu'elle entendit du bruit dans l'appartement. Elle avait compris la leçon. Elle attendrait qu'ils fussent partis pour sortir. Elle mit son walkman sur les oreilles, sa cassette de Santana, *Hold on*, et s'allongea sur le lit.

Soudain, l'homme à la chemise fut devant elle. Il avait troqué son slip déchiré pour un short tout aussi minable à larges rayures bordeaux. Elle ne l'avait pas entendu entrer dans la chambre. Elle sursauta, se leva, courut vers la porte. Trop tard. Plus rapide qu'elle, Guenka avait tiré le verrou, poussé la commode contre la porte pour la bloquer. Le colosse de plus de cent kilos faisait face à Rachel.

Que pouvait-elle contre lui ? Ils devaient être seuls dans l'appartement. Anatoly n'allait pas revenir avant le soir. Elle eut un mouvement de recul, attrapa au passage sur la table le couteau de cuisine qu'Anatoly avait laissé, se colla contre la fenêtre. Devait-elle hurler ? Appeler au secours ? Le colosse vit la panique dans les yeux de Rachel. Il rit, découvrant ses dents pourries. Il s'immobilisa, ne fit pas un pas de plus en direction de Rachel pour ne pas l'effrayer. Planté sur ses cuisses nues, obscènes, il commença à déboutonner sa chemise. Balbutiant des phrases dans un mauvais français, elle crut comprendre qu'il parlait de secret. Les muscles de son cou saillaient comme ceux d'un animal prêt à charger.

Il allait finir par se jeter sur elle. Comment se défendre contre lui ? Elle voulut hurler, le cri s'étrangla dans sa gorge. Sans avancer vers elle, il lui fit signe de se taire, en mettant son index devant la bouche comme un enfant. Il continuait à sourire.

Il devait être fou, ou simple d'esprit, se dit Rachel. Que devait-elle faire ? Tenter de lui parler, pour gagner du temps ? Comprenait-il le français ? Ce n'était pas ses quelques phrases de russe qui allaient suffire à l'amadouer. Figée, serrant le manche du couteau dans sa main, dos à la fenêtre, ils se faisaient face. Rachel l'observait avec angoisse. Il dégageait une odeur écœurante de transpiration et d'eau de Cologne sucrée. Sa chemise était déboutonnée. Il la fit glisser, écarta ses bras. Sur son torse, de chaque côté de sa poitrine, deux énormes portraits tatoués de Marx et de Lénine apparurent.

Comme un gorille, Guenka se mit à se frapper

la poitrine à coups de poings, montra son tatouage à Rachel, médusée. Soudain il éclata en sanglots, de grosses larmes roulaient sur le visage épais. Il baissa la tête débitant des phrases décousues, mélange de russe et de français. Rachel ne put que déchiffrer quelques mots.

Il était marqué ! Elle seule connaissait son secret.

Il ramassa sa chemise, la renfila. Elle ne savait quelle attitude adopter, elle avait peur de ses réactions. Avant qu'elle n'ait pu esquisser un geste ou lui parler, il avait repoussé la commode, tiré le verrou et s'était enfui dans le couloir.

Ce soir-là, lorsque Anatoly revint, elle lui raconta l'étrange scène qu'elle avait vécue. Il ne fut pas surpris. C'était cela qu'il voulait leur cacher. Ces tatouages ! On savait qu'il était culturiste, qu'il avait failli devenir champion olympique et qu'il avait à l'époque gagné un certain nombre de médailles. Pourquoi avait-il voulu lui révéler à elle son secret ?

– Rachel, il faut que tu sortes. Ce n'était pas la peine de venir jusqu'ici pour rester enfermée avec tes fantasmes dans un atelier pourri. Viens, ça te fera du bien.

Ils traversèrent le couloir de l'appartement silencieux et retournèrent à quelques blocs de la maison, à la Frégate, le bistrot où Anatoly l'avait emmenée la première fois. Le patron leur servit les galettes de pommes de terre. Sous les lumières tamisées des lampes, ils retrouvèrent la tendresse. Pendant le dîner, profitant du climat de confiance qui s'était établi, Rachel tenta d'amener la conversation sur la Lituanie.

Pourquoi ne voulait-il pas l'accompagner ? Il y était allé faire des photos ! Alexandre le lui avait révélé. Elle devait partir, essayer de trouver ce qu'il restait du ghetto où sa grand-mère avait vécu dans ce qu'on appelait autrefois la « Jérusalem du Nord ».

Est-ce qu'on avait tabassé Anna parce qu'elle était juive ? insista-t-elle. Que savait-il de ces mouvements néo-fascistes en Russie ?

Anatoly refusa de lui répondre. Il s'énerva pour la première fois contre elle.

– Tu es agaçante avec tes questions. Ne te mêle pas de tout. Tu ne peux rien comprendre à ce qui se passe ici.

Il finit par se radoucir.

– Pour l'instant, j'ai du travail. Je n'ai rien à faire à Vilnius. Alexandre t'aidera mieux que moi. Pour une fois, c'est moi qui t'attendrai à l'atelier ! dit-il en souriant.

Elle remarqua son visage d'icône. Les yeux dorés semblaient ne plus la voir. Ils contemplaient au loin, au-delà du réel, quelque chose qui l'absorbait tout entier.

Ce soir-là, Rachel n'insista plus. Pour la première fois depuis son arrivée, elle envisagea de le quitter. Comment s'arracher à l'envoûtement sinon en s'enfuyant ? Elle ne pouvait plus rester passive. Elle devait poursuivre ses recherches.

15.

Steve

Dans le hall de la gare de Varsovie, la foule agglutinée sur les banquettes de plastique vert, les odeurs de choux, d'oignons, de boulettes de viande à la margarine qui stagnaient dans l'air laissaient supposer que l'activité avait repris. Alexandre avait accompagné Rachel à la gare. La situation à Vilnius était toujours tendue mais on pouvait s'y rendre. Un train partait vers vingt et une heures. On devait louer deux roubles son linge pour la nuit. On servait de la soupe et des pirojki pendant le trajet. Le train arriverait le lendemain en fin de matinée.

Quai numéro 5, Rachel monta dans le wagon vert. Il n'y avait pas grand monde. Au long du couloir tapissé de moquette rouge se déroulait un tapis de laine blanche, impeccable. Comment faisait-on pour le garder si propre ? Son compartiment comportait quatre couchettes. Rachel détestait les trains de nuit. Une boule d'angoisse lui nouait le ventre à chaque fois qu'elle devait le prendre. Elle avait parcouru le monde avec ses équipes de tournage, dormi seule dans des cabanes sur des plages d'Asie ou d'Afrique, traversé des villages reculés du Mexique, sac à dos, sillonné au volant de sa Jeep le bush australien, mais rien ne lui provoquait de telles peurs. Cela remontait sans doute à l'enfance, nourrie de récits de ses parents pourchassés pendant l'Occupation, de ces visions d'horreur, de trains de déportés vus aux actualités. Dès qu'elle prenait un train, la nuit, dès qu'elle entendait le roulement lancinant des wagons, elle avait l'impression qu'il allait falloir fuir, ayant abandonné à la hâte sa maison, n'emportant qu'un baluchon. Il faudrait sortir des papiers, discuter, parlementer. On s'arrêterait sur un quai perdu. Il faudrait attendre des heures dans la nuit glacée, reprendre un autre train, traverser des frontières. Le train de nuit représentait pour elle l'image de l'exil, des enfants, des vieux, entassés, hébétés, fuyant vers la liberté.

Elle faillit redescendre. C'était ridicule ! Pourquoi était-elle partie seule ? Les trois autres couchettes restèrent vides. Personne ne monta dans son compartiment. C'était peut-être mieux ainsi. Elle pourrait s'enfermer. Il y avait presque quatorze heures de trajet. Elle tira le verrou.

Tant pis, elle ne mangerait pas. Elle allait essayer de dormir. Elle ouvrit sa boîte blanche, prit un Temesta, s'allongea sur l'une des couchettes. Le linge sentait le renfermé. Il faisait froid dans le compartiment malgré la température extérieure. Elle se releva, essaya de régler la climatisation, de baisser la vitre bloquée. Elle y renonça. Il ne servait à rien de résister. Il valait mieux laisser le tranquillisant opérer. Elle se recoucha habillée, s'enroula dans un gros pull-over.

Le train s'arrêta, repartit. Personne ne tenta d'ouvrir sa porte. Nul ne vint troubler son sommeil agité. Bercé par le mouvement du train, elle vit peu à peu ses angoisses s'éloigner. Elle tenta de remonter le temps, essaya d'imaginer une jeune fille juive traversant la Russie au début du siècle, quittant sa Lituanie natale pour rejoindre les berges de la Volga, à la rencontre de l'amoureux que sa famille lui avait destiné. Une embarcation lancée sur le fleuve, où auraient pris place sa grand-mère et son fiancé. La douceur du crépuscule, l'odeur des arbres en fleurs, la poussière soulevée par le galop joyeux des chevaux, et la noce juive, avec les mets traditionnels, la carpe farcie, les gâteaux sucrés, tandis que résonne l'aigre chanson des violons tziganes. Les rires des enfants qui se chamaillent dans les hautes herbes qui bordent le fleuve. Les chapeaux avec les voilettes, les farandoles, les habits empesés des hommes et, pourquoi pas ? les uniformes rutilants des officiers du tsar, présents à la cérémonie. Les cérémonies de la vie juive qui se répètent comme un rite millénaire, et la Russie, en arrière-plan, avec le vent sur la steppe, les fleurs rabougries, et cette Volga paisible qui allonge ses anneaux comme dans une pièce de Tchekhov. Cette Russie fataliste et paresseuse qui vit sans le savoir ses dernières années de liberté et de bonheur, avant le flot sanglant d'Octobre, malgré son régime féodal, malgré le climat antisémite qui règne, les synagogues qui brûlent et les femmes qu'on viole de temps en temps. C'est elle, Rachel, cette jeune fille romantique emportée sur le fleuve. Le cauchemar revient, le bruit de bottes à la porte de la cave où le circonciseur se cache avec l'enfant juif. Les armes qui luisent à travers le soupirail, les cosaques qui forcent la porte de la crosse de leurs fusils.

On tambourinait à la porte du compartiment. Rachel se réveilla en sursaut, se redressa sur sa couchette, en sueur. La climatisation avait dû être coupée pendant la nuit. Et si elle n'ouvrait pas ? Les coups redoublaient, une voix criait dans une autre langue que le russe. Elle se leva, souleva le store. Il faisait jour sur la campagne grise que le train traversait. Une légère brume recouvrait le vert du paysage. Elle tira le verrou. Un homme en uniforme bleu marine portant une casquette galonnée lui demanda ses papiers, son billet. Il les prit, les retourna, scruta la photo peu ressemblante. Il lui posa des questions auxquelles elle ne put répondre, lui rendit ses papiers. Une babouchka lui apporta un verre de thé fumant, des pirojki. L'homme lui montra l'heure à son poignet. Ils allaient bientôt arriver. Rachel leur sourit, prit le plateau, referma la porte.

En descendant du train, elle fut frappée par l'atmosphère qui régnait dans la gare. Malgré l'imposante architecture des années cinquante, les massives colonnes beiges, on se sentait loin de la rigueur soviétique. Dehors, devant la gare, vibraient plein de petits bistrots. On se serait cru dans une ville de province. Rachel se dirigea vers la station de taxis. Elle ne savait pas où aller. Elle voulait s'imprégner de la ville, avant de se rendre au secrétariat du Centre de culture juive, dont un ami d'Anna lui avait donné l'adresse. Là on pourrait probablement lui raconter ce qu'il en était de la situation des juifs à Vilnius aujourd'hui.

Au moment où elle s'apprêtait à monter dans le taxi, une Jigouli grise, elle s'entendit interpellée en anglais. Une voix jeune, surprenante en ce lieu où elle ne connaissait personne :

– Eh ! attendez ! Où allez-vous ? Je vous ai vue

descendre du train. Vous êtes seule. Je peux vous aider ?

Elle avait la main sur la poignée de la porte. Le chauffeur prenait déjà son sac. Elle arrêta son geste, lui fit signe d'attendre. L'homme les avait rejoints. Il se présenta :

– Je m'appelle Steve Brenton. Je suis journaliste.

Il tendait la main d'une manière chaleureuse. A l'accent de Brooklyn, Rachel avait reconnu un Américain. Grand, la quarantaine passée, les cheveux bouclés à peine grisonnants sur les tempes, les yeux bleu marine pétillants derrière des lunettes à monture d'acier. Vêtu d'une veste de lin fripé sur un jean délavé, Steve lui souriait, ses appareils photo en bandoulière. Cette bouffée inattendue de l'air de New York la ramena vers un univers léger. Elle se sentit mieux. L'Américain parlait une langue familière. Elle n'était plus seule. Elle reprit son sac des mains du chauffeur qui s'énervait. Il commençait à les insulter. Elle ne comprenait rien à ses jurons. Elle se sentait protégée par l'Américain.

– Oh ! oui. Vous pouvez m'aider.

Elle avait envie qu'on s'occupe d'elle. Elle sourit à Steve.

– Vous êtes française ? Qu'est-ce que vous faites là ?

– C'est une longue histoire.

Rachel se mit à rire. Elle n'allait pas tout déballer : son travail, Anatoly. Elle ne savait plus où elle en était. Elle avait la sensation d'avoir quitté la France depuis si longtemps. Steve se tenait là, en face d'elle, comme un ami retrouvé après une longue absence. Il ne fallait surtout pas qu'il parte, qu'il la quitte. Sa présence la rassurait.

– On va pas rester comme ça au milieu de la rue ! Venez prendre un café. Je suis sûr que vous n'avez rien mangé, vous me raconterez tout.

Il la prit par la main, la tirant presque. La pression de cette main inconnue sur son poignet lui communiquait une chaleur inattendue, la tranquillisait. Ils traversèrent la place.

Il faisait bon. Il y avait quelques tables dehors, des jeunes gens attablés aux terrasses. Steve commanda du café, des sandwiches. Elle n'allait pas encore se battre, s'expliquer avec ses notions de russe pour obtenir un plat. Elle avait faim.

Elle ne put s'empêcher de le détailler. Le nez bien dessiné au-dessus d'une bouche sensuelle, les mains larges et bronzées, son aisance. Elle remarqua un grain de beauté dans le cou par le col entrouvert de sa chemise. Sa peau paraissait douce. Si elle n'avait pas été amoureuse d'Anatoly, c'était le genre d'homme qu'elle aimait. Assis en face d'elle, Steve la dévisageait.

– Alors, qu'est-ce que vous faites là ?

Il devait la trouver défraîchie. Elle aurait dû se remaquiller avant de descendre du train. On ne savait jamais qui on allait rencontrer. Rachel parlait trop vite, mélangeant les repérages de film, les tabassages dans la cour, la violence de Saint-Pétersbourg, ses virées, sa grand-mère lituanienne. Elle ne s'attarda pas sur l'atelier d'Anatoly. Elle parlait. Elle ne pouvait plus s'arrêter, agitée, au bord des larmes. Elle n'allait pas se mettre à pleurer devant cet inconnu. Steve l'observait avec une certaine curiosité derrière ses lunettes.

– Vous devriez respirer un peu.

Il lui servit un verre d'eau.

– Vous n'avez pas touché à votre sandwich.

Il la considérait maintenant avec une certaine tendresse.

– Je suis si fatiguée ! soupira-t-elle.

C'était bon de parler d'elle, de se laisser aller. Elle avait envie de glisser de sa chaise, de s'endormir sur l'épaule de Steve. Il la protégerait. Quelle heure pouvait-il être ? Il fallait penser à chercher un hôtel. On n'allait pas errer dans cette ville inconnue. Elle se sentit gênée. Elle n'avait parlé que d'elle. Elle ne savait rien de cet homme sinon qu'il était américain et journaliste. Est-ce qu'il était juif lui aussi pour venir jusqu'ici ? D'où venait sa famille ? Que venait-il chercher ? Sans doute sa famille venait-elle d'Europe centrale, sinon pourquoi serait-il là ?

A son tour, il raconta. Il venait enquêter sur les traces de la communauté juive de Vilna (elle nota qu'il ne prononçait pas Vilnius comme les autres mais Vilna, comme les juifs de New York) pour un magazine de télévision. Son grand-père avait quitté la Lituanie au début du siècle pour se rendre en Israël. Il en était l'un des fondateurs. Il s'était battu pour recréer la terre de ses ancêtres. Lui, Steve, était né aux Etats-Unis par un concours de circonstances dont il lui parlerait plus tard. Sa mère, américaine, enseignait à l'université de Columbia. C'est pour cela qu'il avait tenu à réaliser ce documentaire. C'était son troisième voyage à Vilna. Le reste de l'équipe allait venir le rejoindre dans quelques jours. Ils commenceraient aussitôt à tourner.

Il y avait des années que Steve rêvait de Vilna. Il avait entrepris avec l'aide de sa mère un travail universitaire de trois ans. Vilna le fascinait et l'effrayait. Il allait pouvoir vérifier si les dizaines de pages noircies jusqu'à présent, et la topographie qu'il avait dans sa tête, étaient conformes à la réalité. Il allait revivre et faire découvrir à d'autres ce qu'avait représenté Vilna autrefois. Vilna, vue de son imagination, décrite par ses lectures. Ce haut lieu de la religion juive, berceau du Bund, Vilna qui avait connu un âge d'or, entre les deux guerres, toile de fond d'un monde yiddish de la civilisation ashkénaze.

Il entraîna Rachel, lui prit son sac :

– Viens ! On va y aller à pied, s'imprégner de la ville. Suis-moi.

Tout était venu de son frère avec qui Rachel était intimement liée. Un soir de kippour, il avait apporté le passeport russe de leur grand-père qu'il avait retrouvé et fait restaurer en secret à la Bibliothèque nationale. Ce précieux passeport qui lui avait permis d'émigrer avec sa famille. Elle avait ce soir-là décidé d'en savoir davantage sur leur périple.

En parcourant les rues, dont le centre architectural et les monuments Renaissance ou baroque évoquaient certaines villes d'art italiennes, l'illusion pouvait être parfaite. En y regardant mieux, les bâtisses de style impérial ou stalinien détruisaient cette première impression. Comme à Saint-Pétersbourg les cours foisonnaient à Vilnius, autant de clairières. A l'écart, dans l'enchevêtrement des rues, elles ne figuraient pas sur les plans de la ville, mi-jardins, mi-terrains vagues, elles livraient leur intimité au passant. La plupart disposaient de plusieurs accès, un porche, quelques marches inégales entre deux murs, un couloir entre des remises qui menaçaient de s'effondrer, et c'était une autre cour. On distinguait un groupe de maisons de bois, en formation serrée, flanquées de jardins potagers, incongrus au milieu des tours de quinze étages, comme dans une ville américaine. Patchwork complexe et fragile, le vieux centre gangrené de l'intérieur tentait de trouver un second souffle.

Rachel et Steve cherchaient des détails qui révèlent une cité à l'étranger de passage. Ils rôdaient à la recherche d'ils ne savaient quelle clef. Soudain, loin des boulevards, ils débouchèrent sur une place de village au cœur même de la ville. Une babouchka, les pieds enfoncés dans des godillots noirs, le fichu noué autour de la tête, trônait sur un banc de bois. Elle préparait des légumes pour la soupe. Les murs lézardés exhalaient la même odeur humide. Les giboulées avaient ruisselé sur la terre noire devenue fangeuse. Des enfants jouaient à la marelle, leurs vélos abandonnés dans un coin. Une dame d'âge mûr, aux formes avachies, en tenue de jogging, un cabas de plastique transparent à pois rouges serré contre elle, déboula d'un porche, puis en petites foulées, le visage cramoisi par l'effort, disparut au coin de la ruelle. Des coups de klaxon se firent entendre, un camion bringuebalant apparut. La place fut envahie. Des gens sortaient des maisons, un seau de métal ou un baquet de plastique à la main. C'était le passage du camion éboueur. Le véhicule effectua lentement un tour de piste sans s'arrêter autour de la cour, pour laisser aux retardataires le temps de déposer leurs ordures. Puis il repartit. L'animation retomba, la place redevint déserte. Partout régnait une même tristesse amplifiée par le silence et l'alignement des blocs des immeubles.

Rachel s'immobilisa. Elle crut entendre une rumeur de foire. C'était peut-être jour de fête sur la place ?

Des enfants aux pieds nus courent en poussant devant eux un chariot peint de couleurs violentes muni de roues en bois. Les vieux sont assis sous des vérandas recouvertes de vignes. Il n'y a plus de verrières effondrées sur des jardins rabougris. Rachel sent des senteurs fraîches et chaudes l'envahir. Des fleurs tiédissantes, des herbes gorgées de chaleur, le souffle proche des arbres, la respiration des champs aux germes de blé. Elle croit se souvenir. Vilna était entourée de forêts, percée de clairières, cernée par l'eau de la Neris au courant vif. Rachel leva la tête, observant le ciel gris, le soleil blême, ce ciel qui annonçait l'orage. Les décombres des palais décrépis avaient disparu.

Sous un porche, emportée au début du siècle, elle se voit avancer comme dans un rêve (est-ce une jeune fille qui lui ressemble comme une sœur ?) vers une échoppe sombre à la porte étroite, au clair-obscur teinté de rose. Un mélange d'odeurs épicées prend à la gorge la jeune Rachel : hareng, savon, raisins secs, cuir récemment tanné. Dans l'obscurité, on distingue au fond un vieil homme, à la barbe rousse, qui flamboie dans un rayon de lumière. Quelques juifs sont sortis de chez eux. Dans l'une des cours, une femme à la voix douce chantonne en yiddish. Les chiens se terrent dans l'ombre. Les enfants font la sieste. Au sommet d'une colline, par-delà les arbres immobiles qui masquent une église, un filet de fumée s'élève sous le ciel d'orage. A l'abri d'une clôture, quelqu'un coupe du bois. Alentour, dans les ruelles sinueuses, des maisons de bois ou de brique chapeautées de toits de chaume ou de tuile entourent de leurs échoppes les cours intérieures. Les boutiques de cordonniers, de fripiers, de pelletiers, les maisons d'études, la grande synagogue, les boulangeries odorantes, le *shtetel* bourdonnent des prières échappées des oratoires. Certains sont vêtus comme des bourgeois de chemises empesées et de hauts-de-forme à l'européenne, d'autres avec leurs casquettes et leurs tuniques d'ouvriers, et les rabbins, les étudiants, les *h'assidim* vêtus du caftan traditionnel avec la barbe et les *payès* au vent. Les femmes portent des perruques sous leurs fichus multicolores. Sous une palissade, un homme ivre commence à chanter.

Les paysans sur la place présentent des seaux de bière à leurs chevaux. Quelques juifs sortis de chez eux, de leur quartier, observent les attelages, l'église, la maison du curé, en se protégeant les yeux du soleil couchant. Une petite ville lituanienne où les minutes traînent comme des heures, où les femmes mariées contre leur gré rêvent de sentiments suggérés par des livres de la lointaine Varsovie, ou peut-être même de France. L'adolescente juive aux longs cheveux roux cachés sous le foulard (est-ce une perruque ?), aux yeux bleus étirés vers les tempes, regarde devant elle, le cœur serré. Quel âge a-t-elle ? Quatorze, quinze ans !

« Il faut rentrer ! soupire-t-elle. Où est ma place ? Quelle sera ma vie ? » A-t-elle un pressentiment, cette jeune fille romantique, des atrocités qui allaient s'abattre sur la Lituanie ? Sait-elle déjà, cette jeune Rachel, qu'elle va quitter Vilna pour toujours, se rendre en Russie, au bord de la Volga où l'attend l'homme qui lui est destiné ? Et que, de là, d'autres violences la chasseront et la conduiront jusqu'en France ?

Comme les autres filles du village, elle voudrait se baigner dans la rivière qui se fraye un chemin à travers la forêt de pins, se laisser emporter par le tourbillon le long de la rive escarpée couverte de buissons et d'herbes folles, se dévêtir et flotter, allongée sur le dos dans l'eau verte, limpide comme du cristal. Si on la voyait ? Quelle horreur ! Qu'arriverait-il à une jeune fille juive ? Elle soupire, résignée. L'orage stagne sous le ciel plombé.

Un épervier planait en décrivant des cercles concentriques au-dessus de la foire. Il ne restait que les seaux à ordures en plastique. Rachel était seule parmi des blocs d'immeubles qui la cernaient, les pieds enfoncés dans la boue noire. Elle vacilla. Ce monde-là avait disparu, englouti, carbonisé. La communauté juive avait été assassinée, sa culture anéantie, perdue à jamais, à peine vivante dans la mémoire de quelques-uns. Ici, il ne restait plus que des odeurs nauséabondes. On parlait de réhabiliter d'anciens nazis.

Steve s'était rapproché de Rachel. Elle était en larmes. Elle n'avait pas honte. Il savait pourquoi elle pleurait. Où étaient leurs grand-mères ? Assassinées ? Déportées ? Disparues ? Elle n'était venue ici que pour trouver des fantômes. Près d'un demi-siècle s'était écoulé. De la communauté de Vilna de près de quatre-vingt mille personnes, il en subsistait à peine six mille aujourd'hui. La culture ashkénaze de Vilna avait disparu, sauf dans la mémoire collective de New York, Tel-Aviv ou Melbourne.

L'orage éclata enfin. La pluie commença à ruisseler sur Steve et Rachel. Rachel tremblait.

Elle ne bougeait plus du centre de cette place. Steve dut l'entraîner à l'abri sous un porche, loin de ce lieu devenu maléfique.

– Viens. Il faut trouver un endroit pour dormir ce soir. On ira dès que l'averse s'arrêtera. Il va faire nuit.

16.

Povidas

Pour trouver un taxi, il leur fallut quitter la ruelle, sortir de l'entrelacs des cours, rejoindre un boulevard circulaire. Dans les quartiers modernes, la blancheur ternie des immeubles en série, le dessin géométrique des interminables travaux routiers éventraient la terre jaune de la ville. Sur les trottoirs, des vendeurs à la sauvette proposaient des porcelets ou des chiots emprisonnés dans des sacs de pommes de terre. De petits drapeaux jaune, vert, rouge en chiffons apparaissaient au coin des rues, symboles de la Lituanie libérée face à l'oppresseur. Les chars russes semblaient avoir disparu. Le 11 mars 1990, le président Landsbergis avait proclamé l'indépendance de la République. Des hélicoptères russes sillonnaient encore le ciel, lâchant des tracts qui invitaient la population à ne pas accepter la sécession. On croisait dans les rues des militaires soviétiques faussement nonchalants, circulant par deux, dans l'indifférence générale. En janvier dernier, les Russes avaient envoyé des parachutistes sur Vilnius. Les militaires avaient occupé la télévision. Il y avait eu quinze morts, plus d'une centaine de blessés parmi la population civile. En février, on avait pourtant voté l'indépendance par référendum. Le calme semblait s'installer malgré la présence de chars russes stationnés à l'extérieur de la ville. L'indépendance n'existait que sur le papier. Ce petit pays était dépendant de l'ancienne Union soviétique.

Rachel et Steve déambulèrent longtemps dans Vilnius. Les nids-de-poule comme à Saint-Pétersbourg secouaient la suspension du taxi. Les hôtels où ils tentèrent d'obtenir des chambres affichaient complet, réservés à des groupes de touristes venus de l'ancienne Union soviétique. Il n'y avait aucune place pour des voyageurs individuels, leur répondait-on.

– Ne t'inquiète pas. Je connais des gens ici. On va trouver des chambres chez l'habitant, ça sera plus sympathique.

La nuit était tombée. De rares lumières vacillaient sur les collines alentour, à travers les forêts qui cernaient la ville de leurs profondeurs.

L'intérieur de la maison où ils pénétrèrent paraissait décent. Une cafetière chauffait sur la cuisinière. Dans la pièce sombre où leurs hôtes les conduisirent, il n'y avait qu'un vaste lit recouvert d'un édredon rouge à fleurs fanées.

« A quoi bon expliquer ? » se disait Rachel.

Ils avaient déjà de la chance à cette heure-ci d'avoir cette chambre. Le rideau de toile rêche, tiré sur l'unique fenêtre, laissait deviner les carreaux trempés par l'orage. Cette vitre mouillée de pluie, la fatigue l'accablaient. Rachel ne savait plus où la conduisait sa route. Le chemin qu'elle avait parcouru l'emplissait d'une immense lassitude. Elle regarda cet homme jeune, qu'elle ne connaissait pas le matin même. Il se dégageait de lui une légère odeur boisée. Si Steve avait tenté le moindre geste envers elle, elle l'aurait repoussé, mais il était là. Ils se trouvaient ensemble loin de tout dans une ville étrangère, protégés. Elle essaya de parler. Ses mot s'embrouillèrent.

– Ecoute, demain ou après-demain, je vais retourner à Saint-Pétersbourg. Je suis amoureuse d'un homme là-bas, avec qui je vis. Toi, tu vas rentrer à New York. Je ne sais plus...

Face à lui, elle souriait presque timidement.

– Ne m'explique rien. Cela n'a pas d'importance. On est à l'abri. C'est tout.

Une rafale vint fouetter la fenêtre. Ils se tenaient immobiles, l'un en face de l'autre. Ses cheveux roux trempés pendaient en longues mèches dégoulinantes autour du visage livide de

Rachel. Ses traits accusaient la fatigue. Elle savait que cette histoire serait sans lendemain, qu'ils ne se reverraient jamais. Mais elle avait besoin de sa chaleur, que s'éloignent d'elle les fantômes qui la cernaient. Les yeux noyés, hagards, elle le regardait. Steve eut envie de la prendre dans ses bras, de lui poser d'autres questions. Mais il s'abstint et ne fit aucun geste qui aurait pu rompre l'équilibre qui s'était établi entre eux. Elle avança, vint contre lui.

– S'il te plaît, serre-moi dans tes bras, je t'en prie... Ces fantômes !

La pluie, un instant apaisée, avait redoublé d'intensité. Il la ramena vers le lit à l'édredon rouge. Ils firent l'amour avec cette soif qui jette l'un vers l'autre deux inconnus, dans le silence troublé par le tambourinement de la pluie contre la vitre. Rachel garda les yeux ouverts. Elle fixait Steve sans le voir, au-delà des choses, absente. Au-delà du sexe, il y avait dans sa manière de lui faire l'amour, dans ses gestes, une douceur, une tendresse qui la laissaient flotter. La pluie avait cessé. Seuls des cris d'oiseaux nocturnes traversaient le silence de la nuit. Rachel ne dormait pas. Roulé dans le drap, Steve dormait à côté d'elle. Sa main était posée sur son ventre, comme pour la protéger à travers son sommeil, lui faire savoir qu'il était là. Elle entendait son souffle régulier. Ce souffle la tranquillisait.

Toute sa vie, elle se souviendrait de cette nuit, de cet homme, de sa tendresse. Il resterait son ami. Même s'ils ne devaient plus se revoir.

Elle se leva, s'approcha de la fenêtre, souleva le rideau. Un croissant de lune se dessinait sur le ciel détrempé, encore brumeux. Demain, elle repartirait pour Saint-Pétersbourg. Elle savait qu'ici ne restaient que des fantômes. Qui Anatoly était-il venu photographier ? Qui venait-il rencontrer dont il ne voulait pas lui parler ? Pourquoi avait-il refusé de l'accompagner à Vilnius ? Que tentait-il de cacher de ses activités ? Personne ne voulait rien lui dire à propos d'Anatoly. Elle revint vers le lit. L'odeur boisée de Steve embaumait les draps. Elle se recoucha à côté de lui. Le jour commençait à se lever quand elle parvint enfin à s'endormir.

A son réveil, Steve n'était plus dans la pièce. Elle se rhabilla, ouvrit la porte. Attablé à la table de la cuisine, il discutait avec le jeune couple qui les avait hébergés, un plan de la ville étalé sur la table. A la manière dont il lui tendit la tasse de café, à son sourire, elle sentit que tout serait simple.

– On a rendez-vous avec un type qui travaille au Centre de culture juive. Il nous attend. C'est par la bibliothèque que je voudrais commencer. Ça va t'intéresser. Avant je voudrais t'emmener dans l'ancien quartier juif de Zydowska. Tu vas comprendre beaucoup de choses.

Sur l'écran de la télévision, tel un professeur, le président Landsbergis expliquait à ses concitoyens d'une voix posée un peu monocorde qu'il fallait garder une attitude digne. Pas de provocations, disait-il, envers les anciens occupants.

Ils quittèrent le jeune couple en les remerciant pour leur hospitalité. Steve reviendrait.

Où était située la maison du grand rabbin Grodzenski, gardien inflexible de la loi ? Rien de l'emplacement de la Kehilla. Comment localiser certains lieux du souvenir ? Les rues avaient été débaptisées. Il n'y avait aucun monument commémoratif, pas la moindre plaque pour rappeler que, de ce ghetto, des dizaines de milliers de juifs avaient été emmenés à pied dans les forêts de Panirai, pour y être assassinés. Sur le monument de Ponar, raconta Steve, on rappelait que cent mille citoyens soviétiques avaient été exécutés par les nazis. Il n'était pas question des trente-cinq mille juifs exterminés, des rabbins, des responsables communautaires. Comme l'avait déclaré Emmanuel Zingeris, le jeune député de la communauté juive de Lituanie : « Je ne suis que le gardien des tombes qui se dressent innombrables à Vilnius. Ici, nous ne sommes que des fantômes... »

Dans l'immense salle vide du Centre juif, aux

carreaux gris, où se tenait leur interlocuteur, le plancher craquait. Povidas, un scientifique d'une quarantaine d'années, au visage émacié, les attendait. Il semblait accorder beaucoup d'importance à la présence d'un Américain ici. Il les entraîna à l'écart, au fond de la salle où ils s'installèrent sur des chaises, raides comme au théâtre.

– Je suis heureux de vous accueillir.

Il s'exprimait dans un excellent anglais.

– Le directeur de l'Institut international juif de New York nous a rendu récemment visite pour examiner nos matériaux. Il a promis de nous aider. Le documentaire que vous préparez est important pour sensibiliser les gens à nos problèmes. On possède de remarquables collections de livres anciens de grande valeur qui datent d'avant-guerre, des journaux yiddish, des documents inédits. On aimerait reconstituer nos archives, en mauvais état, entassées n'importe où, n'importe comment. Chaque jour, elles s'abîment davantage. Il y en a tellement !

Povidas fit un geste désabusé, balayant l'air de ses paumes ouvertes. Rachel remarqua à l'intérieur de profonds sillons rouges, gravés dans la chair. Il ne cessait de jeter des coups d'œil autour de lui. Il paraissait gêné par les témoins qui circulaient. Il baissa la voix, continua :

– Il faudrait avoir des moyens. C'est un travail gigantesque. On manque de spécialistes, d'équipements. Les reliques sont éparpillées. On aimerait créer un musée d'Etat, mais on nous a dit que si l'on se mettait à constituer un musée d'Etat juif, les autres minorités allaient demander la même chose. Alors il faut qu'on se débrouille. Nous recevons des dons des communautés juives du monde entier. Mais c'est une goutte d'eau, au regard de nos besoins. Dans un ancien couvent de dominicains au « Palais du livre », on a déjà rassemblé des milliers de documents sauvés grâce à l'énergie de quelques-uns, soixante-dix rouleaux de la Torah, des journaux en yiddish.

Il s'adressa à Rachel :

– Il vous a emmenée dans le ghetto juif avant de venir ici ? Il a été soi-disant préservé, mais vous avez vu, c'est à peine si on a réussi à rebaptiser à l'ancienne quelques rues. Les derniers cimetières juifs sont à l'abandon. Récemment, près de Kaunas, des Russes et des Lituaniens ont pillé un cimetière juif. Il existe des organisations nationalistes qui semblent chercher un bouc émissaire. Ils évoquent l'appartenance des juifs au parti communiste clandestin avant la guerre, pour justifier l'holocauste sur le territoire lituanien. Et les rabbins et les femmes et les enfants massacrés étaient-ils communistes ? Notre avenir est incertain. Les traditions juives, la nourriture koshèr, la circoncision, on a oublié ce que c'est. Les derniers juifs croyants ont disparu, et avec eux les coutumes juives. Certains luttent encore avec passion. Il y a des associations d'étudiants juifs, de médecins, de journalistes. Firma Branson a créé un mensuel en yiddish. Mais qui parle encore yiddish ? On a tenté de l'introduire comme cours facultatif à l'université, mais il a fallu utiliser des polycopies proposées par des professeurs qui vont partir à l'université de Tel-Aviv. Combien sommes-nous encore ? Six, sept mille ?

Steve tenta de poser une question qui paraissait essentielle aux juifs américains.

– Maintenant que la Lituanie a accédé à l'indépendance, est-ce que la situation des juifs sera meilleure ? Votre président Landsbergis a déclaré sa volonté de ressusciter la « Jérusalem du Nord », mais on dit aussi qu'on va réhabiliter les anciens nazis.

Povidas regarda Steve droit dans les yeux. Son regard clair ne cillait pas.

– Si vous faites ce film, ce qu'il faudra dire, c'est qu'il n'y a aucun avenir pour les juifs en Lituanie. Il vaudrait mieux partir tout de suite. Mais que les derniers d'entre nous s'en aillent dignement, mettent en ordre les archives, arrangent nos cimetières. Un être civilisé laisse derrière soi de l'ordre. C'est un problème de dignité. C'est pourquoi je reste.

On sentait que les fantômes venaient le hanter et l'obsédaient. Steve et Rachel furent frappés par la gravité des propos du jeune scientifique. Tel était le cinéma auquel ils croyaient, la raison pour laquelle ils avaient choisi d'exercer ce métier : témoigner.

Povidas les raccompagna à la porte de l'immense salle déserte. Les carreaux laissaient passer peu de lumière. On se serait cru au crépuscule.

– Dès que votre équipe sera là, je me mettrai à votre disposition. Je vous attends. Je vous aiderai de toute mon âme.

La lourde porte métallique se referma derrière lui.

– Est-ce que tu crois qu'ils accepteraient de parler, de se laisser filmer, ces anciens nazis ?

– Certainement. Et ils trouveront des justifications à leurs actes de barbarie.

Dehors, le ciel plombé annonçait l'orage. Rachel prit Steve par le bras.

– Ecoute, je vais partir ce soir. Je ne veux pas rester à Vilnius. Je vais reprendre le train de nuit. Je n'apprendrai rien de plus ici, ou alors ma vie entière n'y suffirait pas. J'ai besoin de réfléchir. Les traces de ma grand-mère ont disparu des rues de cette ville, habitée par trop de fantômes. On n'a pas besoin de moi pour écrire l'histoire. Des journalistes, des universitaires comme toi, beaucoup de juifs éminents et brillants de par le monde le feront mieux que moi.

Elle considéra Steve avec tendresse. Elle quittait cet homme avec qui elle n'avait passé que vingt-quatre heures. Avec lui, elle avait retrouvé cette lumière qu'elle cherchait. Cette jeune fille, fantôme d'une civilisation massacrée, mais non disparue, vivrait désormais en elle.

– Je n'oublierai jamais ces journées de Vilna. Je ne veux plus dire Vilnius.

Rachel cherchait à cacher l'émotion qui la submergeait. Povidas leur avait parlé de dignité. Steve, aussi ému qu'elle, tenta de répondre d'un ton qu'il voulait léger :

– Je vais rester trois semaines ici. Ensuite je rentrerai à New York pour monter le film. A C.B.S., ils veulent le passer très vite à cause des événements de Lituanie. Après j'irai sans doute à Cuba...

– Emmène-moi à la gare, s'il te plaît.

Une boule lui remontait dans la gorge. Elle ne voulait surtout pas que Steve la vît pleurer. Peut-être penserait-il que c'était à cause de lui.

Dans le taxi qui les emportait, ils ne parlèrent plus. Le chauffeur les déposa devant les bâtiments beiges où ils retrouvèrent l'oppressante architecture soviétique. Que pouvaient-ils se dire qu'ils ne savaient déjà, sinon échanger leurs adresses. Se retrouveraient-ils un jour, à New York, ou ailleurs ?

– Je voudrais que tu m'envoies la cassette de ton film quand il sera fini, demanda Rachel.

Elle tenta un peu d'humour.

– Si tu viens à la gare de temps en temps, tu trouveras peut-être d'autres voyageuses perdues à la descente du train ! Qui sait ?

Un train repartait cette nuit. Rachel préféra attendre seule sur le quai de la gare. Des adieux prolongés auraient été tristes.

Dans le train qui la ramenait à Saint-Pétersbourg, elle ne parvint pas à s'endormir. Les yeux grands ouverts, le regard vague, comme hébété, ne se fixait nulle part. Elle se sentait submergée par le désarroi. Retrouverait-elle jamais le sommeil ? Ces fantômes allaient-ils l'assaillir pour le restant de ses jours ? Etait-ce pour la culpabiliser ? Mais de quoi ? Etait-elle responsable de toutes les atrocités qui s'étaient abattues sur la communauté juive d'Europe ?

Cette fois, elle n'était pas seule dans son compartiment. Une grosse babouchka entourée de ses paniers et un petit homme trapu à moustaches, aux yeux bruns tristes, lui faisaient face. Une épouvantable odeur d'ail empestait le compartiment. Ils tentèrent de lui parler. Ils la dévisageaient avec curiosité mais abandonnèrent la conversation devant la barrière de la langue. Ils ne cessaient de faire des gestes dans sa direction, tentant un laborieux dialogue de sourds. Ils ouvrirent l'un des paniers, en sortirent une bouteille de vodka que l'homme lui tendit. Elle ne put refuser. La femme lui souriait de sa bouche édentée. Elle ne voulait pas les offenser. Elle accepta, en but une longue gorgée au goulot. Après tout, c'était agréable cette chaleur qui se répandait en elle. Ils allaient devoir probablement passer le reste de la nuit ensemble.

Le couple finit par s'endormir, chacun calé sur sa couchette. La femme avait pris soin d'entasser autour d'elle ses paniers. Seuls leurs ronflements trahissaient leur présence.

Il faisait moins froid dans ce train, et ces compagnons-là n'étaient pas désagréables.

Cent fois on leur avait posé la même question : pourquoi les juifs d'Europe étaient-ils montés dans les trains comme des agneaux à l'abattoir ? Pourquoi avaient-ils accepté de porter les étoiles jaunes ? Comment auraient-ils pu croire que des Européens civilisés, même antisémites, les entassaient dans ces trains uniquement pour les exterminer ailleurs ? A l'époque c'était inconcevable. Les Allemands, avec la complicité des gouvernements en place, leur avaient menti, déclarant qu'ils seraient installés dans des camps de travail et même, en supposant qu'ils se fussent doutés de la vérité, comment auraient-ils pu se battre ? Avec quelles armes ? C'étaient des juifs européens. Ils croyaient encore à l'autorité des « gentils » pour faire respecter l'ordre et la loi.

Puis il y avait eu la création de l'Etat d'Israël en 1948, et tout avait changé pour le peuple juif. En 1967, Rachel s'en souvenait comme si c'était hier, son propre frère, ses cousins, et beaucoup d'autres, avaient interrompu leurs études. Ils se portaient volontaires pour partir défendre le jeune Etat d'Israël menacé. A Paris, à Londres, à Washington, les ambassades d'Israël étaient assaillies de demandes. Tsahal (l'armée d'Israël) ne pouvait pas les enrôler, mais ils étaient affectés à toutes les tâches civiles que les soldats devaient abandonner pour se rendre au front : conduire les autobus, récolter les fruits, assurer les liaisons, etc. On avait tremblé pour tous ces jeunes gens, filles et garçons, entraînés dans le fracas d'un pays en guerre ; et pourtant, comme on était fiers d'eux !

Sous le fuselage étincelant sous le soleil de chaque avion de Tsahal survolant le désert, le monde entier découvrait alors l'étoile bleue de David. Il n'y aurait pas de deuxième holocauste.

Le train de Vilnius progressait à travers la campagne lituanienne dans les grincements de l'acier, de la ferraille mal ajustés, mais Rachel entendait les bruits des moteurs, les grondements des combats de la guerre des Six Jours.

Elle voyait un no man's land éclairé comme en plein jour, vaste désert de barbelé, d'ordures et de ruines rongé par les herbes, les chars sortant de la nuit et s'avançant. Des explosions projetaient des gerbes de terre, de gravats et de barbelés. Les canons commençaient à tirer des remparts de la vieille ville de Jérusalem. Au milieu de ce vacarme incendiaire, dans l'antique quartier religieux, un vieux rabbin chantait doucement des psaumes. De jeunes soldats avaient demandé sa bénédiction avant le combat. L'odeur de mort et de brûlé, des chars incendiés, des véhicules renversés, évoquait les combats acharnés.

Quand cela cesserait-il enfin pour le peuple juif ?

Il ne fallait pas se laisser troubler par l'émotion, par les souvenirs. Elle aussi devait, à sa manière de cinéaste, témoigner. L'idée du film qu'elle entendait réaliser un jour commença à germer. Elle sortit ses carnets de notes, petits cahiers rouges qui ne la quittaient jamais. Elle n'avait plus la force d'écrire. La main crispée sur le stylo ne parvenait pas à former les mots. Ses yeux la brûlaient, ne réussissaient pas à se fixer sur la page. Elle dut renoncer. A Vilnius, elle avait peut-être trouvé tout autre chose que ce qu'elle était venue chercher.

C'était cette lumière douce, dorée, au bord du fleuve au crépuscule qu'il faudrait montrer d'un village lituanien. Deux jeunes filles se cachent dans les hautes herbes, elles veulent se baigner ensemble. Cette obsession de l'eau, du courant qui vous emporte. L'une est juive et l'autre pas. Elles n'ont probablement pas le droit de se rencontrer. La ségrégation existe. Peut-être le père de l'une est-il venu acheter chez le commerçant juif le hareng ou les raisins secs qu'il ne trouve pas ailleurs. Un jour sa fille l'a accompagné, et la petite Rachel, cachée derrière le comptoir, a aperçu avec étonnement les longs cheveux blonds dévoilés de la jeune fille lituanienne. Elles se sont rejointes à l'entrée du village, elles sont devenues amies en cachette de leurs parents. Elena est peut-être tombée amoureuse du grand frère aux cheveux roux de Rachel. Une nuit, des paysans en colère brûlent la synagogue et elles décident de s'enfuir ensemble du village. C'est l'intrusion de la violence dans un havre de paix paysan. Mais c'est cette lumière, ces odeurs, cette douceur de la campagne qu'il faudrait raconter, faire revivre la place du village, les ruelles, les échoppes, les forêts alentour, ce village qui n'existe plus dans les mémoires. La suite a été racontée, reconstituée. Elle appartient à l'histoire. Rachel voudrait montrer cette jeune juive de Lituanie, d'avant le désastre, la tendresse d'une humanité qui va être balayée : « Elena et Rachel » dans un monde en suspens, cette Europe centrale où surgissent ces flambées de haine contre les minorités. Il faudra enquêter, consulter des documents, reconstituer chaque détail. Ce sera sa contribution à l'histoire de son passé, de sa famille. Effectuer ce travail de fourmi, amasser la documentation et puis tisser, inventer à partir de cette vérité historique précise, des personnages, les faire revivre et aimer.

Rachel ne s'endormit que dans les dernières heures du parcours. Elle fut réveillée par deux contrôleurs qui lui demandaient de présenter ses papiers. Cette fois, le couple s'en chargea pour elle. Il n'y eut pas à parlementer. Ils expliquèrent une histoire à laquelle elle ne comprit rien, mais qui sembla les satisfaire.

Le train arriva en gare de Saint-Pétersbourg.

17.

Rachel

Dans le taxi qui la ramenait dans l'île Vassilievski, Rachel se demanda comment elle allait affronter Anatoly. Devrait-elle parler de sa rencontre avec Steve ?

Comment vivre avec tous ces fantômes auprès de cet homme qu'elle aimait mais qui ne voulait rien entendre de ce qui l'habitait ? Comment allaient-ils se retrouver ? Pourrait-elle évoquer avec lui la condition des juifs de Lituanie, aussi instable et fragile que celle des juifs de Pétersbourg ?

« Il fallait fuir pendant qu'il en était encore temps, avant que les nationalismes exacerbés ne les désignent à nouveau comme boucs émissaires », répétaient les amis d'Anna.

En montant l'escalier, Rachel prit le parti de se taire à propos de Steve. Cette rencontre ne modifiait pas ses sentiments à l'égard d'Anatoly. L'atelier vide, le lit dans l'état où ils l'avaient quitté laissaient supposer qu'Anatoly n'avait pas dormi là. Elle essaya de téléphoner à Alexandre et Xenia, sans succès. Elle eut envie d'une douche. Dans l'appartement désert, l'eau glacée acheva de la réveiller. Elle n'avait peur de personne. Elle entreprit de ranger le peu de vêtements qu'il lui restait. Les autres, elle les avait distribués à ses amies. Ce n'étaient que des bouts de tissu, ils feraient des roubles pour organiser une fête. Elles les avaient d'ailleurs probablement déjà revendus, quelle importance ?

En soulevant le rideau à fleurs, elle aperçut en haut des étagères une liasse de photos qu'Anatoly avait dû déposer en son absence. Curieuse, elle les attrapa. C'était une série de portraits, en noir et blanc, d'hommes âgés, presque des vieillards, en uniformes, leurs vareuses couvertes de médailles militaires. Malgré leur âge avancé, certains avaient le regard hautain, perçant. Elle ne savait pas au juste pourquoi ces regards qui fixaient l'objectif la mettaient mal à l'aise. Il y avait une vingtaine de photos. Elles n'avaient pas été réalisées en studio, dans la rue plutôt, en reportage. Le tirage semblait récent, fait sur du mauvais papier. Qui pouvaient bien être ces hommes ?

Elle examina encore les photos, cherchant ce qui lui provoquait ce malaise. En observant de plus près le fond, derrière eux, elle crut reconnaître les murs, la forme de la pierre. Elle poussa un cri de saisissement. Mais oui ! Elle distinguait nettement. Cela ressemblait aux murs des maisons de Vilnius dans le quartier juif où Steve l'avait conduite la veille. Elle en était sûre. Ces photos avaient été prises là-bas. Mais qui étaient ces hommes ? Quels étaient ces uniformes ? Ils rappelaient ceux des S.S. Elle eut une pensée qu'elle repoussa. Ça n'était pas possible : Anatoly ne les aurait pas emmenés là pour les faire poser ! Elle ne pouvait plus détacher les yeux des photos. Ces regards semblaient la défier. Elle ne pouvait plus les regarder. Elle replaça les photos sur l'étagère, là où elle les avait prises. Pour quoi et pour qui Anatoly avait-il réalisé ces portraits ?

Elle tenta de joindre Anna. Il fallait qu'elle lui parle. Elle n'avait pas pu disparaître ainsi ! Elle devait apprendre quelque chose à propos des mouvements néo-fascistes. Anna en avait peut-être été la victime. Anatoly avait-il un lien quelconque avec eux ? Serait-ce pour cette raison qu'il évitait d'aborder avec elle ce qui concernait le problème juif ? Qu'il refusait de l'aider dans ses recherches ?

Cette réserve que ses amis ressentaient à l'égard d'Anatoly, comme s'ils le craignaient. La violence qu'il déclenchait autour de lui. Ses rendez-vous mystérieux. Ces secrets, cette manière qu'il avait d'esquiver ce qui concernait Anna. Ne serait-elle pas tombée amoureuse d'un jeune fasciste ? Le doute commençait à la ronger.

Un bref instant, elle repensa à Steve, sa clarté. Que faisait-il à Vilnius en ce moment ? Etait-il retourné dans cette chambre où ils avaient passé la nuit ? A lui, elle aurait pu parler de ces photos.

Emportée dans le cours de ses pensées, elle ne se rendit pas compte de l'odeur de brûlé qui commençait à envahir l'appartement. Au moment où une longue flamme claire jaillit de sous la porte, elle comprit ce qui se arrivait. Elle courut l'ouvrir, attrapa au passage son carnet de cuir sur la table. Trop tard pour s'échapper. Le feu avait envahi le couloir. Les flammes rampaient le long des murs. Elle referma la porte le plus vite qu'elle put, en boucha le pourtour avec une couverture afin d'empêcher l'air de passer et s'opposer au feu. Puis elle se précipita pour ouvrir la fenêtre, appeler au secours.

Et si les pompiers n'arrivaient pas ? Elle ne pouvait se jeter du cinquième étage ! Elle allait mourir carbonisée, comme sur un bûcher. Elle sentait déjà la chaleur du feu se rapprocher d'elle, les flammes la cerner.

En bas, dans la cour, accourues des maisons voisines, les grand-mères alertées par la fumée commençaient à entasser des matelas. Tout le monde hurlait. On l'encourageait à se lancer avec de grands gestes. Malgré les matelas qui tapissaient la cour, elle ne pouvait sauter d'une telle hauteur. Elle allait se rompre le dos. La panique la gagnait.

Soudain, avant qu'elle puisse comprendre ce qui lui arrivait, elle se sentit emprisonnée dans une couverture qui l'aveuglait. Des bras puissants l'enserraient dans un étau, la balançaient dans le vide. Cette masse énorme la tenait toujours. Elle n'eut pas le temps d'avoir le vertige. En quelques secondes, elle s'écrasa, rebondit dans l'épaisseur des matelas. Elle suffoquait, meurtrie, rouée de coups. Comme dans un film d'épouvante, la « chose » allait achever de la briser.

Les glapissements se rapprochèrent d'elle. Les vieilles arrachèrent la couverture qui l'emprisonnait. Autour d'elle, on applaudissait. Etourdie, recroquevillée, elle ouvrit les yeux, bougea un pied, une main, essaya de se redresser. Rien n'était cassé. A côté d'elle, Guenka grimaçait de douleur en se tenant le bras. En un instant, elle comprit ce qui venait de se passer. Cet homme lui avait sauvé la vie en se jetant dans le vide avec elle.

Les sirènes des pompiers se firent entendre. Ils déboulèrent dans la cour, ajustèrent leurs lances d'incendie. Là-haut, les flammes ravageaient les fenêtres. Si Guenka ne s'était pas trouvé là, elle serait morte carbonisée.

Les vieilles leur tendirent de la vodka. On la poussa vers Guenka. Ils s'embrassèrent sous l'ovation de la foule.

Qu'était-il arrivé ? A quoi était dû l'incendie ? Négligence de l'un des locataires, mégot mal éteint, court-circuit causé par l'installation électrique vétuste ? Ou s'agissait-il d'un incendie d'origine criminelle ? Le feu s'allumait ainsi d'un bout à l'autre de la ville, sans qu'on en connaisse la cause. Chaque jour, la télévision rendait compte d'appartements, de restaurants, de voitures dévorés par les flammes.

Et ses papiers, ses derniers dollars, son billet d'avion ? Elle était saine et sauve, cela suffisait !

L'épaule et le bras de Guenka enflaient à vue d'œil. Il devait avoir une fracture. On proposa de le conduire à l'hôpital.

– N'y va pas ! cria une vieille. Ils vont te tuer là-bas ! C'est pour les privilégiés de la nomenklatura, la médecine soviétique. Les autres, ils peuvent crever. Ils vont te faire des analyses, te donner des maladies contagieuses. C'est dégueulasse, l'hôpital !

Doussia, une voisine infirmière, veillait sur la grand-mère d'Anatoly, à l'hôpital depuis des mois.

– Il n'y a même plus de médicaments, tout le monde les vole et trafique, ajouta-t-elle.

Elle reconnut Rachel et lui proposa de venir se

réfugier chez elle. Face au danger, la solidarité jouait dans la cour, ils s'étaient habitués à la présence de cette étrangère parmi eux qui acceptait de partager leurs conditions de vie difficile.

Rachel les remercia. Elle préféra se faire conduire avenue Ligovski, chez Alexandre et Xenia, où elle espérait avoir des nouvelles d'Anatoly. Elle devrait peut-être rentrer à Paris, les avertissements devenaient menaçants.

Avenue Ligovski, les amis installés dans la cuisine rappelèrent à Rachel le soir de son arrivée. Youri, le violoniste au bec-de-lièvre, revenait d'une tournée en Ukraine. Tatiana, la « boulotte de Moscou », la belle Natacha, disparue depuis leur virée chez les militaires, sifflaient de la vodka à son succès.

L'incendie de l'atelier n'étonna personne. Ça arrivait tout le temps, peut-être une télévision qui avait implosé. A Moscou, déclara Tatiana, les gens de la mafia mettaient le feu aux immeubles pour faire fuir les locataires et récupérer ainsi leurs appartements. On ne pouvait rien y faire. Personne n'avait de preuve.

Natacha paraissait abattue. Tamara l'avait quittée. Elle avait suivi un musicien et s'était installée avec lui du jour au lendemain. Après l'avoir nourrie et protégée des mois comme sa propre fille, Natacha se sentait abandonnée. Imbibée de vodka, les yeux vitreux, elle laissait retomber la tête sur la table. Ses longs cheveux roux balayaient la cendre des mégots. Rachel tenta de lui parler d'Anatoly. Elle n'écoutait pas. Elle finit par relever la tête, le rimmel maculait son visage pâle en traînées noirâtres. Elle se mit à crier :

– La petite est une ingrate, elle va le payer !

– Anatoly finira bien par passer ! lança Youri. Il n'y a qu'à l'attendre, à moins que ses fréquentations ne l'aient entraîné dans une sale combine !

Qu'est-ce qu'il insinuait ?

– Tu n'as sans doute pas entendu parler d'un certain Vladimir Jirinowski. C'est l'un des nouveaux amis d'Anatoly. Il n'aime pas beaucoup les juifs celui-là, bien que le bruit coure que son propre père était juif. Ils emploient des méthodes plutôt brutales pour nettoyer la ville !

Tatiana l'interrompit :

– Tais-toi, Youri ! Arrête tes ragots. Tu dis n'importe quoi.

Youri insista :

– Tu sais très bien avec qui Anatoly se trouvait à Moscou la semaine dernière ! Tes copains de la télévision l'ont vu.

– Ça va, laissez Rachel tranquille. Cela ne la regarde pas. Vous non plus ! Foutez-nous la paix avec ces histoires, vous ne savez rien d'Anatoly, et toi le youpin, arrête ton délire de persécution. Est-ce que quelqu'un est déjà venu frapper ta sale gueule ou brûler ta maison parce que ta conne de mère était juive ?

Natacha avait relevé la tête. Ses yeux injectés de sang fixaient Youri d'un air mauvais. Elle se mit debout avec difficulté, tituba, prit Rachel par les épaules, la poussa hors de la cuisine.

– Toi, va dormir. C'est pas tes salades !

Elle revint sur Youri tête baissée, prête à la bagarre. Youri, très pâle, se tenait debout, immobile au milieu de la cuisine ; l'émotion accentuait la déformation de son visage.

Alexandre jusque-là n'était pas intervenu. Il se leva, s'interposa entre les deux. Brandissant sa bouteille de vodka, il repoussa Natacha.

– Allez, buvons plutôt à la santé du K.G.B. défunt !

Rachel n'entendit pas la suite. Elle alla s'écrouler sur son ancien lit de camp.

Anatoly la retrouva là au milieu de la nuit. Il venait d'apprendre par les voisins son retour et les ravages de l'incendie.

Recroquevillée sur le lit étroit, Rachel, épuisée par ses nuits blanches, dormait d'un sommeil agité. Elle n'avait pas ôté ses vêtements fripés. Ses cheveux roux emmêlés lui cachaient à moitié le visage. Anatoly hésita à la réveiller. Il sentait confusément que, malgré sa tendresse envers Rachel, celle-ci s'éloignait de lui. Elle s'enfermait de plus en plus dans ses rêves. Elle noircissait des pages de ses cahiers, voyait moins leurs amis. Et pourtant, comme il aimait cette jeune femme aventureuse échouée par hasard auprès de lui dans le tumulte de sa ville ! C'était la première fois depuis longtemps qu'il ressentait un tel désir, une telle tendresse à l'égard d'une femme. Elle paraissait à la fois si téméraire et si vulnérable. Mais il devait refouler ses sentiments. Ces dernières années, depuis sa rupture avec Natacha, il avait eu de nombreuses aventures sans lendemain. Pétersbourg abondait en filles faciles et séduisantes qui cherchaient à s'étourdir dans la fête. Il passait de l'une à l'autre avec désinvolture, sans jamais s'attacher. Mais cette Rachel, il aurait voulu la garder auprès de lui, partager avec elle ses secrets, ses passions. Mais ses activités, la tâche qu'il avait à mener, ne lui permettaient pas de s'impliquer dans une histoire d'amour. Il fallait laisser faire la vie. Il n'avait pas le droit de la retenir ici.

Dans son sommeil, Rachel devina une présence contre elle, mais engourdie par la fatigue, elle fut incapable de réagir. Elle voulait continuer à dormir. Anatoly la secoua. Il arrivait de Moscou. Rachel se retourna, ses cheveux se dressaient en épis autour de sa tête.

Elle se réveilla complètement, s'assit sur le lit, tira sur son tee-shirt, regarda l'heure. Quatre heures du matin. Aucun bruit ne parvenait de la cuisine. Personne n'avait le sens de l'heure ici.

– Qu'est-ce que tu fais ? A quoi es-tu mêlé ? Cet incendie ? Je t'en prie, Anatoly, dis-moi enfin ce qui se passe.

Ils chuchotaient dans l'obscurité. Malgré l'envie de le revoir, Rachel n'en pouvait plus. Elle étouffa un bâillement. Elle sentait la chaleur d'Anatoly contre elle.

– Ecoute-moi, Rachel, je sais que c'est difficile mais je te supplie de me croire. Je ne fais rien dont tu pourrais avoir honte, bien que pour l'instant je ne puisse rien te dire. Quand on sera à Paris, si un jour on vit ensemble, je te parlerai. Aujourd'hui je n'en ai pas le droit. Je ne suis pas seul, d'autres gens autour de moi sont impliqués. Ça serait dangereux, pour eux et pour toi. Si tu me quittes, je serai très malheureux car je tiens à toi plus que je n'ai jamais tenu à une femme. Ne m'en demande pas davantage.

Rachel eut l'impression qu'elle pourrait obtenir des réponses d'Anatoly. Elle n'avait plus rien à perdre. Elle allait abandonner cette ville. Elle insista :

– Qu'est-il arrivé à Anna ? Elle avait peur de toi. On dit que tu fréquentes des gens bizarres à Moscou.

De quel droit lui posait-elle ces questions ? Elle hésita. Devait-elle parler des photos des vieillards en uniforme ? Elles avaient probablement brûlé dans l'incendie.

Anatoly s'était relevé, sans lui répondre.

– Si tu veux encore essayer, pour nous deux, je viendrai te chercher tout à l'heure. On doit me donner les clefs de l'appartement d'un ami, en attendant. Rendors-toi !

Elle sentit son souffle tiède sur le visage. Il disparut dans l'obscurité tel un chat.

En se réveillant, elle décida de rester avec Anatoly. Elle devait lui faire confiance. Elle aimait cet homme malgré ses zones d'ombre. Elle retournerait au Pribaltiskaïa changer ses derniers travellers. Il faudrait se rendre au consulat, peut-être à Moscou à l'ambassade de France, refaire son passeport. Ça prendrait du temps. Quelle importance ?

Toute la journée, au téléphone, elle appela Paris pour savoir où en était le film. Le producteur n'arrivait pas à boucler son budget. Tout était arrêté. Aucune chaîne de télévision ne s'intéressait au projet. Ils avaient de la chance d'avoir été payés pour les repérages, lui déclara Hélène. Personne ne la réclamait à Paris. Même son chat s'était attaché à Hélène.

Une fois de plus, elle se retrouvait entre deux cultures, entre deux familles, entre deux continents. Le terme apatride lui flotta dans la tête. A qui appartenait-elle vraiment ?

Le soir même, Rachel et Anatoly s'installèrent dans un nouveau lieu, à quelques blocs de l'atelier dans l'île Vassilievski. Une vaste pièce en rez-de-chaussée donnant sur une cour plantée d'acacias, décorée de meubles massifs en acajou disposés autour d'une cheminée. Il y avait un cabinet de toilette, une douche et de quoi faire la cuisine. En ouvrant une armoire, Rachel découvrit plusieurs magnétoscopes, des piles de cassettes vierges. Chez qui habitaient-ils ?

Elle devrait se résoudre à être moins curieuse, à respecter les silences d'Anatoly si elle voulait rester avec lui.

De grosses bûches garnissaient l'âtre de la cheminée. Anatoly alluma le feu. A la lumière des flammes son ombre se découpa, immense, sur le mur. Il vint vers Rachel, lui caressa les cheveux, le visage.

– J'avais oublié comme tu étais douce.

Il recula, l'observa. Il hésitait

– Je t'ai un peu manqué ?

Le regard de Rachel lui suffit. Il la prit dans ses bras, la serra contre lui. Ils restèrent longtemps sans parler, enlacés. Rachel ferma les yeux. Dans la cour, des chats sauvages qui s'étripaient avec des miaulements féroces lui rappelèrent sa rencontre avec Anatoly, la violence avec laquelle ils avaient fait l'amour la première fois sous la porte cochère.

Anatoly l'entraîna vers le lit au fond de la pièce. Elle s'ouvrit à lui. Une rafale de vent s'engouffra sous le battant mal joint des volets, fit vaciller les flammes.

Le lendemain, Anatoly accepta de répondre à quelques questions. Son copain Maxime se livrait au marché noir. Il se trouvait en voyage d'affaires à Budapest. Adolescent, Maxime jouait au football avec les voyous du quartier. C'était le meilleur gardien de but de la rue. Les autres, devenus des petits chefs mafieux, continuaient à venir dîner chez leur copain d'enfance qu'ils surnommaient Vidéo Man. Ils déposaient leurs Kalachnikov dans l'entrée et demandaient à Maxime de leur enregistrer des cassettes des films de Coppola, leur idole. En échange, ils le protégeaient. C'était grâce à eux qu'on avait retrouvé les agresseurs d'Anna. Juste des petits racketteurs qui s'étaient trompés de cible. Anna restait à la campagne avec ses fils pour l'instant. Elle reverrait Rachel plus tard. Pourquoi parlait-il d'Anna ?

Rachel à nouveau disposa ses affaires, ses papiers. Elle avait la sensation que ses amis s'éloignaient d'elle, ou bien était-ce la projection de son propre malaise ?

Dans l'île Vassilievski, la vie continuait. Les journées raccourcissaient. Les moustiques plus virulents que ceux des pays tropicaux quittaient les appartements. Les premières averses éclataient. Une bruine occultait les canaux, l'hiver s'annonçait rigoureux. Bientôt les habitants de la ville allaient avoir faim et froid. Le pays sombrait dans le chaos économique, malgré l'aide internationale. Le peuple apprenait le chômage. Des bandes de voyous sillonnaient la ville, rançonnaient les passants. Anatoly avait récupéré son atelier : seules des traces noires autour des fenêtres rappelaient l'incendie. Il était devenu plus tendre avec elle. Elle lui avait parlé de l'histoire qu'elle voulait écrire.

Malgré son amour pour lui, Rachel n'avait rien à faire ici. Personne n'avait de temps à lui consacrer. Elle ne pouvait pas les aider. Elle n'était même pas journaliste pour raconter ce qui arrivait. Elle devait travailler. Elle n'avait plus d'argent. Elle avait toujours espéré que le film reprendrait. Que se passait-il à Paris ? Il fallait regarder la réalité en face : ce film était abandonné. De toute façon, bientôt il ferait trop froid pour tourner en extérieur. On n'allait pas danser sur des ponts recouverts de neige et de glace.

Anatoly promit qu'il viendrait la retrouver à Paris, au plus tard au printemps. Il voulait exposer dans une galerie, vivre avec elle en France, prendre d'autres photos. Ils allaient s'écrire, se téléphoner. L'hiver passerait vite. Rachel l'attendrait quelques semaines, un, deux mois peut-être, disait-il. Le temps de préparer son départ. Ça n'était pas si facile de quitter sa terre, sa vie, la Russie !

Il lui confia ses photos pour préparer l'exposition, quelques rouleaux de pellicule à développer. Il lui demandait de les garder chez elle, de ne pas les donner à un laboratoire. De l'attendre.

Rachel ne pouvait plus reculer.

Elle allait perdre Xenia, Natacha, Alexandre, Youri, Tamara... Et Anna, allait-elle la revoir avant son départ ? Et les autres, ceux avec qui elle avait partagé tant d'émotions, qui étaient devenus sa famille ?

Reviendrait-elle à Saint-Pétersbourg ? Elle décida de ne rien emporter, de laisser dans l'atelier les dentelles, la jupe en patchwork multicolore, son blouson de cuir usé par ses voyages. De nouveau, l'allergie aux bagages, aux objets inutiles s'emparait d'elle.

Le temps pressait. Anatoly devait se rendre à Kiev. Il paraissait saisi par une force qui le submergeait et contre laquelle il ne cherchait pas à lutter. Il n'y avait eu aucune explication entre eux. Elle ignorait s'il était un sympathisant de

Jirinowski, à quoi se réduisaient ses mystérieuses activités. Elle l'aimait mais le temps qui s'était subitement désagrégé, accéléré, leur échappait. Ils n'en maîtrisaient plus le rythme. Il était arrivé à Rachel de subir de telles pressions qu'elle n'avait pas désirées, sinon peut-être son inconscient qui les réglait pour elle.

Rachel ne voulait pas qu'Anatoly l'accompagne à l'aéroport. Elle préférait qu'ils se quittent dans l'atelier, comme s'ils devaient se retrouver à son retour d'Ukraine.

C'est avec Alexandre qu'elle se rendit à l'aéroport de Poulkovo.

La veille, les filles avaient donné une fête en son honneur. Personne ne s'était couché. On avait bu jusqu'au matin, porté des toasts à son retour parmi eux. Un jour, qui sait ?

L'avion décollait à seize heures trente. Rachel serait à Paris pour dîner. Elle titubait de fatigue, dormirait dans l'avion.

– Tu vas nous manquer !

Alexandre la serra dans ses bras, avant de la laisser disparaître à l'embarquement.

A l'escale d'Helsinki, une foule bruissante d'hommes d'affaires, de touristes voyants, de femmes aux vêtements à la dernière mode, la projetèrent dans une autre époque. Les étalages des duty free regorgeaient de produits de consommation offerts à l'avidité de ceux qui débarquaient : montres, parfums, appareils photo, cigarettes.

Dans l'avion, confinée dans sa tristesse, Rachel n'avait pas prêté attention aux passagers qui l'entouraient. Elle eut la sensation d'être tombée d'une autre planète Elle regagna son siège telle une somnambule.

A Roissy, personne ne l'attendait. Elle dut prendre un taxi pour rentrer chez elle.

Le courrier s'amoncelait. Ses plantes vertes fanées retombaient, desséchées. La femme de ménage avait oublié de les arroser. Le répondeur saturé de messages ne fonctionnait plus. La tête lui tourna. Comment pouvait-on passer ainsi, en quelques heures à peine, d'un monde à l'autre, traverser le miroir sans être en état de choc ? Elle fut tentée de dormir, dormir encore... Il ne fallait pas se laisser emporter dans les rêves, submerger par le chagrin mais s'arracher au charme ensorcelant de Saint-Pétersbourg qui l'habitait tout entière. Elle devait se raccrocher à la réalité. Elle ressentit cruellement le manque d'Anatoly. A qui en parler ? Elle ne voulait pas le raconter. Garder enfouies ses sensations au fond d'elle-même pour ne pas risquer de les banaliser. Quelques semaines, avait-il dit. Elle devait réagir.

Dans les rues, le retour à la civilisation de consommation ne lui procura aucun plaisir. A quoi bon ces vitrines comme des arbres de Noël, ces bistrots, cette bouffe étalée, si elle ne la partageait pas avec l'homme qu'elle aimait ?

Elle avait pris connaissance de ses messages. A peine débarquée, on lui proposait un film du côté de Limoges. Le tournage débutait dans une semaine. L'assistant qui devait le faire avait eu un accident de voiture pendant les repérages. On cherchait un remplaçant.

En huit jours, elle dut lire le scénario, prendre des notes, rencontrer une nouvelle équipe, préparer ses affaires. Elle avait de la chance de retrouver si vite du travail. C'était un film facile, quelques décors, peu de comédiens. La vie la rattrapait.

Elle eut à peine le temps de voir Hélène, de parler. On verrait au retour. Elle garderait encore son chat.

Happée par le tourbillon du quotidien, elle ne put s'abandonner à la tristesse.

A Limoges, il pleuvait sans arrêt. Rachel effectuait bien son travail mais, retranchée dans ses souvenirs, elle s'isolait dans sa chambre dès que la journée de tournage était terminée et la feuille de service du lendemain assurée, pour rêver au bel Anatoly.

Que faisait-il en ce moment à Saint-Pétersbourg ? Y était-il même revenu ?

Le printemps avait fui. Les communications

demeuraient difficiles avec la Russie. Les lettres, les messages d'Anatoly s'espaçaient. Rachel suivait avec passion les informations concernant la Russie, les difficultés grandissantes auxquelles était confronté le gouvernement d'Eltsine. Le passage du communisme à l'économie de marché se révélait douloureux. Les mafias s'emparaient du pays.

L'été, l'hiver puis un autre printemps étaient revenus. Il fallait se rendre à l'évidence, accepter l'idée : Anatoly ne viendrait plus vivre avec elle.

Elle avait maintes fois tenté de reprendre le scénario ébauché dans le train de Vilnius. Elle n'arrivait plus à écrire. Cette histoire qu'elle portait enfouie au plus profond d'elle-même n'arrivait pas à surgir. Peut-être ne voulait-elle plus entendre parler de la Russie. Ces souvenirs lui étaient encore trop douloureux. Il lui faudrait du temps pour qu'elle se résolve à les évoquer. Elle avait terminé son court métrage sur les aborigènes.

Puis cette mystérieuse agression... la fouille de son appartement à Paris par des « gens venus de l'Est », avait dit le commissaire. Elle était repartie pour Saint-Pétersbourg.

La blessure qu'elle croyait cicatrisée s'était rouverte. Elle n'avait jamais cessé d'aimer cet homme. Il fallait le retrouver.

18.

Jeff

La luxueuse limousine climatisée d'Alexandre glissait sur la chaussée luisante. Une pluie fine tombait sur Pétersbourg depuis le début de l'après-midi, faisant miroiter les coupoles des palais. Les rideaux tirés dérobaient aux regards les passagers de la voiture. Rachel se retrouvait assise au côté d'Alexandre, traversant le pont du Kirov. Mais un chauffeur les conduisait.

Rachel soupira :

– Presque deux ans ! Tu vas enfin me parler de lui, maintenant qu'on est seuls.

Alexandre surprit le coup d'œil de Rachel en direction du chauffeur.

– Il ne comprend que le russe, et encore !

– A-t-il vraiment disparu ? Depuis combien de temps êtes-vous sans nouvelles d'Anatoly ?

Alexandre hésita à répondre.

– La dernière fois que je l'ai croisé, c'était il y a presque un an, dans le hall de l'hôtel Astoria. Je venais chercher un client. Il paraissait guetter quelqu'un. On s'est salués de loin. J'étais pressé. Mon Canadien m'attendait. On s'est tous perdus de vue. Tout a évolué si vite depuis ton dernier séjour. Maintenant, je fais mes affaires. Chacun se débrouille à sa manière. Si tu es malin, il y a des masses de fric à faire, et vite !

Il lança une phrase brève à son chauffeur, d'un ton sec, sans cesser d'observer Rachel.

– Je te dépose à ton hôtel ? J'ai d'autres rendez-vous. Excuse-moi.

La voix autrefois chaleureuse d'Alexandre avait pris une nuance d'autorité. Rachel insista. Elle tentait depuis son arrivée de renouer les fils du passé.

– Et Xenia ? Elle partage toujours ta vie ? J'aimerais la revoir. Et Natacha ? Et Anna ?

– Xenia a réussi à épouser un Allemand. Je crois qu'ils vivent à Berlin. Natacha continue à faire la fête quelque part en ville. Je ne sais où elle habite. Il paraît qu'elle s'est remise à coudre des robes, mais on préfère les marques étrangères. Les Galeries Lafayette ont ouvert une boutique à Moscou. Ça ne désemplit pas. C'est pour les fringues qu'on fait la queue, maintenant.

– Et Anna ? Et les autres ? Ceux qui venaient avenue Ligovski ?

Il adopta un ton un peu suffisant pour lui répondre :

– Tout ça, c'est fini. J'habite seul, enfin presque.

Il réprima un sourire.

– J'ai une jolie fiancée brune, élégante. Elle était première danseuse au Kirov. On va se marier. Elle est très jalouse, surtout des étrangères. J'ai acheté cinq pièces sur le canal de la Moïka, je l'ai fait rénover, après l'avoir payé une fortune. On a dû reloger en banlieue ses anciens locataires. L'appartement communautaire pour moi, c'est terminé. Merci !

La BMW s'arrêta devant le Grand Hôtel Europe.

– Ecoute, Rachel, si tu es revenue ici pour retrouver Anatoly et le passé, repars tout de suite. Je te l'ai dit : Pétersbourg est une ville dangereuse.

Le ton de sa voix se radoucit. Il était plus touché qu'il ne voulait le laisser paraître par le désespoir de Rachel. Recroquevillée sur la banquette de cuir fauve, elle ne se décidait pas à quitter la voiture.

Il prit ses mains entre les siennes.

– Au nom de notre ancienne amitié, croismoi, quitte cette ville. Tu n'apprendras rien sur Anatoly en restant là. Il est probablement parti loin d'ici lui aussi. Les choses ne sont pas statiques. Tout évolue.

Possédait-il une information qu'il ne tenait pas à lui communiquer ?

Rachel renonça. Le chauffeur lui ouvrait la portière.

– Si tu ne tenais pas compte de mes conseils, tu sais où me trouver.

Il lui tendit une carte de visite gravée en relief, au fil d'or.

– Ilya Tcherkov pourra te protéger, tu lui as plu. Je crois qu'il a été intrigué et séduit par la témérité d'une jeune femme prête à affronter tous les dangers pour retrouver l'homme qu'elle a aimé. Mais oublie Anatoly. C'est fini tout ça !

Rachel se souvint du déjeuner à la table des amis d'Alexandre. Des parrains de la nouvelle mafia ? Des gardes du corps armés qui les entouraient. Du sourire échangé avec l'un d'entre eux. Un jeune homme à l'élégance britannique, l'allure d'un adolescent.

« Ilya Tcherkov, le plus puissant », avait murmuré Alexandre.

La BMW démarra, repartit sur la perspective Nevski, abandonnant Rachel au bord du trottoir. Elle hésita à pénétrer dans l'hôtel, préféra marcher seule le long de l'avenue. Elle ne savait plus où elle voulait aller. Aucune piste ne semblait aboutir. Elle se trouvait à Pétersbourg depuis deux jours sans avoir avancé.

Sur l'avenue, les constructions du XVIIIe siècle

voisinaient avec des immeubles du début du siècle. Des limousines aux vitres fumées glissaient dans la circulation dense de l'après-midi.

Rachel retrouvait ces journées brumeuses où la poussière parcourt la ville en tourbillons jaunâtres. Elle arriva devant le « Passage ». En le traversant, elle retrouverait le théâtre Vera Komissarjevskaïa où Natacha s'était fait engager à l'époque où elle voulait devenir comédienne. Peut-être y venait-elle encore ? Sur des centaines de mètres, le centre commercial s'étendait, abritant une multitude de boutiques sur le même niveau. On se pressait dans les magasins, quelle que fût l'heure de la journée, comme si personne n'avait à se rendre à un travail quelconque.

Elle avait besoin de se concentrer. Parmi cette foule qui s'écoulait autour d'elle, elle se sentait rassurée. Elle guetta l'arrivée d'un groupe de touristes et leur emboîta le pas. Elle entra, se glissa entre les présentoirs de manteaux afghans, arrivés probablement de Turquie. Elle en essaya un pour passer le temps et réfléchir. Il était ample, flottant et sentait encore la chèvre. Il lui rappelait les vêtements hippies des années soixante-dix qui revenaient à la mode.

La vendeuse qui l'observait discrètement tenta de lui parler. Rachel ne comprit rien à ses propos et quitta la boutique. Le théâtre était fermé.

Elle se dirigea vers un magasin où on vendait des plateaux noirs, en métal, décorés de larges fleurs rouge et or. Elle eut envie d'en acheter puis y renonça. Elle n'était pas venue pour faire du shopping.

Elle ressortit du « Passage », revint vers l'esplanade de Notre-Dame de Kazan. Les marchands à la sauvette encombraient le trottoir. On y trouvait quelques étalages : matriochkas, fausses icônes, bien que les peintres et les artistes aient été déplacés sur les quais. Rachel s'arrêta un instant. Elle se sentait rejetée. « Et tel un insensé, tu parcourras sans fin les avenues de Pétersbourg. » Qui pouvait l'aider ?

Elle eut la sensation d'être épiée et reprit sa marche en direction de l'Astoria. Alexandre y avait croisé Anatoly il y a un an. C'était stupide ! Il ne fallait pourtant négliger aucune piste.

On la suivait maintenant. Elle en était certaine. Elle accéléra le pas sans se retourner, s'approcha du trottoir, arrêta un taxi. Elle allait se rendre chez Anna. Elle n'avait peut-être pas déménagé.

La même misère planait sur la cour de l'immeuble de béton de l'avenue Liteïny. L'ascenseur était toujours en panne, Rachel dut gravir à pied les cinq étages qui menaient chez Anna. Des graffitis maculaient les murs grisâtres de l'escalier. L'odeur rance, écœurante de graisse prenait à la gorge. Elle frappa longuement avant qu'on ne se décide à ouvrir la porte. Rachel eut un choc lorsque Anna lui apparut. En deux ans, elle avait changé. Amaigrie par des conditions de vie dégradées, sa coiffure négligée, le visage livide sans trace de maquillage. La pièce sombre aux murs verdâtres semblait plus misérable encore. Rachel reconnut à peine son amie, repliée sur elle-même. Elle jeta un coup d'œil vers le fond de la pièce. Le rideau de perles où se dissimulait la vieille avait disparu. Anna surprit son regard.

– Elle est morte l'année dernière. Je vis seule avec l'un de mes fils. Je me suis séparée d'Oleg, mon mari.

Rachel préféra lui parler d'un reportage qu'elle effectuait sur les nouveaux courants culturels de Saint-Pétersbourg. Elle ne révéla pas la raison de son voyage, ni la violence qui la menaçait. Anna paraissait fragile. Elle lui posa d'autres questions sur sa famille, sur sa vie à Saint-Pétersbourg. Qu'étaient-ils devenus ? Anna ne voyait plus personne. Son frère Pavel avait émigré en Israël. Il vivait difficilement dans un kibboutz des territoires occupés. Au lieu d'être violoniste, il travaillait dans un garage, mais il avait cessé d'avoir peur, malgré le climat trouble qui régnait en Israël. Dans un kibboutz voisin, un couple à peine arrivé de Russie avait été victime d'un attentat. Malgré tout, il conseillait à sa famille de quitter le pays pendant qu'il en était encore temps. Ici il y avait un espoir de paix, disait-il.

Rachel ne put s'empêcher de poser d'autres questions. Et Anatoly ? Avait-il eu des rapports avec Pavel et ses amis ?

Mais Anna refusa de parler de lui. Elle ne savait pas ce qu'il était devenu. Elle paraissait si démunie que Rachel n'osa pas insister. Elle avait l'impression que sa présence dans l'appartement gênait son amie. Elle cacha avec peine la tendresse qui la submergeait. Elle la reverrait seulement si celle-ci le souhaitait. Elle restait quelque temps à Saint-Pétersbourg.

Au moment où elle s'apprêtait à quitter l'appartement, Anna la retint, hésita.

– Tu te souviens de Guenka, le culturiste aux tatouages ?

« Celui qui l'avait sauvée des flammes », pensa-t-elle.

– Il s'entraîne dans les caves du centre de la ville avec de jeunes juifs au close combat, pour lutter contre les bandes fascistes qui sévissent. Il leur enseigne le krav-maga appris avec des instructeurs israéliens venus à Saint-Pétersbourg sous des couvertures diverses.

– Mais il n'est pas juif ?

– Non. C'était l'ami d'Anatoly. Tu pourrais peut-être retrouver sa trace. Il n'habite plus là-bas mais ils se réunissent parfois sur la place du palais d'Hiver.

Quand Anna referma sa porte sur sa solitude, Rachel eut le cœur serré. Pour certains, la vie semblait effrayante.

Devant l'immeuble, une voiture stationnait. Un homme paraissait guetter sa sortie. Rachel sentit son pouls s'accélérer. Elle héla le premier véhicule qui passait. Moyennant quelques dollars, elle se fit conduire à l'Astoria sans savoir pourquoi. Dans un hôtel international, elle se sentirait protégée.

Un car déversait sa cargaison de passagers qui s'engouffraient dans l'hôtel. Elle se joignit à eux, traversa le hall en direction des téléphones publics. Elle allait appeler Ilya Tcherkov. Elle ne tenait pas à rester seule à Saint-Pétersbourg. En cas de danger, il se chargerait de sa protection, avait dit Alexandre.

Elle eut l'impression que l'homme qui la suivait depuis le début d'après-midi était là. Les toilettes se trouvaient à l'angle. Elle s'y enferma, attendit un quart d'heure avant de ressortir. Un visage attira son attention, un individu qui s'était mêlé au groupe de touristes massés devant la réception. Tenant un journal déplié, il affectait l'indifférence et faisait semblant de lire, mais elle vit que ses yeux regardaient autour de lui, comme s'il cherchait quelqu'un. Il avait un visage large, un front luisant de transpiration, une parka de nylon bleu. Il n'avait pas l'air d'un touriste ni d'un homme d'affaires.

C'était peut-être encore un effet de son imagination. Elle était devenue trop nerveuse.

Rachel revint vers le téléphone. Ilya Tcherkov allait la protéger. Elle eut envie de revoir le sourire séduisant du jeune homme. Au moment où elle introduisait sa carte dans la machine et s'apprêtait à composer le numéro, elle se sentit à nouveau épiée. L'homme à la parka de nylon bleu avait replié son journal. Il se dirigeait maintenant vers les cabines téléphoniques. Elle lâcha le combiné, s'enfuit vers la sortie de l'hôtel.

En passant devant la réception, on la bouscula. Elle voulut crier. Le ton autoritaire de la voix à son oreille l'en empêcha.

– Arrêtez de jouer à l'enquêtrice. Vous nous compliquez la vie. On n'a pas de temps à perdre.

L'homme parlait français avec un fort accent américain. Il s'était rapproché jusqu'à la toucher.

– Avancez. Faites semblant de regarder les vitrines. Arrêtez-vous... Repartez, je vais jouer le rôle du dragueur. C'est facile, vous êtes une jolie femme ! Souriez-moi. Jouez la coquette. Je vais vous prendre par le bras. J'ai l'air d'insister. Je vous fais rire ! Je réussis à vous entraîner vers la porte. Je vous fais une cour assidue. Je ne vous déplais pas, d'ailleurs !

Il lui enserrait le bras. Rachel, la bouche crispée, n'avait pas envie de lui sourire. Tout en parlant, l'homme l'avait entraînée vers la sortie. Des cars pleins de touristes stationnaient devant l'hôtel. Rachel fut tentée d'appeler au secours. Elle avait de plus en plus peur, mais elle s'abstint.

– Lâchez-moi. Que me voulez-vous ?

– Ne faites pas cette tête-là, s'il vous plaît ! Je ne vous veux aucun mal. Disons que je m'appelle Jeff, que je suis américain. N'ayez pas peur ! Je suis armé.

Rachel eut un mouvement de recul.

– Je vous protège, pour l'instant.

L'homme qui lui faisait face était plutôt beau, grand, les cheveux bruns coupés très courts au-dessus des oreilles, vêtu en homme d'affaires, d'un costume bleu marine de bonne coupe. Quelque chose dans le regard froid de ses yeux gris acier la terrorisait. Elle aurait préféré être protégée par les gardes du corps de Tcherkov.

– Disons que je suis un ami d'Anatoly.

Rachel tressaillit. Elle allait apprendre du nouveau.

– Il se trouve en sécurité aux Etats-Unis. Il travaille avec nous.

Qui était ce « nous » ? Et de quel travail s'agissait-il ?

– Anatoly a aidé de nombreux juifs à quitter

la Russie, des scientifiques, des universitaires installés maintenant aux Etats-Unis. Il avait établi avec d'autres des réseaux à travers l'Ukraine, pour faire fuir des juifs d'URSS. Ne prenez pas cet air bouleversé. On nous surveille probablement. Allons nous asseoir un peu plus loin sur un banc.

Il fit un geste en direction d'arbres en face de l'hôtel. L'homme la poussait devant lui, en continuant à parler. Rachel se laissa glisser sur le banc à côté de lui.

Jeff lui passa le bras autour des épaules, la serra. Rachel se rétracta. Le contact de sa main glacée comme la peau d'un serpent sur son bras nu lui déplaisait.

– N'oubliez pas, je suis en train de vous faire la cour. Ecoutez-moi. Je vais tenter de vous expliquer pourquoi vous êtes en danger.

Rachel s'en moquait. Rien n'avait plus d'importance. Elle ne pensait qu'à Anatoly. Elle avait vécu à côté de lui des semaines, partagé sa vie. Elle l'avait aimé sans rien imaginer de ses activités, sans se douter de ce qu'il était vraiment. Lorsqu'elle tentait de lui parler de ses recherches nostalgiques sur ses origines, lui aidait des juifs à quitter la Russie, et probablement pour la protéger ou parce qu'il ne la jugeait pas prête à le suivre, il ne lui avait rien révélé. Elle qui l'avait soupçonné d'avoir des activités fascistes !

Comme elle avait eu raison d'aimer cet homme ! Etait-il vraiment aux Etats-Unis, en sécurité ? Devait-elle croire cet inconnu ?

– Un de ses amis a cherché récemment à vous remettre des documents compromettant des proches d'Eltsine.

« Le coup de téléphone de Lausanne », pensa Rachel.

– Cet homme a disparu. Les documents aussi. Tout le monde est à ses trousses pour récupérer les documents. On sait que vous ne les avez pas. Eux pensent que c'est à vous qu'il les a confiés. Ils suivent toutes les pistes. Ils ne vous lâcheront pas.

Rachel ne comprenait rien à ce qu'il racontait. Quels documents ? Pourquoi elle ? Elle ne connaissait pas ce Micha.

– Anatoly a parlé de Paris. De lieu sûr. De vous. Cet homme vous avait peut-être rencontrée ? Il était aux abois, qui sait ?

Jeff continuait. Rachel était devenue attentive. Sur les arbres alentour, on entendait le pépiement assourdissant des oiseaux.

– Anatoly avait infiltré les mouvements néofascistes depuis longtemps, en partie grâce à son physique spectaculaire, si slave. Il les photographait tous. Il a eu accès à des dossiers secrets prouvant la collusion entre des anciens du K.G.B. nostalgiques du communisme, proches d'Eltsine, et de puissants groupes mafieux qui finançaient les mouvements nationalistes. On soupçonnait mais on n'avait pas de preuves des agissements de Routskoï et de Kasboulatov contre le gouvernement d'Eltsine. D'autres sont compromis. Il y a de nouvelles menaces de coup d'Etat en Russie. Certains documents contenus dans les valises de Routskoï le prouvent. Anatoly les a eus en main, il les a photographiés. C'est ça qu'ils veulent récupérer. Anatoly travaillait avec nous. Il a été repéré. On a dû le faire fuir. C'était devenu trop dangereux pour lui et inutile pour nous.

Rachel comprenait que ces gens ne plaisantaient pas. Il s'agissait avant tout de leurs intérêts. Mais lesquels ? Pourquoi étaient-ils si sûrs que les documents n'étaient pas chez elle ? Qui avait fouillé son appartement à Paris ?

– Vous êtes de la C.I.A. ?

Elle avait dit cela machinalement.

– Je ne suis pas obligé de répondre à vos questions idiotes. Je vous en ai trop dit.

– Qui me prouve que ce que vous me dites est vrai ?

Pourquoi cet inconnu lui racontait-il tout cela ?

– Regardez bien ma cravate. C'est ma carte de visite.

Rachel remarqua un aigle noir dessiné sur le tissu de soie.

– Vous allez vous rendre au consulat des Etats-Unis. Je vais vous accompagner jusqu'à une voiture. N'ayez pas peur. Il surprit l'expression paniquée de Rachel.

– Pas de Volvo, bien entendu. Il savait cela aussi. Il ne souriait plus. Rachel sentit de la sueur glacée sourdre le long du dos.

– Dès votre arrivée, demandez à voir le consul. Dites que vous êtes journaliste, que c'est important, insistez. On vous recevra. L'homme qui viendra vous chercher à l'accueil portera la même cravate que moi, c'est tout. Ce sera la preuve de ma bonne foi.

Que pouvait-elle faire sinon le croire ? Avait-elle le choix ?

– Ne gardez pas cet air affolé. Continuez à sourire. N'oubliez pas que nous sommes en train de flirter, ma chère ! Comme un idiot de touriste américain, je m'accroche à une jolie fille, je vous invite à dîner avec moi...

Rachel continuait à le regarder, troublée.

– Vous voulez une preuve ? On va au premier téléphone public. Il y en a un en face. Vous allez appeler le consulat des Etats-Unis. Je vous donne le numéro. C'est vous qui allez le faire. Demandez à parler au consul. On vous passera sa secrétaire. Comment est la cravate de l'attaché culturel aujourd'hui ? direz-vous. Je ne plaisante pas. Allons au téléphone.

Il insistait. L'homme ne souriait pas en soutenant ces propos absurdes.

– Maintenant, je vais vous embrasser. Laissez-vous faire. On dit que les Françaises sont faciles. Ensuite on va marcher en se tenant par la main, comme des amoureux.

Il se levait, la prenait contre lui.

– Allez, souriez-moi. Je vous plais ! On vous a suivie. On vous surveille encore.

Rachel fit un effort, esquissa un sourire. L'homme paraissait sincère.

– Au consulat, demandez-leur de vous réserver une place sur le premier avion pour Paris. Ne quittez le consultat sous aucun prétexte. Ne retournez pas à votre hôtel. Là-bas, ils vous attendent. Ils pensent qu'on va vous remettre d'autres documents, que vous êtes venue pour ça.

– Et mes affaires ? Mon passeport ?

– Quelqu'un de chez nous ira les reprendre à l'hôtel. On a l'habitude. Nous aussi on connaît le numéro de votre chambre.

Une Mercedes gris métallisé s'était avancée le long du trottoir, se rangeait non loin d'eux.

– Ne bougez plus du consulat jusqu'à votre départ. Ces gens sont prêts à tout. Un cadavre de plus ou de moins ne leur fait pas peur.

Rachel n'allait pas se laisser manipuler sans essayer de résister.

– Pourquoi ne pas se rendre à mon ambassade, ça serait plus simple. Je suis française, non ?

– Votre ambassade se trouve à Moscou. Vous allez leur raconter quoi ? Toute votre histoire paraît plutôt abracadabrante. Vous voulez qu'on fouille dans votre passé ? Votre vie privée ? Qu'on fasse une enquête sur Anatoly ? Que faisiez-vous au juste, il y a deux ans, avec lui, à Saint-Pétersbourg ? Vous étiez peut-être au courant de ses activités ? Vous allez vous retrouver dans des histoires qui vous dépassent.

Rachel se souvint des questions indiscrètes du commissaire à Paris. Jeff avait sans doute raison.

– Croyez-moi, ne mêlez pas votre gouvernement à nos histoires. Laissez-nous régler ça tranquillement. On vous protège. Vous disparaissez. Vous rentrez bien sagement chez vous. C'est tout. Et personne n'en parle plus !

Rachel hésitait encore. Jeff n'allait pas continuer à se montrer aussi patient avec elle. Il fallait lui faire confiance, même si cette solution lui déplaisait.

Têtue, elle continua pourtant à argumenter.

– Et après ?

– Après quoi ?

– A Paris. On va continuer à me poursuivre, à me persécuter pour des documents dont je ne sais rien.

Elle pensa aux rouleaux de pellicule. Qu'y avait-il sur ces photos ?

– Vous savez probablement que mon appartement a été fouillé, qu'on m'a agressée devant chez moi. Ce sont peut-être des hommes à vous, d'ailleurs !

Elle le fixa d'un air narquois. Il ne lui faisait plus peur. Elle n'avait pas grand-chose à perdre dans l'imbroglio où elle se trouvait.

– Ecoutez. Il n'y aura pas de suite si vous faites ce qu'on vous dit. Cessez de rechercher Anatoly. C'est tout ! On vous conduira jusqu'à la passerelle de l'avion. Une fois à Paris, ils vous oublieront. Ne restez pas ici, Rachel.

Le ton de Jeff s'était radouci.

La Mercedes démarra lentement, se rapprocha d'eux le long du trottoir. Rachel ne put contenir un mouvement de recul. Ça lui rappelait de mauvais souvenirs.

– N'ayez pas peur ! C'est une voiture à nous.

Jeff fit un signe au chauffeur, lui ouvrit la portière.

– Au revoir, Rachel. Bonne chance. Nous ne nous reverrons jamais. Dommage. Je vous aurais bien invitée à dîner.

Deux fonctionnaires du consulat des Etats-Unis l'avaient conduite jusqu'à la salle d'embarquement. Ils conservaient son sac de voyage, son passeport. Ils s'étaient occupés de son enregistrement puis avaient attendu, assis de chaque côté d'elle, l'annonce de son vol. Ils n'avaient échangé aucune parole. Ils étaient probablement armés. L'un d'entre eux l'avait escortée jusqu'à la passerelle de l'avion. Apparemment, ils en avaient le pouvoir.

Dans l'avion d'Air France qui la ramenait vers Paris, Rachel revivait son histoire d'amour avec Anatoly dont les séquences se déroulaient comme dans un film.

Où était-il maintenant ? Aux Etats-Unis, vraiment ? Pouvait-elle croire ces hommes qui l'avaient protégée ? Ils s'étaient débarrassés d'elle. Elle leur avait promis qu'elle cesserait ses recherches. De toute façon, elle n'apprendrait plus rien ici. Anatoly serait un espion en somme ? Du Mossad, peut-être, comme plaisantait Denis.

Elle allait se rendre à Washington, contacter les cousins de Saratov dont avait parlé son frère ; l'un d'eux occupait un poste important dans un ministère. Là-bas, toute une communauté très active avait aidé de nombreux juifs d'URSS à s'enfuir et à s'installer aux Etats-Unis, c'est là qu'elle allait découvrir la trace d'Anatoly. Elle en était sûre. Avec les « cousins », elle se sentirait protégée. Rien ne l'arrêterait.

Et Steve ? La dernière lettre qu'il lui avait

adressée venait de Cuba. Ils ne s'étaient jamais revus depuis le voyage à Vilnius. Washington n'était qu'à une heure trente d'avion de New York. Elle serait heureuse de le retrouver.

Elle boucla sa ceinture. L'Airbus allait atterrir à Roissy.

« En tout cas, se disait-elle, je ne crois pas que tout cela puisse s'achever...»

DU MÊME AUTEUR

Quand s'arrêtent les tambours. Stock

La composition de cet ouvrage a été effectuée
par Graphic Hainaut, à Vieux-Condé
L'impression et le brochage ont été effectués
sur presse CAMERON dans les ateliers de B.C.I.
à Saint-Amand-Montrond (Cher)
pour le compte des Éditions Albin Michel
en mai 1995

N° d'édition : 14540. N° d'impression : 1/1288.
Dépôt légal : juin 1995.

Septembre 1995